파트 Ⅲ

차례

싸구려 패키지여행에도 나름의 행복이 있다.

감히 열흘짜리 유럽 여행은 넘보지 못해도 여행사의 미끼 상품인 싸구려 패키지여행은 약간의 용기로 넘보는, '가끔은 여행 정도 가는' 허영의 그릇을 채워 주는 훌륭한 역할을 수행한다. 며칠을 골라 매치한 공항 패션 대신 관광버스 패션이 되더라도 어떤 이에게는 커다란 즐거움을 주는 대단한 일탈이 된다.

계승 여행사 입사 1년 차의 직원 손승욱은 바로 그, 회사에서 관심도 없는 미끼 상품의 담당이 되었다. 그는 싸구려 패키지여행을 떠나는 사람들의 허영 그릇처럼, 다른 사람에게 행복을 준다는 허울을 두른 빈 자긍심 그릇을 억지로 채워 스스로 위안하고 있었다.

아침 9시 56분. 서울 청량리역에서 그가 담당한 여행 버스가 출발을 4분 앞두고 있었다. 서울을 출발해 부산에 도착하여 배를 타고 일본 대마도로 향하는 이 여행은, 포털 사이트마다 '일본 패키지여행이 단돈 8만 원!'이라는 팝업 광고를 이용해 사람들의 클릭을 유도하는 전형적인 미끼 상품이었다. 부산까지 가는 차비는 여행에 포함되지만, 식사도 없고, 휴게소마다 갖춰 놓은 특산물 전시관을 비롯해 부산에 도착하면 건어물 시장을 3곳이나 의무적으로 들러야 하는 코스였다. 다 저녁이 되어서야 대마도로 가는 배를 타는데, 그때는 제대로 된 바다 경치는 포기해야 했다. 누군가 항의를 해 봐야, '그래서 싼 여행'이라는 답변밖에는 해 줄 도리가 없다.

"그런 여행을 누가 가?"

이 상품의 담당자가 되었을 때, 미나는 인상을 찡그린 채로 손승욱에게 말했다. 질린다는 표정이었다. 이런 미끼 상품의 담당자가 되다니 출세와는 거리가 먼 남자로군, 그런 미나의 심정이 찡그린 이맛살 사이사이에서 손승욱을 노려보고 있었다.

미나는 손승욱과 1년 전 소개팅으로 만나 발전하게 된 연인이었다. '계승 여행사'의 신입사원이라는 말에, 그래도 '건실한 남자'의 대열에 낄 거라고 생각해서 미나는 소개팅 자리에 응했다고 했다. 그녀의 기준에서 '건실한 남자'는 돈은 잘 벌면서도, 승진도 잘하고, 옆구리에는 철밥통을 끼고 있는 사람이라는 것을 손승욱은 나중에서야 알게 되었다. 그리고 요즘 미나는 손승욱이 자신의 기대와는 다른 사람이라는 것을 깨닫게 되면서, 서서히 속내를 있는 그대로 거리낌 없이 드러내는 중이었다.

'근데, 가는 사람 있거든? 그것도 이렇게나 많이.'

손승욱은 새삼 버스 안을 둘러보았다. 열여덟 명의 검은 머리가 의자 사이사이로 보였다. 정원 20명을 모두 채운 여행은, 싸구려 패키지여행치고는 제법 그 외양을 갖추고 있었다.

'나머지 두 명은 안 오는 건가? 출발 시간이 다 됐는데.'

승객들이 볼 수 있도록 버스 운전석 근처에 부착되어 있는 시계를 올려다보며 손승욱이 버스 기사에게 이만 출발하라는 지시를 내리려고 할 때, 한 남자가 일고여덟 살 정도로 보이는 아이의 손을 잡고 버스에 올라탔다. 남자는 검은색 반팔 티셔츠에 회색 슬랙스 바지를 매치해 입고 진 회색 아미캡 모자를 깊숙이 눌러 쓰고 있었다. 평범한 스타일이지만 눈에 띄지 않는 게 일생일대의 목표인 사람처럼 너무 검은 계열의 옷만 입은 인상을 주었다. 게다가 반팔이긴 해도 전체적인 톤 때문에 더워 보였다. 깊이 눌러 쓴 모자도 한몫했다. 요즘 패션에 한참 관심을 가지고 있는 손승욱으로서는 가까이하고 싶거나 호감이 드는 타입은 아니었다.

"성함이?"

남자는 잠깐 생각하는 듯하더니 '김석일'이라고 대답했다. 아이 이름은 말하지 않았다. 하지만 어차피 신청자 중 마지막 두 명만 오지 않은 상태여서 굳이 이름을 확인할 필요도 없었다. 남자의 이름은 김석일, 아이는 김도현. 겉보기에도 그러하듯 부자 관계였다. 이런 여행에 남자가 아내도 없이 혼자 아이를 데리고 오다니 좀 묘한 구성이라는 생각이 들었다. 패키지여행은 보통 나이 많은 여자들끼리, 아니면 가족들끼리 오는 구성이 많았다.

"하마터면 버스를 놓치실 뻔하셨네요. 빈자리로 들어가 앉으십시오. 곧 출발합니다."

이 세상의 모든 아버지가 아내가 있는 것은 아니다. 상처

(喪妻)했을 수도 있고 이혼했을 수도 있다. 아내가 바빠 대동하지 못하는 경우도 흔하디흔했다. 하지만 아내 없이 아들을 즐겁게 해 주기 위해 단둘만의 여행을 떠나는 다정한 아버지치고는, 아버지 쪽은 너무하다 싶을 만큼 무덤덤했다. 아니, 무덤덤이라는 표현도 어울리지 않았다. 차갑다. 그런 느낌이 훨씬 강했다.

김석일은 도현의 손을 잡아끌듯 하며 빈자리로 걸어갔다. 맨 끝에서 두 번째 자리가 남아 있었다. 김석일은 아이를 창가 쪽 자리에 밀어 넣고는 통로 쪽에 앉았다. 아이가 바깥 경치를 보며 여행을 즐길 수 있게 하는 배려일지 몰랐다. 무뚝뚝하게 굴면서도 마음만은 한없이 아이를 위하는 것이 우리나라 아버지들의 일면이지 싶었다. 김석일에게서 본 찰나의 이미지로 그를 판단했는지도 모른다는 반성을 하며 손승욱은 잠시 부드러운 미소를 지었다.

"이제 모두 다 오셨으니 출발합니다. 즐거운 여행 되시기 바랍니다. 기사님 출발하세요."

일부러 목소리를 높였다. 기다리느라 짜증이 난 여행객들의 마음을 달래기 위함이었다. 여행객들이 예민해지면 그 여행을 끝까지 가이드하기 힘들다. 버스가 천천히 움직이기 시작했다. 도로로 진입하면서 속도를 높였다. 손승욱은 여행객들을 한번 훑어본 뒤 자신의 자리에 앉았다. 첫 번째 휴게소에 도착하기까지 약 2시간가량 그는 자유였다. 자리에 앉기 무섭게 잠을 자려고 눈을 감았다.

김석일의 자리에서 통로 건너편에는 50대의 중년 여성 신옥자가 앉아 있었다. 여름인데도 불구하고 귀까지 내려오는 벙거지를 쓰고 있었다. 그 아래로는 머리카락이 한 올도 내려와 있지 않았다.

항암치료는 두 번 다시 생각하고 싶지 않을 만큼 지독했다. 머리카락이야 빠지든 말든 육체적 고통과는 상관이 없으니 차치해 두고라도, 입안이 성한 곳 없이 다 헐어버리는 부작용 때문에 먹는 것도, 침을 삼키는 것도, 심지어 입을 다물고 있거나 벌리고 있는 것도, 너무나 고통스러웠다. 이렇게 여행을 떠나는 것은 상상도 할 수 없는 생활이었다. 누가 보면 이제는 많이 나아졌느냐고 할지도 몰랐다. 하지만 대답은 '아니오'였다.

"더 이상의 항암치료는 무의미합니다."

의사는 흘러내린 안경을 밀어 올리면서 그렇게 말했다. 시선을 피하고 싶어 하는 걸 느낄 수 있었다. 세상이 무너질 정도의 기분은 아니었다. 그냥, 조금은 편해지려나, 그런 생각이 들었다. 늦게 낳아 이제 대학교 3학년, 4학년인 연년생 아이들이 혼자의 여행은 안 된다고 난리를 쳤지만 신옥자는 아랑곳하지 않고 여행에 나섰다.

생이 얼마 안 남은 엄마에게 잘해 드려야지. 아이들의 눈에 보이는 그런 욕구가 신옥자에게는 버거웠다. 엄마는 마지막까지 아주 의연했다, 나중에라도 아이들의 기억에 그렇게 남고 싶어 떠나는 여행이기도 했다. 하지만 몸이 편한 비싼 여행은 선택할 수 없었다. 보험 없이 받은 암 치료에 이미 많은 돈을 갉아먹었기 때문이었다.

신옥자는 새삼 주변을 둘러보았다. 다들 어떤 사연으로 이곳에 온 걸까 하는 호기심이 일었다. 그중에서 관심을 제일 끄는 것은 단연 통로 옆자리에 앉은 김석일 부자였다. 왜 아내 없이 왔을까, 궁금함이 몸의 피로를 뚫고 나왔다.

어차피 며칠 함께 돌아다닐 동지가 아닌가. 신옥자는 인사나 할 겸 용기를 내어 말을 걸어 보았다.

"아이랑 단둘이 여행하시나 봐요."

김석일은 그 물음이 자신을 향한 것인지 금방 깨닫지 못했다. 질문 뒤에 남은 공백이 신경 쓰이고 나서야 자신에게 물은 것이라는 걸 깨달았다. 김석일은 낡은 컴퓨터의 로딩처럼, 신옥자의 말이 떨어지고도 한참 뒤 아주 천천히 고개를 돌렸다.

"네."

짧은 대답의 찰나에 보인 그 눈빛에 신옥자는 잠시 흠칫했다. 여행에 온 사람 맞나 싶을 정도로 삭막해 보이는 눈빛이었다. 사막에서 조난을 당해 생을 포기한 남자를 만나면 이런 눈빛이지 않을까. 이상한 남자였다. 신옥자는 괜히 말을 걸었다는 생각을 하며 분위기를 바꿔 보려 일부러 웃어 보였다.

"좋은 아버지시네요. 몇 살이에요?"

김석일이 아이를 내려다보았다. 순간 이마를 찡그린 것 같았다. 하지만 다시 고개를 들어 신옥자를 봤을 때 이마는 구겨져 있지 않았다.

"초등학교 1학년입니다."

"어머, 더 어린 줄 알았는데. 아이가 귀엽네요."

"네."

간단한 대답 뒤 김석일은 창가에 앉은 아이를 향해 몸을 돌리더니 등받이에 머리를 기대었다. 이쪽으로 돌린 등은 더이상 말을 걸지 말라는 단호한 표현이었다. 머쓱해진 신옥자가 괜스레 머리를 매만지고는 이내 창밖으로 시선을 던졌다. 기대를 하고 참가한 여행인데 이상한 사람의 옆자리에 앉고 말았다.

'다른 자리에 앉을걸.'

신옥자는 갑자기 여행에 대한 흥미가 꺾였다.

* * *

김석일의 뒷자리에는 젊은 부부가 타고 있었다. 결혼한
지 2년 된 최미숙과 반종섭이었다. 부산에서 상경해 녹록
지 않은 서울살이에 치이던 최미숙과 형님 앞으로 보증을
잘못 서서 빚더미에 올라앉은 반종섭은 친구의 소개로 만
나 서로의 어려운 살림에 의기투합해 동거를 하다 덜컥 아
이가 생긴 김에 에라 모르겠다, 혼인신고부터 한 케이스였
다. 뒤늦게 이 사실을 알게 된 두 사람의 부모님이 기겁을
하고 달려와 멱살잡이에 머리채 드잡이를 한 뒤, 깊은 한숨
과 함께 결혼식을 치러 주었다. 결혼식은 부모님의 도움으
로 치렀다지만, 신혼여행 정도는 자신들의 힘으로 치러야
겠다 싶은 마음에 찾아낸 것이 이 싸구려 패키지여행이었
다. 그들의 힘으로 신혼여행을 떠난다는 소식에, 그나마 너
희들이 조금은 모아 놨나 보다 하는 안도의 한숨을 쉬는
얼굴을 보고는 차마 '싸구려 미끼 상품' 패키지여행인 것은
말하지 못했다.

최미숙은 자신의 네 번째 손가락에 걸린 실반지를 만지작거렸다. 이번 결혼식을 위해 8개월 카드 할부로 산 순금 반지였다. 내년에는 꼭 이 반지를 열 돈짜리로 만들리라.

"어머, 더 어린 줄 알았는데. 아이가 귀엽네요."

부산스러운 목소리에 최미숙은 반지에 고정했던 시선을 앞쪽으로 던졌다. 왼쪽 앞줄에 앉은 여자가 건너편의 남자에게 말을 건네고 있었다. 남자는 계속 심드렁한 단답만 하고 있었다.

'저 아줌마는 눈치도 없나. 말 걸지 말라고 온몸으로 말하고 있구만.'

최미숙은 목을 빼고 자신의 앞자리에 앉은 사람들을 넘겨다보았다. 얼굴이 보일 리가 없는데도, 자신도 모르게 엉덩이까지 들고 상체를 앞으로 내밀었다.

'어린 줄 알았는데, 귀엽다'라는 말에 호기심이 생겨 거의 반사적으로 건너다본 것이었다. 아이가 안쪽에 앉아 있어 잘 보이지 않았다.

최미숙의 시선을 느낀 것인지, 최미숙이 일어나면서 앞좌석을 친 것 때문인지는 몰라도, 앞자리의 김석일이 고개를 쓰윽 돌렸다. 엉덩이를 반쯤 든 어정쩡한 상태에서 김석일과 눈이 마주쳤다. 그가 눈을 치켜떴다.

"왜요?"

"아…… 저……."

최미숙은 허둥지둥 시선을 피했다. 자기도 모르게 심장이 쿵, 내려앉았다.

"아니, 그냥. 다른 게 아니고……. 아이가 여행에 참가했다고 하니 그냥 궁금해서요. 인사도 하고 싶고."

"지금 잠들었습니다."

최미숙이 아이가 앉은 쪽을 보았다. 몸이 김석일 쪽으로 기울어져 있거나, 차의 반동에 따라 머리가 이리저리로 흔들리지도 않았다. 잠이 든 것도 아닌데 거짓말인 것 같았다.

"아…… 예. 죄송해요."

뭐에 대한 사과인지도 모르면서 최미숙은 더듬더듬 사과를 했다. 김석일은 더이상 대화할 일이 없다는 듯 고개를 휙 돌렸다. 최미숙은 털썩, 의자에 주저앉았다. 어떤 애인지 보려 했다가 갑자기 이상한 여자 취급을 당했다. 기분이 영 개운치 않았다.

"왜?"

버스에 올라탄 뒤 내내 입을 벌리고 자던 반종섭이 그들의 대화 소리에 깼는지 최미숙에게 물었다. 아직 몽롱한 얼굴이었다.

"아니. 아냐, 아무것도."

최미숙은 고개를 저었고, 반종섭은 다시 등받이에 몸을 묻고 눈을 감았다. 최미숙은 눈을 깜박이다 앞자리에 등받이 위로 보이는 김석일의 머리통을 응시했다.

'깜짝이야. 여행 와서 왜 저렇게 무서운 얼굴이지? 왜 애랑 둘이 왔을까. 아이 엄마가 죽기라도 했나, 아니면 이혼? 아무튼 좀 이상한 사람 같아. 느낌이 좋은 사람은 아니야. 웬만하면 가까이 하지 말아야지. 이따 휴게소에 도착하면 은근슬쩍 다른 자리로 옮겨갈까 봐.'

최미숙은 자신이 보았던 남자의 서늘한 얼굴을 떠올리면서 가볍게 몸을 떨었다.

* * *

'근목 휴게소'라는 팻말이 보이자, 버스 안의 공기가 가볍게 일렁였다. 두 시간 가량 이동하는 동안 다들 몸이 굳은 데다, 입이 심심한 차에 휴게소가 가까워지자 즐거운 기대감이 만연했다. 여자들은 주섬주섬 지갑을 챙겼고, 남자들은 대부분 기지개를 켰다. 옆자리에 앉은 최미숙의 남편 반종섭도 갑자기 주변이 부산스러워지자 눈을 떴다.

"아주 잠만 자고. 자러 왔어?"

최미숙은 옆자리에 앉은 신랑을 향해 눈을 흘기며 한소리했다. 간신히 눈을 뜬 반종섭은 변죽 좋게 웃으며 다른 남자들처럼 기지개를 켰다. 마른 고목이 부러지는 소리가 그의 어깨 근처에서 들렸다. 그는 잠에서 덜 깬 얼굴로 주변을 둘러보았다. 휴게소 팻말이 눈에 띄었는지 목을 벅벅 긁으며 말했다.

"나는 우동."

"우동 같은 소리 하네. 아주 한 대 맞고 싶지?"

"봐줘. 어제 늦게까지 야근했잖아."

흥 하고 최미숙은 콧방귀를 꼈다. 아무리 싸구려 패키지 여행일지라도 단둘이 떠나는 첫 여행인 만큼 즐겁게 보내고 싶었다. 그 바람을 어긋나게 만든 신랑에게는 콧방귀도 부족했다.

'그래도…….'

미운 놈 떡 하나 더 주는 셈 치고 최미숙은 신랑이 말한 우동 값을 치르기 위해 지갑을 열어 안에 들어 있는 현금 액수를 확인했다. 남편은 어디 가서 뭔가를 물어보거나 직접 주문하는 것은 피하려는 경향이 있었다. 대형 마트의 푸드 코트에 가면 있는 주문 기기가 아니면 스스로 주문을 하지 않으려고 했다. 저런 성격으로 어떻게 사회생활을 하는지 신기했다.

지갑을 꺼내고, 남편과 함께 차에서 내리기 위해 일어서다, 문득 앞 좌석 쪽으로 눈길이 갔다. 뭐라고 설명할 수는 없지만 어딘지 모르게 이상해 보이는 남자, 김석일이 옆자리에 앉은 아이를 깨우고 있었다. 아이는 기운 없이 눈을 뜨더니 창밖을 내다보았다. 휴게소에 온 것을 알 텐데도 신나 하는 것 같지가 않았다. 그러거나 말거나 어느새 김석일은 모자를 다시 고쳐 눌러쓰고 짐을 올려 둔 선반에서 내린 배낭을 둘러메고 있었다.

'귀중품만 들고 내리면 될 텐데.'

휴게소에서 약간의 시간만 보내면 다시 버스에 올라타는 것을 생각해 볼 때 짐을 다 가지고 내릴 필요는 없었다. 관광버스를 타고 와 휴게소에 들르는 대부분의 여행객들은 옷가지가 들어 있는 배낭은 버스에 두고 지갑 같은 것만 들고 내리는 데 반해 김석일은 처음 이 버스에 올라탈 때 그대로 내릴 준비를 하고 있었다.

'의심이 많은가 봐. 다른 사람들을 경계하고 저러려면 왜 패키지 여행을 해? 이상한 사람이네.'

버스는 이내 근목 휴게소에 도착했다. 버스 기사가 주차장에 버스를 세웠다. 치익 하는 김빠지는 소리를 내며 앞문이 열렸다.

계승 여행사 손승욱이 자리에서 일어섰다. 버스 복도에 서서 여행객들과 마주보았다. 그는 하나둘 잠에서 깨고 있는 여행객들을 둘러보고는 목소리를 높였다. 자신도 피곤했지만 여행객들을 위해 어조를 한 톤 높여 유지하는 것도 잊지 않았다.

"휴게소에 도착했습니다. 지금부터 한 시간 자유시간입니다. 간단히 점심 식사들 하시고 휴식을 취하신 다음에 버스 앞으로 모여 주세요. 정확히 한 시간입니다."

손승욱은 손목시계를 보며 시간을 확인했다. 도착한 시간이 정확히 12시였다. 패키지여행의 생명은 시간엄수다. 베테랑 기사님답게 경유지 도착 시간을 칼같이 지켰다.

식대는 미포함인 여행이다. 손승욱은 왠지 미안한 기분이었지만, 이번 여행에 참가한 사람들은 그쯤은 생각하고 있었다는 듯 지갑을 들고 삼삼오오 버스를 벗어났다. 사람들이 내릴 때마다 손승욱은 문가에 서서 목례를 했다.

"분실이 있을 수 있으니 소지품은 직접 챙겨서 나가세요. 분실이 있어도 책임지지 않습니다. 귀중품은 반드시 들고 내리시고요. 그럼 점심 맛있게 드시고 오십시오."

여행객들이 썰물처럼 빠져나갔다. 거의 다 내렸나 싶어 손승욱은 고개를 들었다. 마지막으로 버스에서 내리기 위해 김석일이 걸어 나왔다. 아이의 손을 잡고 버스 계단을 내려섰다. 깊게 모자를 눌러써 한층 무뚝뚝해 보였다. 그다지 친근감이 가는 인물은 아니었지만 손승욱은 다른 사람들과 마찬가지로 예의를 갖춰 미소와 함께 인사했다.

"맛있게 드시고 오십시오."

다른 사람들 같으면 '네' 정도는 대답하며 마주 목례를 했을 텐데 김석일은 손승욱 따위는 눈에 보이지도 않는다는 듯 휙 지나쳐 갔다.

'그럼 그렇지, 역시 호감 가는 스타일은 아니라니까.'

손승욱은 그렇게 생각하며 이 여행을 어떻게 마무리 지을지 걱정했다.

그때였다.

"점심시간 동안 버스는 문을 잠급니까?"

몇 발자국 지나쳐 가던 김석일이 몸을 돌려 이쪽을 보고 있었다. 그걸 왜 물을까 싶었지만 그보다 앞서 김석일이 먼저 말을 걸다니 신기하다는 생각이 들었다. 가이드라고 해도 자신도 여행객들과 대화는 많이 하지 않는 편이지만, 김석일은 첫인상부터 왠지 다른 사람들과는 전혀 말을 섞지 않을 사람처럼 보였다.

"아뇨. 버스에서 쉬려고 들어오시는 분도 있으니 문은 잠그지 않습니다. 귀중품이 있다면 들고 내리십시오."

손승욱의 대답에 김석일은 큰 눈을 한번 껌벅이고는 몸을 돌려 다시 발걸음을 옮겼다. 알았다거나, 들고 내리지 않는 것도 분실이 되어서는 안 된다거나 하는 대답도 전혀 하지 않았다. 손승욱은 고개를 절레절레 흔들며 김석일의 뒷모습을 응시했다.

"역시, 호감이 안 가는 사람이야."

* * *

휴게소 옆 나무 벤치에서 손승욱은 포장해 온 김밥과 떡볶이로 대충 점심을 때웠다. 회사에서 나오는 출장비에 영수증만 첨부하면 한 끼에 7000원까지는 지원해 주니 적당히 휴게소에서 밥을 사먹어도 되지만, 여행객들과 마주치는 것이 왠지 어색하고 불편했기 때문에 홀로 떨어져 나온 참이었다.

김밥을 쌌던 은박지를 둥글게 뭉쳐 떡볶이를 담아 온 일회용기 안에 넣고 그대로 쓰레기통 안으로 던져 넣었다. 이 사이에 낀 시금치 줄기를 혀끝으로 빼 보려 하다가, 그냥 검지 손톱으로 빼내어 허공으로 퉁겼다. 손승욱은 담배나 한 대 필까 하다가 그만두고 버스로 돌아왔다. 이래 봬도 이번 여행의 책임자인데, 다른 사람들에게 담배 냄새를 맡게 하면 좋지 않을 것 같았다.

버스로 돌아와 조금 쉬고 있자니 여행객들이 하나둘씩 돌아와 버스에 올라탔다. 손승욱은 일일이 목례를 건네며, 다음 코스를 생각했다. 이 코스를 맡은 것은 처음이라 아직 바로바로 다음 일정을 떠올리기가 익숙지 않았다. 일정표를 확인하든가 아니면 지금처럼 가만히 기억을 더듬어야 했다. 다행히 다음 일정이 머릿속 어딘가에서 떠올랐다. 바로 이번 여행의 최대 스폰서, '근목리 특산물 판매장'을 구경하는 코스였다. 상인들에게 돈을 받고 여행객들을 내려준다. 상인들은 호객 행위를 하고, 그것도 여행의 한 코스이기 때문에 여행객들은 억지로라도 구경해야 한다. 싼 여행을 할 수 있는 데 따른 대가인 셈이었다. 결국 세상엔 공짜란 없었다.

집합 예정 시간이 10분 정도 지나자, 버스에 여행객들이 거의 돌아왔다. 손승욱은 인원 체크를 했다. 하지만 굳이 일일이 호명하지 않아도 누가 아직 오지 않았는지 한눈에 보였다. 출발 때부터 내내 속 썩이던 두 자리가 이번에도 역시 거슬렸다. 뭔가 이상한 분위기를 풍기던 남자, 김석일과 그 아들의 자리였다.

"좀 늦으시나 본데요. 잠시만 기다렸다가 다 모이면 다음 코스로 이동하겠습니다."

손승욱은 버스 기사에게 부탁해 밝은 노래를 틀었다. 시간이 딜레이 될수록 자신만 쳐다보는 관광객들의 시선을 견디려면 어색하고 무안하기 때문이었다. 하지만 그것도 오래 버티지는 못했다. 곡이 몇 곡 정도 지나자 서서히 사람들의 불만이 터져 나오기 시작했다. 그도 그럴 것이 집합 예정 시간보다 이미 20분이나 지났기 때문이었다.

손승욱은 초조해지기 시작했다. 여행사에 입사한 지 고작해야 1년. 이런 돌발적인 사태에 어떻게 대처해야 하는지 준비되었을 리는 만무했다.

"화장실에 휴지가 없어서 못 나오는 거 아냐?"

"아니, 아직도 밥을 먹나?"

한 사람이 시작하니 너나없이 목소리를 드높였다.

"아, 거참! 이봐요, 전화 좀 한번 해 봐요!"

누군가의 날카로운 외침에 손승욱은 퍼뜩 정신을 차리고 휴대폰을 열었다. 휴대폰에는 이번 여행객들의 명단과 전화번호 리스트가 들어 있었다. 손승욱은 황급히 김석일의 번호를 찾아 전화를 걸었다.

신호음이 몇 번이고 이어졌다. 손승욱은 더 초조해졌고, 전화기 너머 속에서 김석일의 목소리는 끝내 들리지 않았다.

—**고객이 전화를 받지 않아……**.

좌절감을 견뎌내며 재차 전화를 걸었다. 이번에도 마찬가지였다. 어떤 상황인지 낌새를 차린 승객들이 더욱 불만의 목소리를 높이기 시작했다. 휴대전화를 쥔 손승욱의 손이 달달 떨렸다. 당황스러웠다. 처음 겪는 상황이라 어떻게 대처하면 좋을지 머릿속이 혼란스러웠다. 점심에 먹은 김밥이 목구멍으로 기어 올라올 것 같았다. 버스 승객들의 날 선 시선을 피해 일단 버스에서 내렸다. 여유라고는 전혀 찾아볼 수 없는 눈빛으로 휴게소 여기저기를 훑었지만 기다리는 인물은 나타나지 않았다.

깊은 한숨을 내쉬며, 손승욱은 이제 각오해야 하는 순간임을 직감했다. 본사에 전화해 승객 두 명의 행방이 묘연해졌노라고, 그냥 갑자기 마음이 바뀌어 여행을 포기한 것인지, 아니면 정말 생각하기도 싫지만 사고라도 난 것인지 파악조차 되지 않는다고, 그렇게 보고해야 했다.

경위서 정도로는 끝나지 않을지도 몰랐다. 만약 사고라

면 신입이고, 첫 여행부터 사고를 쳤으니 곧장 사직서를 낼 각오를 해야 할 수도 있었다.

본사 사무실의 전화번호를 누르고 통화 버튼을 누르는 순간 눈을 질끈 감았다. 전화를 받은 것은 사업팀의 김 대리였다.

"어린아이랑 아버지가 함께 왔는데, 둘 모두 사라졌습니다. 연락도 되지를 않고."

전화는 곧장 과장에게로 넘어갔다. 비명 같은 소리를 내지르며 과장이 무슨 일이냐고 물었지만, 손승욱은 자신에게 무슨 일이 난 것인지를 스스로도 알 수가 없었다. 그저 두 사람이 어느 순간 사라졌다는 말뿐.

생각할 시간이 필요하다는 듯 과장은 전화기 너머에서 한참이나 침묵을 지켰다. 그러다 이내 말을 하기 시작했는데, 그 소리로 유추해 볼 때 입술을 지그시 깨문 모습이 눈앞에 그려졌다.

—일단 버스는 출발시켜. 김 기사님도 경력이 꽤 되니까 도착하면 어디로 가야 하는지 어떻게 인솔해야 하는지 대충 알 거야.

"그럼……. 저는요?"

—자네는 거기 남아서 두 사람을 더 찾아야지. 하지만 최악의 경우에는…… 경찰에 신고하고 즉각 보고하도록.

'경찰'이라는 단어가 나오자 온몸이 팽팽히 긴장했다.

"네, 알겠습니다."

—그 최악의 경우가 만약 여행사의 과실로 몰려서 보험 처리를 해야 하는 일이 생기면 각오해야 할 거야. 물론 나도 무사하지는 못하겠지만.

어떻게든 찾아내겠다고 밑도 끝도 없고, 계획도 없는 약속을 한 손승욱은 전화를 끊고 부랴부랴 버스에 올라탔다. 승객들의 표정이 싸늘했다. 애써 그 날 선 시선들을 피해 손승욱은 김 기사에게 과장의 말을 전달했다. 자신의 담당도 아닌 일이 넘어와 떨떠름하기는 하지만 어쩔 수 없다고 생각했는지, 김 기사는 좋지 못한 표정으로 이내 고개를 끄덕였다.

"저기, 안내 말씀 좀 드리겠습니다."

손승욱은 버스 승객들에게 시간이 지연되어 죄송하다는 사과와 함께 고개를 숙였다. 물론 너무나 돌발적인 상황이라는 것을 잊지 않고 어필했다. 두 사람의 일탈일 뿐이지, 여행사의 관리 책임과는 상관이 없다는 것을 에둘러 선 그은 것이었다. 그러고는 자신이 더이상 인솔을 할 수 없는 상황을 설명하며, 인솔자는 없지만 김 기사가 여행을 무리 없이 이끌 거라고 약속했다.

어쩔 수 없는 상황이라고 생각했는지 더이상 항의는 나

오지 않았다. 여행을 진행시키다 사람이 실종된 것도 아니고 휴게소에 들렀다가 모습을 감춘 사람에 대한 것은 손승욱이나 여행사의 잘못이 아니라는 것을 알고 있기 때문일 터였다.

"어쩐지 좀 이상한 사람들인 것 같더라니."

신옥자가 불평하듯 내뱉은 말이었다.

손승욱은 다시 한 번 머리를 조아린 뒤 버스에서 내렸다. 버스는 치익 하는 소리와 함께 앞문을 닫고 출발했다. 멀어져 가는 버스의 꽁무니를 시선으로 쫓으면서 손승욱은 어떻게든 최악의 상황까지 가지 않도록 해야겠다고 생각했다.

하지만 그로부터 한 시간 뒤 손승욱은 그 생각이 헛된 것이라는 것을 깨닫고 112 버튼을 누르는 데 이르렀다. 그때까지도 손승욱은 알지 못했다. 단순히 경찰에 신고하면 그들이 수사를 진행할 것이고, 인근의 CCTV든 뭐든 뒤져서 모습을 감춘 두 명의 행방을 찾아줄 거라고 간단히 생각했다.

그가 생각지도 못한 최악 중의 최악이 아직 모습을 드러내지 않고 있다는 사실을 적어도 그때는 상상치 못하고 있었다. 물론 그 최악 중 최악의 사태가 버스에 실려 떠나고 있다는 것도 알지 못했다.

* * *

근목 휴게소를 출발한 버스는 20분여를 달려 코스 중 하나인 특산물 판매 전시장 앞에 섰다. 여행사와 특산물 판매 전시장의 스폰 계약 내용은 여행객들을 내려주는 것만 명시되어 있다. 여행객들이 사든지 말든지 간에 손님들을 내려만 주기만 하면 후원금을 낸다. 그것으로 일부 여행 비용이 충당되어 이 패키지여행이 싼 값을 유지할 수 있는 것이다. 사지 않아도 여행사에서는 상관없다. 그러나 여행객들은 물건을 사지 않기 힘들 것이다. 그것은 판매 전시장 측의 영업력이다. 사지 않는 여행객들의 자존심을 긁어서라도 물건을 사게끔 만든다.

신옥자는 멸치 선물세트 앞에서 가방을 열었다.

"포장도 아주 고급스럽죠? 이거 지금 안 사면 다른 데 가서 곱절은 줘야 해요. 안 사면 바보지, 뭐."

반말인지 존댓말인지 모를 말로 멸치 판매소의 중년 여자가 신옥자를 꼬드기기 시작했다. 특산물 판매소 호객 경력 4년의 힘을 한데 끌어모아 신옥자의 귀를 솔깃하게 만

들고 있었다. 덕분에 신옥자는 그녀의 입이 열린 지 3분도 지나지 않아 가방을 열어 지갑을 찾고 있는 것이었다. 어째서 바다도 아닌 여행지의 특산물이 멸치인지 생각할 겨를도 없었다.

"어? 지갑 어디 갔지?"

미간을 찌푸리며 신옥자가 고개를 갸웃했다. 한쪽 손으로 가방의 손잡이를 잡고, 다른 손으로 가방 안을 뒤적였다. 신옥자는 미간을 찌푸리며 가방을 바닥에 털썩 내려놓았다. 이번에야 말로 찾겠다는 의지를 보여 주듯 그녀는 가방에 들어 있던 소지품을 바닥에 하나하나 꺼내 놓기 시작했다.

그런 신옥자를 내려다보는 멸치 집 주인은 '나보다 더 고단수 아냐.' 싶은 얼굴이었지만, 애써 웃으며, 천천히 찾아보라고 신옥자를 다독였다.

"아, 맞다! 여행 가방 안에 지갑을 넣었지, 참!"

신옥자는 요란스럽게 손뼉을 쳤다. 깜박 잊고 있었다. 가방에 넣고 다니다가 분실할지도 몰라서 여행에서 쓸 용돈과 카드가 든 지갑은 여행 가방에 넣어 놓고, 소소한 간식거리나 점심 식사비를 낼 정도만 동전 지갑에 넣어 가방에 들고 다녔다. 나이가 들어 자꾸 깜박하는 통에 잘 넣고 다녀야지 생각했는데, 너무 잘 넣어둬서 깜박했다.

"나 버스에 좀 다녀와서 살게요."

멸치집 판매원은 못 미더운 얼굴을 했지만, 애써 미소를 유지했다.

"그러세요. 대신 진짜 다녀오셔야 해요. 이거 다 풀어서 보여 드려서 다른 사람한테는 팔지도 못해요."

신옥자가 사람 좋은 웃음을 지었다.

"걱정 마요. 금방 올 테니까. 어차피 여기 구경하고 있는 사람들 다 우리 버스 탄 사람들인데, 뭐."

그렇게 말하며 신옥자는 주변을 두리번거렸다.

"아, 저기 있네. 이봐요, 아저씨! 버스 기사 아저씨!"

반색하며 신옥자가 팔을 뻗어 휘둘렀다. 소란스러운 소리에 한 남자가 그쪽을 돌아보았다. 이번 패키지여행의 버스 운전을 맡은 김 기사였다. 아직 원래의 가이드였던 손승욱으로부터 연락이 없어서 어떻게 됐는지 전화를 걸어 볼까 하던 중이었다. 하지만 신옥자가 부르는 바람에 휴대폰을 주머니에 쑤셔 넣고 빠른 걸음으로 걸어갔다.

"아저씨, 버스 짐칸 좀 열어 주면 안 돼요?"

대뜸 용건부터 꺼내는 신옥자를 보던 김 기사의 얼굴이 아주 찰나 찌푸려졌다. 짐칸을 열어 달라는 것을 보면 분명 가방에서 주섬주섬 뭘 꺼내려는 것 같은데, 그렇다면 다른 물건의 분실 우려도 있고 하니 옆에서 지키고 서 있어야 한다. 더운데 주차장까지 갈 생각을 하니 짜증이 났다. 하지만 한편 거절하기도 애매했다. 패키지여행의 묘미는 '여행사에서 다 알아서 해 주는' 것이 아니던가. 여행 매니저인 손승욱도 갑작스런 사태에 동행하지 못했기 때문에 미룰 사람도 없었다. 김 기사는 억지웃음을 지으며 고개를 끄덕였다.

"같이 가세요. 뭘 잊어버리고 오셨나 봐요."

"아유, 지갑을 여행 가방에 넣어서 짐칸에 실어 버렸지 뭐예요."

대체 지갑을 여행 가방에 왜 넣었으며, 여행 가방에 지갑이 들어 있으면 안 사면 되지 얼마나 대단한 물건이기에 이렇게 불편을 끼치는 것인지 이해가 가지 않았다. 물론 그 생각은 전부 진심이지만 말로 할 수는 없었다. 걸음을 옮기면서 어색한 시간을 이겨내려 김 기사는 궁금하지도 않은 물음을 했다.

"뭘 사시려고요?"

"멸치 세트."

뭐가 그렇게 웃긴지 신옥자는 멸치 세트라는 말 뒤에

"호호호호" 너무나도 수다스러운 웃음을 터뜨렸다.

'민망하긴 한가 보지.'

주차장에 도착한 김 기사는 버스의 문을 열고 운전석에 올랐다. 한낮의 땡볕에 버스의 온도는 상상을 초월했다. 올라가자마자 후끈한 공기가 온몸에 들러붙었다. 가만히 있어도 땀이 줄줄 흘러내렸다. 그는 재빨리 짐칸을 여는 버튼을 조작하고 버스에서 내렸다. 열린 짐칸으로 신옥자는 이미 허리를 숙이고 여행 가방을 찾아 거의 기어들어가다시피 하고 있었다.

신옥자가 여행 가방을 꺼내기를 기다리며 조금 멀찍이 떨어져서 김 기사는 담배에 불을 붙였다. 연기를 내뱉으며 오늘의 남은 코스와, 어떻게 하면 이 짐덩이 같은 여행객들을 예정 시간보다 좀 더 빨리 숙소로 들여보낸 뒤 자유 시간을 가질 수 있을까에 대해 생각했다. 문득 손승욱은 그 남자를 찾았는지 궁금해지기도 했고, 어제 LA다저스의 경기에서 부상으로 2년 만에 등판한 한국 선수 박현모의 멋진 폼을 머릿속에 그려 보기도 했다.

그런데 돌연, 나름 평화로운 김 기사의 그런 시간이 갑작스런 신옥자의 비명과 함께 깨졌다.

"꺄아아악!"

거의 반사적으로 김 기사는 버스 짐칸을 향해 고개를 돌렸다. 파랗게 질린 얼굴로 신옥자는 입을 벌린 채 바닥에 주저앉아 있었다. 그녀가 지갑을 찾기 위해 열었을 여행 가방이 저만치 나가떨어져 있었다. 이유는 알 수 없지만 아마 신옥자가 던진 모양이었다. 몇 시간 보지도 않았지만 신옥자는 유난스러운 성격 같았다. 하지만 조금 전의 그 비명은 예사롭지 않았다. 유난을 떠는 정도가 아니었다.

김 기사는 신옥자 쪽을 응시했다. 열린 가방에서 뭔가 쏟아져 나와 있었다. 등줄기가 바짝 곤두서는 기분이 들었다. 본능적으로 몇 발짝을 옮겨 가방 가까이로 갔다.

그러자 확실히 보였다. 열린 가방에서 쏟아져 나와 있는 것은 사람의 손이었다. 마네킹과도 다르고, 살아 있는 사람의 것과도 시각적 질감이 전혀 다른 손.

사체였다.

피투성이의 그 손은 마치 손을 잡아달라는 듯 신옥자를 향해 뻗어 있었다.

다시 한 번 신옥자의 날카로운 비명이 휴게소의 주차장을 뒤흔들었다.

제1장

아침만 해도 영상 25도였던 기온은, 오후 3시를 기점으로 절정으로 치달았다. 거기에 더해 근목리 특산물 판매장 앞의 아스팔트 주차장 바닥은 그 열기를 고스란히 받아 눈앞을 일렁이게 만들었다. 조금만 움직여도 등허리로 땀이 지렁이처럼 흘러내렸다.

무엇보다 사건을 배정받은 은파 경찰서 강력2팀 형사들 말고도, 인근 지역에서 지원을 나온 형사들과 감식반 대원들, 상인들과 지나가던 여행객들까지 근목리 특산물 판매장의 앞마당을 바글바글 채우고 있어 열기는 더욱 높게 느껴졌다.

사건의 지휘는 은파 경찰서 강력2팀장 박상하가 맡았다. 177센티미터의 키에 다부진 체격, 보기 좋게 그을린 피부, 검은색 티셔츠에 활동성 좋아 보이는 바지를 매치하고 운동화를 신고 있었다. 수년 전 경기 조직폭력배 소탕 작전 때 칼 맞은 상처가 어깨부터 시작되어 티셔츠 밑으로까지 이어져 있었다. 외양만 보면 조직폭력배 사이에 놓아도 누가 형사인지 분간하기 힘든 수준이었다. 다행히도 유난히 곱슬거리는 머리가 그나마 그의 인상을 순하게 보이게 했다. 종종 파마를 한 것이 아니냐며 놀림을 받고 있지만 천연 곱슬이었다. 비가 오기 전이나 비가 올 때 공기가 눅눅하면 유난히 부스스 머리가 더 일어났다. 나름 콤플렉스였다.

관광버스는 폴리스라인에 둘러싸였다. 활짝 열린 짐칸은 짙은 어둠을 감추고 제물을 집어삼키기 위해 아가리를 벌린 괴물 같았다. 발견자가 기겁하며 던진 토막 시신은 이미 거두어진 상태였다. 쏟아진 혈흔과 위치를 표시하는 페인트 선이 섬뜩하게 자리하고 있을 뿐이었다.

토막 시신은 물론이고 혹시 남아 있을 가해자나 피해자의 다른 증거를 수집하기 위해 감식반이 부지런히 움직이고 있었다. 증거가 떨어져 있을지 모르는 주차장 바닥을 비롯, 차량의 짐칸은 물론이고 김석일과 그의 아들이 탔던 자리도 모두 감식의 대상이 되었다.

박상하는 그런 일련의 움직임들을 팔짱을 낀 채 쳐다보고 있었다. 단 한마디도 참견하지는 않았지만 그의 머리는 아주 빠르게 회전하고 있었다. 사건의 정황은 명백했다. 시신을 유기한 것은 이 여행에 참가했던 한 남자였다. 그리고 그 남자는 현장에서 도주했다. 그러니 어떤 것을 추적해야 하는지는 이미 결론 나 있었다. 남자가 사라진 휴게소의 CCTV 영상은 이미 요청해 놓은 상태였다. 그리고 인근 국도 및 고속도로의 영상까지 요청을 해 놓았다. 하지만 걱정되는 점이 하나 있었다.

휴게소 뒷편에는 산이 위치해 있다. 산 쪽으로 도주했을 가능성을 생각하면 대대적인 인력 보강이 이루어져야 할 터였다. 도주로 파악이 안 되면 사건이 장기화될 가능성도 있다. 피해자가 누구이고, 어떻게 왜 살해당해 버려졌는지도 물론 수사에 있어 중요한 점이었지만 가해자를 잡는 일이 그 어떤 것보다 우선시되어야 했다. 용의자 체포의 시간이 길어질수록 해결과 거리가 멀어진다. 어려울 때 돕는 것이 미덕이라 어렸을 때부터 배운 가해자의 지인들이 가해자를 감싸줄 가능성도 열려 있기 때문이었다.

그때 박상하의 주변에 작은 소란이 일었다. 조금 전 관광버스 한 대가 또 수십 명의 관광객을 부려 놓았기 때문이었다. 아무 생각 없이 내린 관광객들은 보란 듯 주차되어 있는 경찰차며 폴리스라인에 관심을 갖고 특산품 구경은 뒷전인 채 이쪽을 기웃거리기 시작했다. 처음에는 수군대던 목소리들이 서서히 그의 귓전을 때리기 시작했다. 그리고 종당에는 사람들이 점점 많아져 안쪽으로 떠밀리기 시작했다.

그때 누군가 툭, 박상하의 등에 부딪혔다. 그 반동으로 박상하의 몸이 기울었다. 중심을 잡기 위해 박상하가 한쪽 발을 땅에 디뎠다. 곧장 박상하의 미간이 찌푸려졌다. 그의 발바닥 아래에 언제 버려졌을지 모를 담배꽁초가 깔려 있었다. 짜증이 더럭 났다. 현장에 있는 담배꽁초 하나 머리카락 하나 중요하지 않은 것은 없었다. 현장을 막 다루는 것은 박상하가 가장 싫어하는 일이었다. 그리고 사건관계자가 아닌 사람들의 흥미만 가득한 관심들도.

"야, 이남석!"

"예, 팀장님!"

박상하의 부름에 즉각 대답을 한 이남석이 뛰어왔다. 보란 듯 박상하가 매서운 눈빛으로 소리쳤다.

"현장 보존 안 할래?"

이남석의 시선이 박상하의 등을 밀고 있는 행인들에게로 향했다. 곧장 어떤 사정인지를 파악했는지 이남석이 행인들에게로 다가갔다. 마치 박상하를 보호하려는 사람처럼 양팔을 내밀고 행인들 앞에 서서 뭔가 대화를 시도하고 있었다. 그 모습을 보고 박상하는 관광버스 쪽으로 향했다. 사건 조사를 위한 양해의 부탁은 이남석이 충분히 커버해낼 것이다.

아무런 무늬도 없는 흰색 반팔 셔츠에 상아색 면바지를 입은 남자가 버스의 짐칸 근처에 서 있었다. 그의 주변에 현장 감식 복장을 착용한 대원들이 바닥을 면밀히 조사하고 있었다. 박상하를 발견한 남자가 바삐 걸음을 옮겨 다가왔다.

"감식반장님이시죠?"

흘긋, 감식반의 작업 쪽으로 시선을 던졌다가 남자의 얼굴로 눈을 돌렸다. 검게 그은 얼굴인 남자의 유난히 흰 이가 훤히 드러났다. 얄팍한 눈이 둥글게 휘어졌다.

"은파 경찰서 팀장님이시군요? 감식반장 이호권입니다."

남자가 악수를 청했다.

박상하는 그 내민 손을 마주잡았다.

"박상하입니다."

당연하게도 인사는 짧았다. 바로 본론으로 들어가려는 듯 이호권이 버스 주변을 새삼 둘러보았다.

"저희 팀이 도착했을 때 현장은 그대로 보존된 상태였습니다. 그 당시의 사진은 전부 전송해 드렸습니다."

"사체는?"

"바로 국과수로 이동해 부검을 실시하게 될 겁니다. 정확히 7토막이 나 있었고, 육안으로 봤을 땐, 한 사람의 것이 거의 확실합니다. 피해자는 남아, 정확한 것은 아니지만 이것 역시 육안으로 볼 때 여섯 살에서 여덟 살 내지 아홉살 정도가 아닐까 추정합니다. 그 나이대의 아이들은 발육차가 워낙 환경에 따라 상이하니까 정확한 판단은 어려울 겁니다."

"개자식."

박상하는 미간을 구기고는 욕설을 뱉었다. 피해자가 어린아이라는 것도 안타까운데 그것도 모자라 훼손되다니. 대체 그 어린아이가 뭘 잘못했기에 그런 꼴을 당해야 하는가. 그동안 많은 죽음을 보아 왔지만 이런 일이 있을 때마다 박상하는 마음이 힘들었다.

이해한다는 듯 이호권도 고개를 끄덕였다.

"끔찍합니다. 저도 이 생활 20년 가까이 했지만 어린아이들이 당한 범죄는 늘 더 끔찍하고 괴롭습니다."

"팀장님."

뒤쪽에서 들려온 부름에 박상하가 고개를 돌렸다. 이남석이 서 있었다. 조금 전까지 박상하를 떠밀던 관광객들은, 그 사이 도착한 인근 지구대 형사의 지원으로 확실히 통제되고 있었다.

"저는 그럼."

"부검 결과는 최대한 빨리 부탁드립니다."

"신경 쓰겠습니다."

그렇게 말한 이호권이 다시 감식반원들의 곁으로 갔다.

박상하는 이남석에게 물었다.

"용의자 행적은? 신원 파악은 했나?"

"휴게소는 물론이고 톨게이트나 국도 쪽 CCTV 영상 분석 중입니다. 그리고 여행사에 공문을 띄워 여행객 신원에 대해 통보해 달라고 했습니다. 우선 여행객의 이름은 김석일이라고 합니다. 결제는 무통장입금이었다고 합니다. 누구의 명의로 했는지 조사 중입니다."

박상하는 고개를 저었다.

"토막 살인을 했다는 건 계획 범죄일 확률이 대단히 커.

당연히 예약한 이름도 가짜겠지. 거기다 무통장입금이라면 송금자의 이름도 다른 것으로 넣을 수 있지."

"송금한 지점을 파악해 은행 쪽의 CCTV도 확보해 놓겠습니다."

"오케이. 그럼 나머지 관광객들의 이야기를 들어봐야겠어. 다들 어디에 있지? 이번 여행의 가이드는 근목 휴게소에 남았다고 했나?"

"손승욱이라고 합니다. 관광객이 두 명이나 사라지는 바람에 버스 기사에게 가이드를 맡기고 손승욱 씨는 휴게소에 남아 본사에 보고를 했다고 합니다. 그러고 나서 본사에서 나온 직원이 차로 데리러 와서 지금 서울로 향하고 있는 길이라고 합니다. 저희가 연락을 하면 언제라도 경찰서로 와서 협조하기로 했습니다."

"다른 사람들은?"

"저기에 있습니다."

이남석이 팔을 뻗어 어딘가를 가리켰다. 주차장 가에 줄지어 심겨 있는 나무 아래 사람들이 옹기종기 모여 있었다. 일부는 앉아 있고 몇 명은 조바심이 나는 듯 선 채로 몸을 흔들고 있었다. 팔짱을 끼고 아주 불쾌한 얼굴로 가끔 손목시계를 확인하는 남자도 있었다. 박상하는 그쪽으로 다가갔다. 인기척에 사람들이 박상하를 돌아보았다. 박상하에게도 모여 있는 사람들의 면면이 보였다. 여행을 망쳐 불편한 마음, 예상치 못한 사건에 느껴지는 두려움, 그리고 숨기지 못한 호기심과 흥미가 뒤섞여 그들의 얼굴을 덮고 있었다.

"기다리시게 해서 죄송합니다. 저는 담당 형사 박상하라고 합니다. 은파 경찰서 강력계 팀장입니다."

강력계라는 말에 잠시 사람들의 얼굴에 동요가 일었다. 자신이 흥미를 갖고 두리번거리는 이 사건의 무게를 뒤늦게 깨달은 것 같았다.

"버스의 감식은 30분가량 더 걸릴 것 같습니다. 종료되면 타실 수 있습니다. 그리고 지금부터 한 분씩 저와 대화를 나누어 주셨으면 좋겠습니다. 사건 청취입니다."

어리둥절한 얼굴들이었지만 대부분 그저 고개를 끄덕이는 것으로 대답했다. 박상하는 짧게 목례를 한 후 이남석에게 한 사람씩 휴게실로 안내해 달라고 말했다. 미리 휴게소 측에 양해를 구해 작은 직원용 휴게실을 빌릴 수 있었다. 이남석이 서류를 한 뭉치 내밀었다. 여행사로부터 받은 이번 여행객의 명단이었다. 사건 청취를 하는 대상의 이름이나 나이, 주소 같은 간단한 정보는 기본으로 참고하는 것이 편리하다.

"저, 그런데."

대화를 이어가는 박상하와 이남석을 향해 한 남자가 조심스럽게 말을 걸었다. 50대로 추정되는 남성 여행객이었다. 창이 넓은 벙거지를 쓰고 얇은 바람막이 점퍼를 걸치고 있었다. 등산 바지에 등산화를 신고 있어 모르는 사람이 보면 산의 등정을 앞둔 등산객으로 보이기에 충분한 차림이었다. 하지만 그는 부산에서 일본으로 향하는 배를 탈 여행객이었다. 일본 사람들이 보면 의아할 차림이지만 대한민국에서는 흔한 옷차림이었다.

"아까 여행사에서 전화가 온 걸로는 이번 여행은 중단이라고 하던데요."

아마 그럴 것이었다. 여행사의 가이드를 맡은 매니저가 경찰에 출두해야 할 것이니까. 여행의 끝까지 버스 운전기사에게 맡길 수는 없는 노릇이었다. 그리고 이미 일정상 일본행 배편에 오르지 못할 것이 확실했다.

박상하는 물끄러미 남자를 응시했다. 남자가 말했다.

"그럼 저희 여행 경비는 어떻게 하죠? 그리고 이렇게 시간을 허비하게 됐는데 피해보상은요?"

사람이 죽었다. 그것도 제대로 세상의 맛을 보지도 못한 아이가 죽었다. 차가운 관광버스의 짐칸에서 남의 가방에 쑤셔 박힌 채 발견되었다. 하지만 같이 버스를 탔던 사람들에게는 피해보상이나 환불이 우선이다.

어쩔 수 없었다. 그것이 현실이었다. 싸구려든 아니든 내 주머니에서 나간 돈은 피해 보아서는 안 된다는 것이 지금의 현실이었다. 그렇다면 누군가의 죽음은? 그것은 현실이 아닌가?

"여행사에서 내규에 따라 따로 연락이 갈 겁니다. 아, 그리고······."

박상하는 빠르게 말을 덧붙였다.

"오늘은 짧게 사건에 관한 청취를 하지만 혹시 나중에 저희가 더 필요하면 연락을 드리게 됩니다. 그때는 경찰서로 나와 주셔야 할 수도 있습니다. 그렇게 되면 부탁드리겠습니다."

경찰서로 나와야 할 수도 있다는 말에 일순 사람들의 사이에서 작은 동요가 일었다. 귀찮다, 번거롭다 하는 생각들이 공기에 떠다니고 있었다.

사람은 죽었지만, 제대로 세상의 맛을 보지도 못한 아이가 죽었지만, 차가운 관광 버스의 짐칸에서 남의 가방에 쑤셔 박힌 채 아이가 발견됐지만, 이들은 귀찮은 건 질색이었다.

어쩔 수 없었다. 그것이 현실이었다.

* * *

박상하는 빠른 걸음으로 휴게실 안으로 들어갔다. 직원
용 휴게실인지라 넓은 편은 아니었다. 둥그런 테이블 두 개
와 플라스틱 간이의자가 전부였다. 쓰레기통 하나가 구석
에 놓여 있기는 했지만 사용했을 것 같지는 않았다. 결국
직원 휴게실이기는 하나 격무에 시달리는 직원이 근무 시
간 중에 휴게실이라는 곳을 사용하는 일은 거의 없을 것이
었다.

이남석이 뒤따라 들어왔다.

"여행사에 확인했는데요. 이번 여행의 여행객은 인터넷
스폿 광고로 모집되었다고 합니다. 여행사에는 간단하게
이름과 연락처 주소, 생년월일 정도만 제출되어 있다고 합
니다. 그런데 그 정보라는 것이……."

"분명 가짜일 테고?"

"실명 인증을 거쳐 신청하는 시스템이 아니다 보니, 확인
은 하겠습니다만 가짜일 가능성이 농후합니다. 일단 그 이

름으로 통칭하겠습니다. 김석일은 현재 시각까지 모습을 드러내지 않고 있습니다. 인근 열두 개 지구대에 수색 협조를 부탁했고, 지금 처음 모습을 감췄던 근목 휴게소 뒷산을 시작으로 수색을 펼치고 있지만 이렇다 할 연락은 없었습니다."

"오케이. 그런데 발견된 아이의 시신은 버스 기사나 여행 매니저가 확인했나? 그 아이가 맞는지?"

순간 이남석의 얼굴이 어두워졌다. 이남석은 고개를 느릿하게 가로저었다.

"시신 얼굴을 형체를 알아볼 수 없을 만큼 뭉개 났다고 합니다."

"미친 자식!"

박상하는 신음 같은 욕을 뱉었다.

'이 사건, 어떻게든 해결하고야 만다.'

박상하의 눈빛이 서늘하게 빛났다.

"사정 청취 시작하자. 한 분씩 불러."

"네."

이남석이 빠르게 밖으로 나갔다. 잠시 뒤 휴게실의 문을 열고 들어온 것은 중년 남성이었다. 깔끔한 흰색 와이셔츠에 넥타이를 매고 조끼를 입고 있었다. 콧대에 안경에 눌린 흔적이 있었지만, 남자는 안경을 쓰고 있지는 않았다.

"안녕하십니까."

남자가 정중하게 인사를 건넸다. 박상하도 자리에서 일어서서 예의 바르게 그를 맞았다. 테이블 두 개 중에 한 군데에 남자를 앉도록 했다. 주섬주섬 자리에 앉은 남자는 허벅지를 연신 쓸어내리면서 불안한 듯 시선을 이리저리로 옮겼다. 긴장한 티가 역력히 묻어났다.

"제가…… 이런 건 또 처음인지라."

남자의 변명 같은 말에 박상하는 미소로 안심을 시켰다.

남자는 여행하는 옷차림은 아니었다. 매니저인 손승욱은 중간에 휴게소에서 내리는 바람에 본사로 복귀했다. 그렇다면 버스 운전기사일 터였다. 콧대에 있는 눌린 흔적은 선글라스 때문일 것이었다. 안경을 쓰지 않는 사람인데 콧대에 눌린 흔적이 있다면 선글라스를 자주 끼는 사람, 운전기사다.

박상하는 테이블 위에 올려놓은 여행객들의 명단을 집어 들면서 이남석에게 물었다.

"버스 운전기사님이시지?"

"네, 그렇습니다."

"자, 너무 긴장하지 않으셔도 됩니다."

손바닥이 닳지는 않을까 걱정될 정도로 계속 허벅지를 문지르던 버스 기사가 고개를 번쩍 치켜들었다. 박상하와 눈이 마주치자 꿀꺽 침을 삼켰다.

애초에 태어날 때부터 선한 얼굴도 아니고, 하는 일이 이렇다 보니 언제나 눈을 매섭게 뜨고, 무표정한 얼굴을 하고 있었다. 호감 가는 얼굴이 아닌 것은 인정하지만, 매번 사건 관련자에게 사정 청취를 할 때 긴장하는 사람들을 보면 어딘지 모르게 기분이 씁쓸해졌다.

"많이 놀라셨죠?"

20여 년 간의 형사 생활 덕에 생긴 노하우면 노하우였다. 얼굴이 무섭게 생겼으면 말이라도 사근사근하게 하라.

"놀라다마다요. 내가 관광버스 기사 생활 25년간 진짜 이렇게 머리가 곤두서는 일은 처음입니다. 그 아줌마가 비명을 지르길래 그냥 버스 밑에서 쥐라도 나왔나 했지. 워낙 시골이니까. 그런데 사람 시체가 나올 거라고는. 게다가 그렇게 끔찍하다니."

그때의 생각이 머릿속에 떠오르는지 기사는 어깨를 부르르 떨더니 물었다.

"그 아줌마 기절했었는데, 멀쩡합니까?"

"깨어나긴 하셨는데 너무 놀라셔서……. 오늘 그분께 뭐가를 묻기에는 어려울 것 같더군요."

"그렇겠지요."

신옥자의 공포에 충분히 공감한다는 듯 그는 무릎을 손바닥으로 몇 번 더 비볐다.

"사람은 언제 보였습니까? 김석일…… 그러니까 아이를 데리고 탔다가 사라진 그 남자 말입니다."

버스 기사는 잠시 생각하는 듯 눈의 초점을 허공에 뒀다. 고개를 살짝 갸웃하면서도 그는 곧 입을 열었다.

"이상한 사람 같았어요."

"어떤 점이요?"

흠 하고 버스 기사는 말을 잇기를 주저했다. 자신이 하는 생각을 말로 옮기는 것이 혹시 실수를 하는 일일까 봐 걱정하는 것 같았다.

"그냥 느끼신 대로 말씀하시면 됩니다."

"그래요? 흠……. 그런데 그렇게 말해도 어떤 점이 이상하게 느껴졌다고는 확실하게 말하기 어렵네요. 그냥 일반 여행객들 같지가 않았어요. 웃지도 않고 여행객 특유의…… 들뜬 느낌 같은 것도 없고 말이죠. 단둘이 여행 가는 다정한 아빠라고 하기에는 아이랑 대화도 없고. 생각해 보면 웃지 않는 건 아이도 마찬가지였지."

박상하는 살짝 고개를 끄덕이면서도 수첩에 뭔가 메모했다. 버스 기사의 말은 장황했지만 정리하면 몇 마디의 말로 그들의 이미지가 설명되었다. 뭔가 일반 여행객 같지가 않다. 전혀 웃지 않는다. 뭐라 말하기는 어렵지만 표정이 참 기분 나쁜 사람이다. 그리고……

"애만 불쌍하죠. 애가 혹시 자기 죽이러 끌고 가는 걸 알았던 거 아닐까……"

아이에 대한 동정심으로 기사의 눈빛이 일렁였다. 박상하도 피해자가 아이라는 것에 마음이 너무나 좋지 않았다. 하지만 지금은 동정심을 드러낼 때가 아니었다. 그는 화제를 돌리기라도 하듯 볼펜을 내려놓았다.

"사체가 나온 것은 다른 버스 탑승객인 신옥자 씨의 가방이었습니다. 가방은 여행객들이 직접 짐칸에 싣죠?"

"그렇죠. 노인네들이야 힘이 없으니까 대신 실어 주기도 하지만……. 아마 그 아줌마는 직접 가방을 실었을걸요?"

도와줬다고 해도 어쨌거나 짐칸에 실릴 당시 신옥자의 가방에는 조금도 이상이 없었을 것이었다. 적어도 신옥자가 김석일의 공범이 아니라면. 그럴 확률은 거의 0%에 가깝다고 확신해도 무방할 상황이었다. 공범이라면 굳이 신옥자가 자신의 가방에서 소지품을 꺼낸다며 시신을 확인시킬 이유가 없을 테니까.

"출발하고 나서, 사체가 발견된 특산물 전시 판매장까지, 짐칸의 문을 열어 준 적 없습니까?"

"없어요."

박상하의 물음 뒤에 조금의 틈도 두지 않고 바로 답한 버스 기사는 혹시 자신의 기억에 오류라도 있을까 걱정하듯 다시 허공의 어딘가로 시선을 던졌다. 다시 한 번 기억을 반추해 생각해 보려는 듯했다. 그러고는 확신을 가진 듯 말했다.

"응! 단 한 번도 없었어요."

"그래요?"

여러 가능성을 타진해 보려고 해도 도무지 생각나는 것이 없었다. 탑승할 때 이외에는 짐칸을 열지 않았다면 사체를 신옥자의 가방에 쑤셔 넣을 시간이 없었다. 신옥자가 직접 자신의 가방에 사체를 쑤셔 넣지 않는 한.

"아! 맞아. 그러고 보니 그 남자가 손 매니저한테 그걸 물었어요."

박상하의 눈빛이 번뜩였다.

"뭡니까?"

"점심시간 동안 버스 문을 잠그냐고요."

"그래서요? 문을 잠그나요?"

"아뇨. 점심 먹고 버스 안으로 들어와서 쉬는 사람들이 있으니까 그럴 수는 없지요."

"하지만 물건의 분실이 있을 수 있을 텐데."

"그래서 점심시간 전에 미리 승객들한테 얘기를 하지요. 분실이 있을 수 있으니 소지품은 다 챙겨 가지고 나가라. 분실이 있어도 책임지지 않는다. 귀중품은 반드시 들고 내려라."

"그렇군요. 그럼 기사님께서는 계속 버스를 지켰습니까?"

박상하의 질문에 지체 없이 대답하던 버스 기사의 입이 처음으로 꾹 다물렸다. 그는 시선을 바닥으로 향하며 미간을 살짝 찌푸렸다.

"자리를 비우셨군요?"

"나도 용변은 봐야 되지 않겠습니까?"

항변하는 듯한 어조였다. 아마 여행사 측에서 승객의 휴게 시간 중 정차하는 동안 자리를 비우지 말라는 업무 지시가 있었겠지만, 기사는 그것을 어겼을 것이다. 흔한 일이었다. 현실을 무시한 행정과, 그 행정을 무시해 아주 쉽게 규칙을 어기는 일쯤.

가벼운 두통이 일었다. 기시감이 두통 사이로 존재감을

드러냈다. 전에도 이런 일이 있었다. 그때는 배였다. 최대 987톤의 화물을 실을 수 있다고 승인받은 배에 2200톤의 화물이 실렸다. 하지만 누구도 우려를 표하지 않았다. 자주 그러했고, 모두 그러했다. 지정된 양만을 운송했다가는 적자를 면하기 어려웠다. 실을 수 있는 만큼 많이 실어서 나르고, 돈을 챙겨 넣었다. 그날도 배는 2200톤이 훨씬 넘는 화물을 싣고 바다를 갈랐다. 그리고 맹골수도(맹골도와 거차도 사이의 해역으로 물살이 거세기로 유명하다—옮긴이)를 만나 배는 넘어졌다. 과적된 화물이 실린 배는 복원력을 잃고 일어나지 못했다. 배 안에는 수많은 승객이 유리창을 두드리고 있었다.

"그럼 그때 버스 짐칸의 문을 열고 아이를 넣은 겁니까?"

뒤늦게 두려워졌는지 버스 기사가 목소리를 낮추고 물었다. 꿀꺽, 그의 목젖이 크게 움직였다. 아닌 척했지만 두려운 거였다. 나 때문인 건가, 나 때문이 아니었으면 좋겠다. 그런 바람을 한 손에 쥐고 두려움에 맞서고 있었다.

박상하는 고개를 저었다.

"아직 모릅니다."

하지만 그것 말고 다른 타이밍은 없었다. 박상하도 알고 버스 기사도 알 만큼 쉬운 문제였다. 작은 위로라도 되었는지 기사가 고개만 수그렸다.

* * *

부검 결과가 나왔다. 부검 결과지에 찍혀 있는 문장들은, 중년 여성의 여행 가방에서 발견된 토막 시신만큼이나 끔찍했고, 잔인하였다.

범인은 시신을 양다리, 양팔, 몸통, 머리로 나누어 놓았다. 마치 마론 인형의 관절들을 다 분리해 놓은 것 같았다. 여섯 덩이로 나누어진 몸을 다 붙여 놓으니 어린아이의 작은 몸이 되었다. 나누어진 몸통과 다리, 양팔에 심각한 타박상의 흔적이 발견되었고, 일부에서는 화상의 흔적도 발견되었으나 최근의 것은 아닌 걸로 보인다는 부검의의 의견이 적혀 있었다. 그리고 가장 주목할 만한 것은 두부 골절이었다. 상태로 봐서는 사인의 직접적인 원인이 되었을 가능성이 크다고 적시되어 있었다. 미상의 둔기에 맞았을 가능성이 대두되었다.

결과 보고서를 읽던 박상하는 잔인함에 치를 떨며 머리를 움켜쥐었다. 그 작은 아이가 대체 뭘 얼마나 잘못하였기에 그런 일을 당해야 했던 걸까.

아이를 보았던 목격자들의 말이 떠올랐다. 아이와 아버지는 전혀 여행자의 흥분이나 설렘을 가지고 있지 않았다고 했다. 애초에 그런 목적을 두고 떠났던 여행일까. 둘이 떠난 여행지에서, 아버지 쪽은 홀로 홀연히 모습을 감추었고, 둘에서 혼자가 된 아이는 여섯 조각으로 나뉘었다.

"팀장님."

보고서에서 충혈된 눈을 떼고 소리가 난 쪽으로 고개를 들었다. 이남석이 서 있었다. 조금은 흥분되어 보이는 얼굴이었다.

"본명이었습니다."

무슨 뜻인지 얼른 이해가 가지 않아 박상하는 눈을 크게 껌벅였다.

"김석일, 본명이었습니다."

이남석의 말대로 가명이었을 거라고 생각했던 여행 예약자의 김석일이라는 이름은 본명을 사용한 것으로 밝혀졌다. 혹시 몰라 김석일의 신원을 조사하여 그가 근무했었다는 '래인 공업'에서 인사관리 대장을 복사하여 당시 여행객들에게 보인 결과, 인사관리 대장에 붙어 있던 김석일의 사진은 여행 당일, 바람처럼 사라져 버린 김석일과 동일 인물인 것으로 밝혀졌다.

"이 사람이 멍청한 건지, 그냥 저희가 운이 좋은 건지 모르겠습니다."

신입 형사 이남석의 눈에도 이 상황은 일반적이지 않아 보이는 모양이었다. 애초에 범죄를 계획하고 떠났던 여행이라면 가명을 써야 옳았다. 얼굴을 가리고 자신의 흔적을 남기지 않기 위해 애써야 옳았다. 아니, 애초에 20명씩이나 한꺼번에 떠나는 싸구려 패키지여행 따위에 참여하지 말았어야 했다. 사안이 사안이니만큼, 은밀하고 조용하게 일을 처리하고 모습을 감춰야 하는 것이 맞았다. 시신 역시 여봐란 듯이 다른 사람의 가방에 쑤셔 넣을 것이 아니라, 어딘가 발견도 안 될 야산에 깊이깊이 묻어 버리는 것이 나았을 거였다.

하지만 김석일은 그러지 않았다. 본명을 사용했다. 얼굴을 가리려고도 애쓰지 않았다. 점심시간 동안 버스 문을 잠그냐는 질문을 해서 버스 기사의 뇌리에 인식되었다. 그리고 홀연히 사라졌다. 자연히 그쪽으로 모든 이목이 집중되었다.

김석일은 왜 그랬을까. 왜 본명을 썼을까. 왜 눈에 띄는 질문을 했을까. 왜 굳이 이런 패키지여행에 참여해 사람들의 눈에 띄고 아이를 죽이고, 시신을 발견되기 좋은 곳에 아무렇게나 박아 두었을까.

수많은 '왜?'에 정답이 떠오르지 않았다. 아무리 즉흥적
이고, 기분파라 하더라도 사람의 행동에 이유 없는 것은
없었다. 하나의 이유가 붙어 하나의 움직임을 만들어 내는
것이 인간이었다. 대체 왜 그는 일을 이렇게까지 벌여야 했
을까? 박상하는 그 물음에 답을 찾아내지 못하면 이 사건
을 해결할 수 없을 것 같은 기분이 들었다.

"김석일에 대해서 조사해 봐."

* * *

마흔일곱의 김석일은 래인 공업에 근무한 지 채 석 달도
되지 않은 것으로 조사되었다. 그 전에는 D그룹에 다녔다.
D그룹이라면 무역 쪽으로는 세 손가락 안에 드는 대기업이
었다. 학력을 보니 대학교도 이름만 대면 알아 주는 짱짱
한 곳을 졸업했다. 아무래도 머리는 비상한 것 같았다. D그
룹에 다닌 김석일은 결혼 이후 해외 파견 근무를 했고, 귀
국 후 실적과 공로를 인정받아 차장 승진을 앞두고 있었지
만 개인적으로는 행복하지 않았던 모양이었다. 귀국 직후
이혼한 것으로 나와 있었다. 그리고 1년도 채 되지 않아 퇴

사를 했다.

"퇴사 사유는?"

박상하가 이남석에게 물었다. 이번 사건과 직접적인 연관
은 없어도 용의자인 김석일의 성격이나 그의 배경을 파악
해 두는 것이 좋을 것 같았다.

"실제 사직서에는 단순히 개인 사유라고 적혀 있긴 하지
만, 다른 이유가 있었더라고요."

"다른 이유?"

"예. 해외 파견 근무 당시 현지 업체에서 리베이트를 받
은 것이 발각되었거든요. 상식적인 선을 넘어서는 정도로
말도 안 될 규모는 아니었던 것 같은데, 귀국 직후 이혼을
한 가정사 때문인지는 모르겠지만 업무 태도도 태만하고,
자주 술에 절어 살았다고 합니다. 회사에서 퇴사 압박을
은근히 받은 것 같아요. 김석일과 입사 동기인 사람이 이
야기해 주더군요. 그 사람은 지금 벌써 부장을 달았더라고
요. 입사 동기인데 참……. 한 명은 초고속 승진을 하고 있
고 한 명은 초고속으로 곤두박질치고 있으니."

"이혼이라."

"김석일이 술에 절어 살았다는 걸 보면 이혼을 힘들어하
기는 한 모양인데 그래도 합의 이혼이더라고요."

박상하는 고개를 끄덕였다. 아동 학대에 살인까지 저지른 극악한 범죄자에게 감정 이입할 일은 아니나 그 부분은 전혀 이해하지 못할 것은 아니었다. 사실은 이혼 그 자체가 힘든 것이 아니라, 이혼에 이르게 한 배경들이, 그리고 자신의 대처가, 그래서 벌어진 피해가 힘들어 술을 찾게 되는 것이리라. 자신이 그러했던 것처럼.

"전 부인의 이름은 정지원입니다. 정지원 씨와의 사이에 아들이 둘 있었습니다."

아들 둘 모두 김석일이 맡았다. 일반적으로 어머니 쪽에서 한 명이라도 데리고 가는 것에 반해 이 가족은 두 아이 모두 김석일이 맡았다. 양육권 다툼에서 그렇게 됐나 했더니 그게 아니었다.

"정지원 씨가 집을 나갔던 것 같더라고요. 아이들 둘만 남겨두고. 이혼 서류는 나중에 우편으로 집에 보내서 김석일이 접수했다고 합니다."

서류를 받은 김석일이 곧장 도장을 찍어 주었는지 어쨌는지는 알 수 없으나 어쨌거나 두 사람은 이혼했다. 김석일은 졸지에 아이 둘을 떠맡은 싱글파파가 되었다. 힘든 생활이었을 것이다. 그 스트레스가 고스란히 아들에게로 향했던 거였을까. 발견된 시신에는 끔찍한 아동 학대의 흔적이 있었다.

하지만 아동 학대는 둘째 아들인 도현이에게만 모두 향한 모양이었다. 시신으로 발견된 도현이의 몸에서는 아동 학대의 흔적이 발견되었지만, 김석일의 모친 집에서 발견된 첫째 아들 김수현에게서는 경찰 조사 결과 전혀 그런 흔적이 없었다.

"왜 둘째만 그렇게까지 미워했던 걸까요."

"알 수 없지."

박상하는 고개를 저었다.

처음 사건이 터지고, 시신에서 아동 학대의 흔적이 발견되었을 때, 게다가 용의자 김석일에게 아들이 두 명 있었다는 사실이 드러났을 때 형사들은 첫째 아이마저 뭔가 변을 당한 것이 아닐까 우려했다. 하지만 첫째 아이는 김석일의 모친 집에서 아주 안전하게 보호되고 있었다.

시신이 발견되었던 4월 20일 전날인 19일에 김석일이 첫째 손자 김수현을 자신의 집에 데려와 맡겨두고 올라갔다고, 김석일의 모친이 증언했다.

그렇다면 혹시 그때 이미 그는 아들을 죽이거나 혹은 본격적으로 학대할 생각을 하고 있었던 것은 아닐까. 그래서 쌓이는 스트레스에도 절대 학대하지 않던 사랑하는 첫째 아들만 모친의 집에 맡겨 놓았던 것은 아니었을까.

"지원 요청해서 근목 휴게소 인근을 죄다 수사해. 어차피 고속도로나 국도 쪽 모두 검문이 깔렸으니까 차를 이용했어도 멀리 가지는 못했을 거야. 김석일 모친 집도 형사두 명 정도 잠복 붙여."

"김석일의 모친은 연락이 닿는 대로 연락을 주기로 했습니다. 꼭 협조한다고 했습니다."

그 순진한 대답에 박상하는 하마터면 웃을 뻔했다.

"그런 말을 100퍼센트 다 믿으면 우리는 형사가 아니지 않을까?"

"……잠복 들어가도록 하겠습니다."

그때 바깥에서 요란스러운 소리가 들려왔다. 회의실에서도 그 소리가 어렴풋이 들릴 정도였다. 원래 형사 팀은 이런저런 일로 소란스러울 일이 많으니 박상하나 이남석은 그러려니 하였다.

노크 소리가 들렸다.

"네."

박상하의 대답에 문이 빠끔히 열렸다. 형사 팀의 일원인 마병진이 열린 문틈으로 고개를 들이 밀었다. 이남석과는 동기인데 영 딴판이었다. 모든 일에 성실하고 적극적으로

임하는 이남석과는 달린 마병진은 이래저래 빠질 궁리만
했다. 벌써부터 뺀질이라는 별명이 붙었다.

"팀장님, 전화 받으세요."

"누군데?"

"청장님요."

"청장님?"

박상하가 놀란 눈을 했다. 그제야 바깥의 소란이 불길하
게 느껴졌다.

"무슨 일인데?"

"근목리 휴게소 시신 발견 사건 때문에요. 매스컴에 보
도가 되어서."

"그래서?"

"기자들이……."

더 듣지 않아도 충분하다. 박상하는 이마를 감싸 쥐며
깊은 한숨을 내쉬었다.

* * *

사망자가 아주 어린 아이였던 데다, 살인 용의자가 아이
의 아버지로 추정되고, 시신이 훼손되는 잔악하기 이를 데

없는 사건은, 경찰서 출입기자들의 후각을 자극하기에 충분했다. 엠바고를 요청하기도 전에 이미 기자들은 어딘가에서 듣고 온 풍문으로 추정 기사를 써 대기 시작했다. 언론이 불씨를 뿌리기 시작해 여론이 들끓으면, 여러모로 수사하기가 피곤해진다.

"그럼 잠시 뒤부터 근목 휴게소 남아 훼손 시신 발견 사건에 대해 은파 경찰서장의 수사 상황 브리핑이 있겠습니다."

경찰서 홍보팀장의 마이크를 통한 목소리가 모인 기자들을 단번에 압도했다. 기자들은 자신들이 가지고 있는 정보원을 통해 들은 내용을 토대로 아직 시작도 안 한 회견의 기사 내용을 뽑아 놓고, 동시에 언제라도 브리핑 내용이 자신들이 알고 있는 것과 달라지면 고칠 준비를 했다. 빠른 송고를 위한 대비라고 할 수 있었다.

"수사 상황 뭐 나온 거 있다고 회견을 하는 거야."

빠른 걸음으로 복도를 빠져나가던 박상하가 열린 문틈으로 긴장한 채 발표를 준비하고 있는 경찰서장의 모습을 쳐다보며 불만스러운 듯 말했다. 그 뒤를 따르던 이남석이 힐끗 문안을 들여다보고는 급한 걸음을 계속했다.

"기사 뜨자마자 난리가 났어요. 그럴 수밖에 없는 사건이기도 하고. 아버지가 아이를 살해한 것도 모자라, 그 시신을 훼손해서 남의 가방에 쑤셔 넣었다⋯⋯. 너무 잔인한 일이니까요. 흔한 일도 아니고. 그러니 경찰서장님 입장으로는 언론에서 수사 진척 상황을 달라는 요구를 묵살하기도 힘들었겠죠."

"저런 회견을 열어 봐야 아직 조사 중이라는 말밖에 더 할 수 있는 게 있냐고."

어차피 회견에서 아무런 성과도 내놓지 못해 얼굴 붉어지는 것은 경찰서장의 몫이다, 나는 상관없다, 그렇게 생각하고 싶었지만 그렇지도 않았다. 성과를 못내 면을 세우지 못한 경찰서장의 다그침이 격해질 것은 보지 않아도 뻔한 일이었다.

장날을 맞이한 장터보다 더 왁자지껄한 경찰서 건물을 벗어나 주차장에 세워 둔 승용차 조수석의 문을 열고 올라탄 박상하는, 운전석에 이남석이 앉기가 무섭게 말했다.

"아이 이름이 김도현이랬지?"

"네. 김도현. 초등학교 1학년생이라고 합니다."

박상하가 미간을 찌푸리고 턱을 어루만졌다.

"며칠 전부터 아이가 학교에 나오지 않았다고 합니다. 가족 여행이라고 김석일이 직접 담임 선생님께 전화를 걸었다고 하더군요."

"흐음."

박상하가 한숨을 내뱉었지만 신음에 가까운 소리였다. 사건의 잔악함에 몸서리가 쳐졌다.

"친모에게는 연락이 갔나?"

시신 발견 후 이틀째까지 친모가 경찰서에 모습을 드러내지 않는다는 것은 의아한 일이었다. 김석일의 모친, 그러니까 사망한 김도현의 친할머니에게도 연락이 갔으니 친모에게까지 연락이 갈 거라고 생각했다. 부검한 아이의 시신을 찾을 때까지, 울고, 혼절하고, 부정하고, 다시 오열하는 것이 아이를 잃은 어머니가 보이는 가슴 아프면서도 전형적인 모습이었다. 하지만 아직도 아이의 어머니, 정지원은 모습을 보이지 않고 있었다.

"아직 연락이 닿지 않았습니다. 이혼 후 고향인 경북 진홍도로 내려간다고 친구에게 말했다고는 하는데, 현재 거주지가 확인되지 않고 있습니다. 등본상의 주소지는 은파동으로, 이혼 후 잠시 자취 식으로 거주했던 집입니다. 친정 부모님도 다 사망했고, 딱히 연락이 닿는 일가친척도 없는 것 같습니다."

박상하는 미간을 찌푸리며 손가락으로 이마를 긁었다.

"골치 아프군."

"그래도 아예 방법이 없는 건 아닌 것 같습니다. 김석일이 이혼 후에, 어떤 명목인지는 모르겠지만, 300만 원을 정지원에게 송금한 내역이 있어서 계좌를 추적해 봤는데."

"그랬는데?"

"계좌를 개설할 때 주소지가 진흥도였습니다. 계좌 개설 은행도 진흥도 지점이었구요."

"진흥도에 있었다는 것은 확실하군."

"그래서 주소지의 마을 이장님을 찾아 연락을 했습니다. 정지원이라는 여자를 확인해 달라고요. 요즘 귀농지로 각광을 받는 동네라 인구 유입이 많아져서 이름으로는 당장 기억하지는 못하지만 찾아본다고 했으니 기다려 봐야죠."

"자주 연락해 봐. 당장 기대할 건 그것밖에 없는 것 같으니까."

"알겠습니다."

대답을 한 이남석이 시동을 걸었다. 박상하는 안전벨트를 매며 잠시 눈을 감았다. 피곤한 눈꺼풀 안쪽으로 싸한 감각이 지나갔다. 진영 엔지니어링 사장 살해 사건을 마무리한 지 채 40시간이 지나지 않은 참이었다. 엔지니어링 회사의 사장이 살해당한 채로 사무실 구석에서 발견된 사건이었다. 워낙 주변에 적이 많아 용의자를 가리기에도 쉽지 않았다. 사건 해결까지 3주나 걸렸고, 마지막 4일 정도는 하루 두 시간 정도 눈 붙일 겨를도 없었다. 사건이 끝나자마자 다시 근목 휴게소 남아 훼손 시신 사건 수사를 맡았다. 육체적 피로감이 극에 달한 데다, 아이를 상대로 한 범죄, 그리고 흔히 볼 수 없는 잔혹함에 정신적 피로는 다른 사건보다 몇 배는 더했다.

뭐하는 짓이야!

느닷없이 머릿속에서 그날의 소리가 터져 나왔다. 박상하가 이마를 찌푸렸다. 그것은 자신의 목소리였다. 답답함과 막막함이 뒤섞여 폭발하는 목소리였다.

감은 두 눈 안쪽에서 박상하는 뒤돌아 서 있던 아내의 어깨를 잡아 거세게 밀치고 있었다. 43킬로그램 저체중인 아내의 몸을 85킬로그램인 자신의 손이 내동댕이쳤다. 갑작스런 일격에 아내는 비명도 지르지 못한 채 신음을 흘리며 바닥에 나동그라졌다.

어깨와 머리를 벽에 차례로 부딪힌 아내가 바닥에서 꿈틀거렸다. 그 자세로 한참을 일어나지 못했다. 그런 아내를 박상하는 매섭게 노려보았다. 불이 흐를 것만 같은 눈으로, 아내를 갈가리 찢어 죽이고 싶은 마음을 애써 억누르며 노려보고 있었던 것이다.

그러다 천천히 박상하는 시선을 돌렸다. 원래 등을 보이고 서 있던 아내가 보고 있던 곳. 그곳에는 그의 아들이 있었다.

그때 아들은 고작 네 살이었다. 평생 할 효도를 네 살에 다 한다고 할 정도로 가장 예쁠 나이였던 아들. 그런 네 살의 아이가 얼마나 잘못을 했기에 저런 벌을 받아야 했을까. 아들의 눈두덩은 부어서 눈동자가 보이지도 않았고, 파랗게 부푼 입술에서는 피가 흘렀다. 엎어져 있던 아들은 제 어머니의 매질이 나동그라지는 걸로 끝난 뒤에도 미동을 보이지 않았다. 말려 올라간 티셔츠 아래로 밭고랑 같은 상흔이 길게 뻗어 나와 있었다.

가슴을 씨근덕댔다. 머릿속은 텅 비어 아무 생각도 들지 않았다. 귀에서 이명이 들려왔다. 그 이명이 끝날 즈음엔 거칠어진 호흡이 귓전을 울렸다.

아내는 어느새 울고 있었다. 그러나 그 소리가 들리지 않았다. 모든 것이 비현실적이었다.

"팀장님?"

이남석의 목소리가 갑작스레 그의 생각 사이로 끼어들었다. 박상하는 정신을 차린 것처럼 퍼뜩 고개를 들었다. 이남석이 그를 들여다보고 있었다. 들리지 않느냐는 듯 이남석이 턱짓을 했다. 휴대폰 벨이 울리고 있었다.

"아, 미안."

박상하는 허겁지겁 전화를 들었다.

"박상하입니다."

—급하다고 위아래에서 쉴 새 없이 달달달 볶아 대는 통에 내가 안 그래도 마른 몸에 살이 또 빠졌어.

대뜸 용건부터 늘어놓는 무심한 말투에 박상하의 굳어 진 얼굴이 조금 풀어졌다. 하지만 그는 곧 긴장했다. 전화를 걸어온 상대가 국과수의 김무영 박사였기 때문이었다. 20여 년 이상 국과수를 지켜온 사람으로 그는 산전수전을 겪다 죽은 사람을 부검하며 그야말로 산전수전을 다 겪었다. 그 세월에 대한 반사작용이었을까. 김 박사는 침착하면서도 특유의 유쾌함을 잃지 않는 사람이었다.

"위는 경찰서장님이겠네요."

아무것도 제대로 나온 것이 없는데 성급하게 기자회견부터 여는 경찰서장을 떠올리며 말했다. 그렇게 닦달하면 사건이 빨리 해결될 거라고 생각하는 사람이었다. 전화기 너머에서 수긍 대신 웃음소리가 들렸다.

—아래는 자네고.

"죄송합니다."

마치 김무영 박사가 보고 있기라도 하듯, 박상하는 미소를 지으며 고개를 숙였다.

—이번에는 나도 데미지가 크네.

한숨 같은 목소리에 박상하의 얼굴에서 미소가 사라졌다. 아이들은 태어날 때부터 신에게서 미래를 선물 받는다. 그것은 너무나도 당연한 선물이었다. 그렇게 누구나 받는 당연한 선물을 잃어버린 작은 몸의 아이를 이리저리 갈라 들여다보는 것에는 아무리 수십 년 경력의 부검의라도 무릎이 꺾이는 일일 터였다.

—제대로 된 보고서는 좀 더 정리해서 추후에 보내겠지만, 우선 마음이 급할 것 같아 전화를 했어.

"사인이 뭡니까?"

—후두부 파열. 그게 사망에 이른 결정적인 이유였어. 둔기로 맞은 것 같은데, 아마 타격 후 적어도 5분 내에 의식을 잃었을 거야. 그걸 차라리 다행이라고 해야 하나.

김 박사가 깊은 한숨을 내쉬었다. 박상하는 어떤 대답도 하지 못한 채 무거운 마음으로 전화기 너머에 온 신경을 집중했다.

—학대 피해자인 건 알지?

"네. 알고 있습니다."

훼손된 시신이었지만 그럼에도 타박상 흔적들이 눈에 보였다. 모르고 싶어도 모를 수가 없었다.

─조각조각…… 잘라 놨지만 아이의 몸 구석구석 타박상이 있고, 발견된 손 부위에서 골절되었다가 붙은 흔적이 있어. 근데 잔인한 게 뭔지 알아? 그 붙은 흔적 말이야, 제대로 치료를 받고 붙은 게 아니야. 그대로 방치해서 골절된 뼈가 잘못 붙었더라고.

아내의 울음소리가 머릿속을 다시 울렸다. 기운 없이 늘어진 아이의 작은 몸이 눈앞을 아른거렸다. 현기증이 일었다. 이 사건은 자신을 기억하기 싫은 그때로 자꾸만 몰아넣고 있었다. 그래서 이 사건이 무서웠다.

"발견된 시신의 부위들이 모두 한 사람의 것으로 확인습니까?"

─그래. 이것도 그나마 다행이라고 해야 하나. 어쨌든 한 명의 것이 맞아.

"사건 경과에 대한 내용은 전달받으셨죠?"

─당연하지.

"발견된 절단 시신이……. 김석일의 아들 김도현이 맞을까요?"

잠시 김무영 박사는 아무 말도 하지 않았다.

─그런 생각을 하고 있군.

"혹시 몰라서 말입니다."

아들과 함께 여행을 간다고 버스에 올라탔다는 것은 함께 여행을 떠났던 사람들의 이야기일 뿐이다. 처음엔 당연히 아들이겠지 하고 생각했지만 반드시 확인해야 하는 부분이었다.

—좋은 시선이야. 김석일의 머리카락이나 칫솔 같은 거 걷어 와. 최대한 빨리 검사해 주지.

"감사합니다."

발견된 시신과 김석일이 친자관계가 확실하다는 결과를 들은 것은 그로부터 30시간 후의 일이었다.

* * *

일이 잘 풀리지 않고 가슴이 답답할 때 박상하는 경찰서 옥상으로 올라가곤 했다. 그것은 도망이었고, 피신이었다. 어서 해결을 하라는 상부와 피해자 가족의 압박에, 아무리 그것이 자신의 숙명이라 할지라도 가끔은 참을 수 없을 것 같은 때가 있었다. 터벅터벅, 오르지 않으면 안 될 계단을 걷듯 천천히 발을 옮기면서 박상하는 재킷의 안주머니에서 담배를 꺼내 입에 물었다.

라이터의 돌을 돌리며 고개를 기울였다. 빛이 그의 턱
선을 밝혔다가 이내 꺼졌다.

나빠…… 연기…….

박상하의 발이 우뚝 멈추었다. 언젠가 아이에게서 들었
던 말이었다.

담배를 꺼내자 그날의 일이 선연하게 떠올랐다.

응? 뭐라고? 아……. 담배, 나쁜 거라고?

아이로부터 뒤이은 대답은 듣지 못했다. 하지만 '담배는
나쁘다.' 그것이 은우가 하려던 말이 분명하다고 박상하는
생각해 왔다. 그때 이후 은우의 말은 더이상 들을 수 없었
지만, 박상하는 완전히 담배를 끊었다. 3년 만에 담배를 피
려던 셈이었다.

박상하는 고개를 저으며 미소 지었다. 입에서 담배를 빼
냈다. 옥상 문을 열고 들어가 흡연자를 위해 비치되어 있
는 재떨이에 담배를 비벼 껐다. 그러고는 재킷 주머니에서
담배와 라이터를 꺼내 재떨이에 던져 넣었다. 담배를 끊고
나서도 습관처럼 재킷에 넣고 다녔다. 하지만 습관은 때로
흔들린 결심의 핑곗거리가 되었다.

크게 한숨을 내쉬었다. 그렇게라도 하면 무거웠던 가슴
이 조금 풀릴 것도 같았다.

박상하는 휴대폰을 꺼내 단축번호를 길게 눌렀다. 잠깐의 신호가 가고 전화기 너머에서 맑은 목소리가 들렸다.

—안녕하세요, 형사님?

"네, 안녕하세요. 별일 없죠?"

—그럼요.

"은우는?"

—지금 자고 있네요.

"요즘…… 많이 자네요."

—네. 그래도 요즘은 잠을 많이 자서 그런지 발작 횟수가 줄었어요. 희망적이죠?

은우는 지속된 폭력으로 뇌가 고장났다. 치료를 계속 받으면 호전될 거라는 의사의 말은 5년이 지나도 이루어지지 않았다. 계속이라는 것이 언제까지의 계속인지, 끝을 알 수 없는 고통이었다. 깊은 바다의 물을 숟가락 하나로 퍼내 말리는 심정이었다.

은우는 말하지 않았고, 이따금 경기를 일으켰다. 그리고 가끔, 폭력적인 성향을 보였다. 혼자 두어서는 안 되는 상황이 매분 매초 벌어졌다. 하지만 은우를 봐줄 사람이 없었다. 평생 천직이라고 생각한 형사일 쯤이야 은우를 위해 충분히 그만둘 수 있었다. 그러나 치료비가 필요했다. 숟가락 하나로 바닷물을 말려서라도 건져내고 싶은 희망 한 줄기 때문에 아이에게 특수 교육을 병행해야 해서 교육비도 만만찮게 들어갔다. 돈을 벌어야 했고 형사 일을 그만두지 못했다. 그래서 은우를 병원에 보냈다. 아이의 곁은 전담요양사가 지키고 있었다. 아이를 지키기 위해 아이의 곁을 지키지 못하는 상황이었다.

"그러네요. 희망적이네요."

담배를 버린 것을 아주 잠깐, 후회했다.

* * *

시신 발견 나흘째, 경찰서장의 안 하느니만 못한 인터뷰는 국민적 조롱 대상이 되었다. "종적을 감추기는 했지만 범인이 아닐 수도 있습니다."라는 경찰서장의 애매한 말투를 비꼰 패러디물이 SNS에 범람하는 형국이었다.

물건을 들고 튀었지만 범인은 아닐 수 있습니다.
찌르기는 했지만 범인은 아닐 수 있습니다.
경찰서장이기는 하지만 경찰은 아닐 수 있습니다.

물론 서장이야 김석일이 종적을 감추기는 했지만, 진범은 따로 있고 그도 목숨을 잃었을 가능성에 대해 이야기하고 싶은 것이었다. 하지만 자세한 설명은 없이, 또한 명확한 단어를 고르지 않고 즉흥적으로 더듬거린 통에 그런 사달이 난 것이었다.

비난 여론이 심해질수록 경찰서장의 닦달은 더욱 극심해졌다. 하루, 아니 한 시간이라도 빨리 사건을 해결해서 의기양양하게 카메라 앞에 다시 서고 싶은 거였다. 해결이 힘들 때는 조롱 대상이 되다가 해결을 하고 나면 국민적 영웅으로 받들어 주는 냄비 근성을 타깃으로 삼은 기사를 보고 싶고, 그 기사에 동조하는 네티즌들의 댓글을 받고 싶은 모양이었다. 어쨌거나 경찰서장의 할 도리를 다했다는 얘기를 듣고 싶을 터였다. 경찰서장의 지금 도리는 형사들을 채근하는 것이 아닌, 좀 더 구체적인 지휘 능력을 보여 주는 것임을 아예 모르는 듯했다.

박상하는 근목 휴게소로 내려갔다. 어쨌든 이 사건의 열쇠는 김석일이었다. 김석일을 잡을 때까지 해결할 수 있는 것은 아무것도 없었다. 무엇보다, 내내 떠나지 않는 한 가지 의문이 있었다.

'어째서 근목 휴게소냐.'

싸구려 패키지여행을 예약하고, 아이와 함께 나타나고, 본명을 쓰고, 얼굴을 드러냈다. 그 사실들은 김석일이 이 사건을 사전에 계획한 방증이며, 그 계획안에 자신을 드러내고 싶은 진심이 들어 있음을 말해 주고 있었다. 그런 사람이 근목 휴게소라는 장소를 아무 이유도 없이 선택할 리가 없었다.

"어이, 박상하!"

박상하는 소리가 난 쪽으로 고개를 돌렸다. 근목 휴게소부터 시작하여 근목 휴게소 뒤편의 근목산을 수색하는 팀을 맡게 된 기태헌 형사였다. 박상하와는 동기로, 신입 형사 시절부터 서로의 못난 꼴이며, 볼꼴, 못 볼 꼴을 두루 공유하고 있는 사이였다. 기태헌이 발령을 받으면서 멀어진 뒤로 낯간지러워서 안부 전화를 자주 하지는 못했지만, 만나면 반가운 것은 여전했다. 박상하는 격의 없이 인사를 했다.

"수고가 많다."

"은파서 팀장님께서 친히 내려오셨군."

기태헌의 장난스런 빈정거림을 들으며 박상하는 산 쪽으로 시선을 던졌다. 몇몇 형사만이 간간이 눈에 띄었다. 새벽부터 시작하여, 다른 인원은 벌써 산 정상을 지나 저쪽 너머에 있다고 기태헌이 설명해 주었다.

"이제 산 쪽은 거의 뒤졌다고 보면 돼. 혹시 흘린 게 있나 몇 명만 남아 다시 체크하는 거지."

"저 산을 넘었을까?"

"그건 확실해. 그리로 안 넘어갔으면 고속도로로 들어가야 하는데 CCTV에는 찍히지 않았으니까."

"산으로 넘어가면 어디지?"

"사방으로 뚫렸지. 인가까지 내려가려면 꽤 시간은 걸릴 테지만 산도 그렇게 험준하지는 않으니까 두 다리만 버텨주면 못갈 데가 없다. 가까이는 근목동이고, 왼쪽으로는 오천시, 오른쪽으로는 방동시니까."

박상하는 무거운 표정으로 팔짱을 낀 채 생각에 잠겼다. 사실은 조금 전 기태헌이 말한 내용은 이미 박상하가 알고 있는 것이었다. 김석일이 찍히지 않은 CCTV도 직접 확인했고, 김석일의 행방을 쫓기 위해 인근 지도 역시 이미 확인했다.

하지만 굳이 기태헌 형사의 말을 막지 않은 것은, 다른 사람의 생각을 들으면서 그 안에 자신은 미처 알아채지 못한 예리한 무언가가 숨어 있을 것을 기대했기 때문인지도 몰랐다.

"김석일은 살아 있을까?"

생각의 끈을 놓지 않으면서, 박상하가 무거운 어조로 말했다. 기태헌이 그런 박상하를 물끄러미 내려다보았다.

"솔직히 죽었을 거라고 생각했다. 수색 첫날까지만 해도 산속 어디 높은 나무에 그 새끼 모가지가 걸려 있을 거라고 생각했어. 근데 그 새끼 아직 살아 있나 보다. 죽기에는 너무 애처로운 그 작은 애는 죽여 놓고, 자기는 어떻게든 살겠다고 도망쳐서 숨어 살고 있나 봐, 아직까지 안 나타나는 걸 보면."

"어디 묻혀 있는 건지도 모르지."

혼잣말을 하듯 중얼거린 박상하의 말에 기태헌이 놀란 눈을 했다.

"묻혀 있다니, 살해당했을지도 모른다는 얘기야?"

마치, 그렇게 하면 투시되어 보이기라도 할 것처럼 박상하는 바닥을 응시한 채로 말했다.

"가능성이 있다는 얘기야. 모든 가능성을 다 열어 놓고 수사해야지."

"어딘가에 묻혀 있다면 또 다른 살인자가 있다는 얘긴데, 정황상 김석일의 손이 아들 살해에 전혀 연관되어 있지 않을 리 없단 말이야. 그럼 그 살인자는 공범일 가능성이 있어. 그렇다면 김석일과 연결된 사람을 찾아내야 하는 건데."

"후."

박상하가 한숨인 듯 웃음인 듯한 소리를 내었다. 듣지 않아도 알 것 같다는 듯 기태헌도 따라 웃었다.

"몰라서 못하나."

"뭐가 나와야 찾지."

둘은 동시에 서로를 쳐다보고, 깊은 동질감에 그저 웃음 지을 뿐이었다.

제2장

    창밖으로 아이들의 웃음소리가 힘껏 찬 공을 따라 우레탄이 깔린 운동장을 까르르 굴렀다. 아이들의 표정은 무척이나 밝았다. 언론을 포함해 많은 매체에서 접한 '스마트폰 중독', '나만 아는 아이들', '친구는 없고 경쟁자만 있는 아이들'과는 다른 세상 같았다. 그 장면을 바라보던 박상하는 어떤 것이 진짜의 모습인지 헷갈렸다.

    하지만 아마도, 웃음을 잃은 아이들도 진짜일 것이고, 밝은 웃음을 당연한 듯 얼굴에 달고 있는 아이들도 진짜일 것이다. 어떤 것이든 보는 사람에 따라, 본 그 순간에 따라 자신이 내린 정의가 달라지는 법이니까. 보고 싶은 대로 보는 것 또한 인간이니까.

"오래 기다리셨죠? 교감선생님과 면담이 있어서."

조심스러운 목소리에 박상하는 운동장에서 시선을 거두고 소리가 난 곳으로 고개를 돌렸다. 어깨보다 조금 더 아래까지 내려오는 갈색 긴 머리를 하나로 단정하게 묶고, 누가 봐도 선생님이지 않을까 싶은 단정한 정장을 입은 30대 중반의 여성이 서 있었다. 아마도 이곳에 오기 전 통화한 선생일 터였다.

"안녕하세요, 도현이 담임입니다."

"네, 안녕하세요. 바쁘신데 죄송합니다."

박상하는 자리에서 일어나며 인사했다. 안주머니에서 지갑을 꺼내 신분증을 내보였다. 이미 통화한 터라 담임 선생은 흘끗, 신분증을 향해 시선을 던지기만 할 뿐 자세히 보려고 생각하지는 않았다. 담임 선생이 의자를 향해 손을 내밀었다. 박상하는 자리에 도로 앉았다.

"차, 식으셨으면 다시 드릴까요?"

찻잔을 가리키며 담임 선생이 말했다. 그녀를 기다리는 동안 다른 동료 선생님이 대접해 준 차였다. 둥그런 형태의 전통 다기에 들어 있는 녹차는 향이 진했다. 다만 입맛이 이런 고급은 아닌지라 찻잔에 절반 가량이 아직 남아 있었다. 녹차 가루가 바닥에 가라앉아 있었다.

"아니요, 괜찮습니다. 앉으시죠."

머뭇거리다 박상하의 맞은편에 담임 선생이 앉았다. 선생의 눈 밑에는 어둠이 가라앉아 있었다. 고개를 숙인 채 손가락을 만지작거리다 어렵사리 용기를 낸 듯 입을 열었다.

"발견된 그…… 시신이, 도현이가 맞나요?"

담임 선생의 목소리가 떨리고 있었다. 연일 보도되는 사건의 피해자가 제자라는 사실에 적지 않은 충격을 받은 것 같았다. 찾아온 형사에게 담임으로서 보여야 하는 애도가 아니라, 진심으로 아파하는 거라고 박상하는 이해했다. 만약 그렇다면 담임 선생에게는 안된 일이지만, 박상하로서는 다행인 일이었다. 아이에게 애정이 있는 선생일수록 아이에 대해 해 줄 말이 많을 테니까.

박상하는 무거운 어조로 대답했다.

"네. 확인됐습니다."

담임 선생의 입술에서 옅은 신음이 흘러나왔다. 급작스러운 두통이라도 밀려오는지 오른손을 이마에 짚었다가 떼었다. 눈이 금세 빨갛게 충혈되었다. 눈물이 나려는 것을 필사적으로 참고 있었다. 자신이 예뻐하던 아이의 담임으로서

해 줄 수 있는 것은, 슬픔 정도는 참고, 최대한 도움이 될 수 있도록, 형사가 묻는 대로 진지하고 냉정하게 대답하는 것이라고 생각하고 있는지도 몰랐다.

"그래서 저에게는 무슨 일로."

"도현이에 관해 이야기를 듣고 싶어서요."

"네. 제가 도현이를 위해 도와줄 수 있는 게 있다면 어떤 거라도 도움을 드려야죠."

그녀의 말에 박상하는 고개를 끄덕이며 작은 수첩을 펼쳤다. 녹음기를 쓰는 형사도 있지만 박상하는 잘 쓰지 않았다. 자신의 말이 그대로 녹음되어 증거라도 되면 책임질 일이 생길까 봐 상대는 말을 아끼거나 두 번 세 번 생각하여 걸러내고 증언하기 때문이었다.

박상하가 물었다.

"도현이가 엄마 없는 아이라는 건 알고 계시죠?"

"요즘은 한부모 가정이라고 하지요. 네. 알고 있습니다. 도현이의 부모님이 이혼해서 아버지와 살고 있다는 것 정도는 알고 있었습니다."

"어머니를 본 적은 없습니까?"

"네. 없었습니다."

생각해 볼 필요도 없다는 듯 그녀는 확신에 찬 목소리

로 금세 대답했다.

"보통 이혼 가정의 경우 아버지든 어머니든 현재 같이 살고 있지 않은 분이 찾아와 아이를 보고 가는 경우도 종종 있습니다. 선생님을 찾아와 아이가 어떻게 학교 생활을 하는지 묻기도 하시지요. 하지만 반대로, 단 한 번도 찾아오는 일이 없는 분들도 있어요. 도현이의 어머니가 한 번도 오지 않은 것은 특별한 일은 아니에요. 다들 각자의 사정이 있으니 딱히 그분이 나쁘다고 할 것도 아니고요."

"그렇군요."

그렇게 답하며 박상하는 고개를 끄덕였다. 생각해 보면 자신도 아이의 학교에 찾아간 적이 없었다. 아이를 직접 데리고 있으면서도 그랬다. 주말이든 평일이든 가리지 않고, 밤이고 낮이고 형사 일에 매달렸다. 목숨을 걸고 일했다. 그렇게 해서 통장에 들어오는 돈은 아이의 병원비며 교육비로 들어갔다. 매달 꼬박꼬박 송금할 때마다, 꼬박꼬박 열심히도 일했다, 그러느라 아이 학교를 한번 찾아가 보질 못했다, 그래도 아이를 위해 희생하는 것이 부모의 사명이다, 그렇게 생각했다. 자신의 고생은 모두 아이를 위한 것이라 생각했다. 자신은 아버지로서 할 일을 다 하고 있다고 생각해 왔다.

사실 형사 일이 자신의 천직이라고 생각하고 있었으면서. 아이 때문이 아니라. 그래서 포기하지 못하고 있던 거였으면서.

"아버지 쪽도 그럼 뵌 적이 없으신가요?"

"사실은……."

　말 끝을 흐리며 담임 선생이 고개를 옆으로 돌렸다. 시선 끝에 접대용 물 잔이 놓여 있었다. 반쯤 담긴 물병을 기울여 잔에 담고는 한 모금 들이켰다.

"사실은 그런 거 물어보실 거 같아 가지고 왔어요."

　그녀는 교무 수첩을 펼쳐 박상하에게 보였다. 일정표에는 '김도현 父 면담'이라고 적혀 있었다. 날짜는 3월 18일. 아래에 있는 글자들은 너무 작아 잘 보이지 않았다. 면담 내용을 짤막하게 적어 놓은 메모 같았다.

"어떤 일로 면담이었나요?"

　그날의 일을 떠올리는 담임 선생의 얼굴이 조금 더 어두워졌다.

"같은 반 아이를 때린 일이었죠. 사실 맞은 아이의 상처는 대단치 않았어요. 그 학생 부모님께도 전화 드려 설명드렸고, 아이들 간의 일이라고 이해해 주셨고요. 그래도 아버님께는 면담을 요청했어요. 학기 초에 벌어진 일이기도 했고……. 친하게 지내던 아동 심리 상담사 친구의 말도 있어서요."

"어떤 말요?"

"아이가 폭행에 둔감한 것 같다고 했어요."

"폭행에 둔감하다?"

담임 선생은 고개를 끄덕이고 설명을 이었다.

학기 초에 아이 두 명이 다투었다. 별것 아닌 일로 말싸움이 붙었는데 김도현이 상대방을 밀쳤다. 상대방이 벌떡 일어서서 김도현을 밀쳤다. 김도현은 엉덩방아를 찧었다. 벌떡 일어난 김도현이 재차 상대방을 밀쳤다. 그런데 이번에는 그 정도에서 끝나지 않았다. 운동화를 신은 발로 아이의 얼굴을 짓이겼다.

"그 나이 대의 아이들은 서로 밀치고 물고 뜯고 하지요. 물론 가끔 주먹질을 하는 경우도 있어요. 그런데 얼굴을 발로 짓이기는 일은 흔한 경우는 아니라고 해요. 그 얘길 듣더니 아동 심리 상담사 친구가 그러더군요. 가정 폭력이 있지는 않은지 확인해 볼 필요가 있다고."

"아동 학대를 받고 있을 수 있다는 거죠?"

담임 선생은 고개를 가로저었다.

"물론 그런 의심도 해야 했지만 그것만은 아니에요. 아동 학대를 받는 걸 수도 있고, 자주 폭력적인 장면을 보고 자란 걸 수도 있어요. 이를테면 아버지가 어머니를 자주 때린다든가 하는 일들요. 그런 장면들에 자주 노출되면 아이들은 아버지를 두려워하죠. 하지만 반면 체득하기도 합니다. 이를테면 상대방을 제압하는 방법 같은 거요."

"확인하셨나요?"

담임 선생은 고개를 저었다.

"도현이의 몸에 혹시라도 상처가 있지는 않은지 주시했지만 그런 기미는 보이지 않았어요. 이미 그때는 도현이 부모님이 이혼한 상태였고요. 도현이도 평소에 밝게 지냈기 때문에 예전에 그런 일이 있었을 수도 있지만 지금은 아니라고 생각하고 넘겼어요."

박상하는 고개를 끄덕였다. 가정 폭력은 아이에 대한 학대, 부부 사이의 폭력이 크게 차지했다. 아이에 대한 학대가 아니라면 부부 사이의 폭력을 의심해 볼 수 있으나 이미 이혼하여 따로 살고 있는 사이였다. 거기까지는 선생이 확인할 수도, 개입할 수도 없는 일이었다.

"그렇군요. 그렇다면 도현이가 평소에 다른 아이들과는 좀 다른…… 뭐랄까, 별다른 특이사항은 없었나요?"

"음, 특이사항이라면……. 다른 아이들보다 덩치가 좀 더 컸다는 거? 어휘력이 조금 좋다는 정도? 그런데 그건 대단히 특이한 일은 아니에요. 아이마다 발달이나 발육 상태는 다 다른 거니까요. 아!"

담임 선생이 무언가 생각난 듯 검지 끝으로 테이블을 탁, 두드렸다. 그러고는 몸을 앞으로 바짝 기울이며 목소리를 낮추었다.

"학기 초에 어머님들 사이에서 도현이 어머니가 바람을 피웠다는 소문이 있었어요. 이 동네는 작아서 같은 유치원 나온 애들이 많거든요. 바람을 피워서 쫓겨났다는 얘기도 있고, 바람이 나서 도망갔다는 얘기도 있고요."

박상하는 미간을 찌푸렸다. 타인의 이혼 사유는 남 이야기하기 좋아하는 사람들의 씹고 뱉기 좋은 소재였다. 같은 아파트의 할 일 없는 여자들이 자신을 두고 벌이는 쑥덕임에 치가 떨린 박상하는 자기도 모르게 혀를 찼다.

"신빙성 있는 이야긴가요?"

귀가 솔깃하며 관심을 보일 줄 알았는데 박상하가 심드렁한 표정이자 담임 선생의 눈에 서리던 빛이 조금 기운을 잃었다. 역시 신빙성 있는 이야기가 아니었다. 혼자 아이를 키우는 사람은 여자든 남자든, 똥구멍에 매달린 휴지처럼 더럽게도 그런 소문이 따라다닌다.

"싸우는 소리를 들었다는 어머님들도 계시기도 했는데……. 뭐 형사님께서 말하시는 신빙성이라는 게 직접 확인까지 했느냐는 말씀이면 그건 아니네요."

왠지 뾰루퉁한 어조였다.

그 모습을 물끄러미 보던 박상하는 싱긋 웃으며 수첩을 덮었다.

"자, 그럼 이제 정말 직접 확인하신 신빙성 있는 이야기를 들어 볼까요?"

무슨 이야기인지 모르겠다는 듯 담임 선생이 갸웃했다. 박상하는 미소를 유지했다. 하지만 그 눈만큼은 차갑도록 매서웠다. 눈앞에 있는 이 야리야리한 담임 선생에게 극도로 화가 치밀고 있었다.

"아까 선생님께서는 아이에게 학대의 흔적이 있지 않은지 지켜봤다고 하셨죠? 지켜봤지만 학대의 흔적은 보이지 않았다고요."

"네. 그랬죠. 그게 무슨……."

담임 선생의 말끝이 흐려졌다. 자신이 뭔가 잘못된 말을 한 건지 되짚어 보는 듯했다.

"정말인가요? 학대의 흔적이 전혀 보이지 않았나요? 겉으로 보이는 곳이 아닌, 옷에 가려져 있는 몸 안쪽도 말씀인가요?"

"그건……."

항변하려던 말을 잃고, 담임 선생의 시선이 바닥으로 곤두박질쳤다. 차가워진 피가 역류하는 기분이었다. 박상하는 이 어린 여선생을 몰아세우지 않도록 애써 흥분한 목소리를 억눌렀다.

"아이의 시신을 부검했습니다. 오래된 상흔들이 많았어요. 모두 폭행의 흔적이었습니다."

담임 선생의 입이 꾹 다물렸다. 박상하는 고개를 끄덕였다. 이해할 수 있었다. 교사도 직업이었다. 아이가 가정폭력을 당하고 있을지도 모른다는 의혹은 그저 의혹일 뿐이었다. 아이가 아무 말도 없이 평소와 같은 행동을 하고, 한여름에도 긴팔을 입는다든가 하는 이상한 행동을 보이지 않는 이상 몸을 검사할 수 없을 터였다. 만약 그랬다가 폭행의 흔적이 보이지 않을 경우 학부모의 엄청난 항의를 대면해야 할 테니. 그런 면을 생각하면서 다시 보니 아이에게 느꼈던 이상한 점들은 하나도 이상한 것 같지가 않았을 것이었다. 게다가 그때는 3월이라고 했다. 긴팔을 입는 게 당연한 시기였다.

어째서 조금 더 파고들지 않아 일을 이렇게 만들었냐고

묻고 싶은 게 아니었다. 다만 박상하는 말하고 싶었다. 어째서 아이가 죽은 이 마당에까지 당신은 당신이 알고 있는 것을 감추려고 했느냐고.

담임 선생이 천천히 고개를 들었다.

"그랬군요. 폭행이, 있었군요. 정말 안타까운 일입니다. 담임으로서 인지했다면 좋았을 텐데, 아이의 몸에 그런 흉이 남을 정도의 폭행이 있을 거라고는 상상도 못했습니다."

고개를 들고, 박상하를 정면으로 응시하고 있었다. 고개를 숙인 동안 그녀는 계산을 이미 마쳤다. 혹시 진범이 잡히고, 가정 폭력으로 인한 사망이었다면, 그간 아이에게 손을 내밀 수 있었던 한 사람으로서 지탄을 피해야겠다고 결론 내린 모양이었다.

몰랐다. 도움을 요청했다면 당연히 도왔겠지만 알지 못했다.

그녀의 그 말은 '나는 잘못이 없다.'와 같은 뜻을 내포하고 있었다.

박상하는 자리에서 일어섰다.

"오늘 말씀 감사합니다."

담임 선생도 따라 일어섰다.

"도움이 되지 못해 죄송합니다. 꼭 사건이 해결되길 바랍니다."

박상하는 고개를 끄덕였다. 담임 선생은 단 한 번도 눈길을 피하지 않았다. 골목길에서 사냥개를 만난 어린애처럼, 뒤돌아서면 당장에라도 달려들어 물지도 모른다는 공포심에 젖은 것처럼.

"네. 감사합니다."

* * *

오천시 서방동 2지구대. 김 경위는 교대하는 지구대원들로부터 이전 시간에 있었던 사건들에 대해 인수인계를 받았다. 2년 전 범죄 없는 도시로 뽑힌 곳이었다. 그만큼 조용한 동네라 눈에 띌 만한 사건은 없었다. 그런 동네가 요즘은 조금 소란했다. 사람들만 모였다 하면 그 사건을 이야기했다.

오천 시민들은 물론이고 지구대원들 사이에서 가장 많이 회자되는 이야기는 단연코 근목 휴게소 시신 발견 사건이었다. 근목 휴게소는 오천시로 통하는 길이 있는 만큼 오천시로 범인이 숨어들었을 가능성이 대두되고 있었다. 이상한 사람을 발견하면 신고해 달라는 홍보 전단지도 오천시 곳곳에 뿌렸다. 동네 사람들의 대화가 많아졌다. 대부분 수군덕거리는 것이지만, 관심의 본질이 흥미라는 것을 누구라도 알 수 있었다. 누군가에게는 씻어 내릴 수 없는 불행이, 어딘가에서 활력으로 작용하고 있다는 것은 김 경위에게 너무나 씁쓸한 기분을 안겨 주었다.

어젯밤에도 근목 휴게소 시신 발견 사건의 유력한 용의자인 김석일처럼 보이는 사람을 봤다는 두 통의 제보 전화가 있었다. 즉시 출동하였지만 두 건 모두 사실이 아닌 것으로 확인되었다고 메모되어 있었다. 장난전화는 아니었지만, 그저 김석일과 인상착의가 비슷한 사람이었다.

"인간 같지도 않은 새끼."

김 경위는 지구대 출입구 통유리에 붙은 수배 전단지를 보며 고개를 절레절레 저었다. 저런 놈은 하루라도 빨리 잡아넣어서 사회의 공기도 마시지 못하게 해야 한다고 생각했다. 아니, 차라리 지금쯤 어딘가에서 교통사고라도 당해 죽어 버렸으면 좋겠다고 생각했다. 전 국민이 분노하고 있는 만큼, 하루라도 빨리 그렇게 되기를 진심으로 바랐다. 아이가 어떤 잘못을 저질렀다고 해도, 그 대가는 몇 번의 혼쭐 정도여야지 죽음이 될 수는 없었다.

"순찰 돌고 오겠습니다."

김 경위는 지구대의 문을 힘차게 열고 밖으로 나갔다.

오천시 주택가의 낡은 빌라에서 신고가 들어온 것은 석식 시간 이후 교대한 지구대원들이 나른하게 하품을 두어 번쯤 하고 있던 시각이었다. 그때까지도 김 경위는 인근 지역을 순찰하고 있었다. 잦은 순찰만으로도 소란을 부리는 취객이나 좀도둑이 활개치지 못하게 하겠다는 것이 이번에 부임한 소장의 철학이었다. 처음 부임해서 뭔가를 한번 보여 주겠노라 하는 소장의 의욕이 피곤하기는 하지만 영 틀린 소리는 아니었다. 그래서 김 경위는 다른 대원들의 불평에도 묵묵히 그 지시를 이행하고 있었다.

"선배님, 운전 제가 할까요?"

옆자리에 앉아 있던 박 순경이 물었다. 아무래도 조수석에 앉아 상관이 운전하는 차를 타고 가니 아무리 일이라지만 불편한 모양이었다. 김 경위는 피식 웃으며 괜찮다고 말했다. 순찰은 2인 1조가 기본이었다. 상관은 편하게 입이나 벌리고 자고, 부하는 뼈 빠지게 일하라고 그런 규정이 있는 것이 아니었다. 똑같이, 서로를 지키면서 안전하라고 있는 규정이었다.

그때 무전기에서 신호가 떨어졌다. 지직거리는 소리는 불길했다. 가끔 그런 날이 있었다. 왠지 불안하게 들리는 전화벨 소리나 무전기 소리. 무슨 일이 있는 것도 아닌데 그렇게 들릴 때는 왠지 받는 것을 피하고 싶어졌다. 하지만 지체할 수는 없었다. 김 경위는 무전기를 움켜쥐었다.

"출동. 오천시 태망빌라 201호. 무장괴한 침입신고. 가까운 지구대원은 즉각 출동 바람."

김 경위는 재빨리 무전기를 집어 자신이 출동하겠다고 응답했다. 무전기를 도로 내려놓기 무섭게 엑셀을 밟아 속도를 높였다. 태망빌라라면 현 위치에서 5분도 걸리지 않았다. 김 경위는 자기도 모르게 한 손을 자신의 허리춤에 댔다. 차가운 느낌이 손끝에 닿았다. 테이저건이었다. 무장괴한이라면 어떤 흉악범인지 알 수 없었다. 그는 무거워지는 가슴을 진정시키려는 듯 깊은 한숨을 내쉬었다. 늘 그런 것은 아닌데 오늘따라 왠지 더 긴장이 되었다. 옆을 슬쩍 보니 박 순경도 긴장이 되는지 입을 굳게 다물고 있었다.

역시나 태망빌라에 가장 먼저 도착한 것은 김 경위와 박 순경이었다. 아직 다른 경찰차는 보이지 않았다. 지체할 시간이 없었다. 112센터로 들어온 신고는 집 안에 침입한 괴한이 자신을 죽이려 한다는 내용이었다. 괴한이 잠시 다른 곳으로 주의를 돌린 사이 화장실로 피신해 신고를 하는 것이니 제발 빨리 와 달라는 남자의 신고였다. 남자는 급하게 주소를 불렀다. 그것은 정말 다행이었다. 신고 위치가 제대로 전달되는 것만큼 빠른 출동과 진압에 도움 되는 것은 없었다. 하지만 행운이 이어지지만은 않았다. 주소를 부른 직후 전화기 너머에서 들린 큰 굉음과 함께 전화는 끊어졌다. 불행을 예고하는 듯했다. 두 사람은 재빨리 차에서 내려 빌라로 진입했다. 발소리는 죽이면서도 신속하게 진입했다. 김 경위는 무전기로 자신들이 도착했으며 먼저 진입한다는 것을 알렸다. 곧 다른 대원들이 도착할 거라는 답변이 돌아왔다. 그것만으로도 안심이 되었다.

건물은 적막에 싸여 있었다. 고요는 불길했다. 피해자가 신고하려는 것을 알았으니 범인이 그냥 있지는 않을 것이었다. 그렇다면 이 고요는 무엇을 의미하는 걸까. 두려움이 몰려들었다. 그런 생각을 하지 않기 위해 고개를 저었다. 이런 순간엔 깊이 생각하지 않는 것이 차라리 나을 것 같았다. 김 경위는 최대한 발소리를 내지 않으며 신고가 들어온 201호로 향했다. 이따금 인기척을 내는 박 순경을 향해 손가락을 세워 보였다. 박순경은 긴장한 얼굴로 고개를 끄덕였다.

2층의 복도는 고요했다. 아무런 소리도 들리지 않았다. 그 적막은 평화와는 거리가 멀었다.

김 경위는 조심스럽게 현관문의 손잡이를 잡았다. 그가 비트는 대로 손잡이가 돌아갔다. 문은 잠겨 있지 않았다. 박 순경의 얼굴도 부쩍 경직되었다. 그가 김 경위에게 시선을 맞췄다. 김 경위는 그의 눈을 보면서 고개를 끄덕했다. 박 순경이 허리춤에서 테이저건을 빼 손에 들었다. 김 경위도 한 손으로 테이저건을 빼고 다른 한 손으로는 현관문을 벌컥 잡아 열었다.

"꼼짝 마!"

김 경위의 고함이 조용한 빌라 복도를 흔들었다. 동시에 갇혀 있던 역한 냄새가 김 경위의 얼굴 앞에 확 끼쳤다. 피 냄새였다. 그리고 그 피 냄새의 원인을 증명이라도 하듯 눈앞에 펼쳐진 광경에 김 경위는 선 채로 굳어 버렸다.

빌라의 내부는 단출했다. 싸구려 3인용 소파가 거실의 벽걸이 TV 맞은편에 놓여 있을 뿐 다른 물건들은 없었다. 거실은 널찍한 편이었다. 그 한가운데에 남자 하나가 배를 깔고 쓰러져 있었다. 바닥에 피가 흥건했다. 붉은 양탄자 위에 길게 누운 남자의 배 아래로 시뻘건 피가 웅덩이를 이루고 있었다. 남자는 미동도 하지 않았다. 쓰러진 남자는 휴대폰을 켠 채였다. 그의 절박한 동아줄이었을지도 몰랐다.

그리고 또 다른 남자가 있었다. 그 남자는 선 채로 쓰러져 있는 남자를 내려다보고 있었다. 그의 손에 들린 칼끝에서 피가 뚝뚝 떨어졌다. 서 있는 남자는 머리부터 발끝까지 피를 뒤집어쓴 상태였다. 피 웅덩이에서 걸어 나온 사람처럼 온몸이 피로 젖어 있었다. 역한 피비린내가 바닥에 쏟아진 피가 아니라 남자의 몸에서 뿜어 나오는 것 같았다. 피를 덮어쓴 남자의 눈은 무덤덤했다. 살인을 저지르고 난 뒤의 흥분도 보이지 않았다. 이 상황을 당황스러워하거나 도피하려는 모습도 보이지 않았다. 잔인한 사이코패스들처럼 즐기는 것처럼 보이지도 않았다. 그저 매일같이 기계처럼 하던 일을 하고 제대로 했는지 검토하는, 아주 무료하고 사무적인 태도였다. 그런 남자가 김 경위의 등장에 아주 천천히, 느긋하다고밖에 볼 수 없는 속도로 고개를 들었다. 잘 벼려진 칼처럼 서늘하고 차가운 시선이 김 경위의 얼굴을 날카롭게 훑었다. 그는 김 경위의 존재가 왜 여기 있는지 알 수 없다는 듯 고개를 갸웃했다.

순간 무릎이 휘청, 꺾일 뻔했다. 저 얼굴을 알고 있었다. 불과 몇십 분 전에 그의 얼굴이 박혀 있던 전단지를 보았다. 불과 몇십 분 전까지 저 얼굴이 전단지에서 튀어나와 자신의 눈앞에 이런 모습으로 버티고 서 있을 줄 몰랐다. 김 경위의 덜덜덜 떨리는 손이 본능적으로 허리춤의 총 띠를 더듬었다.

"기, 김석일!"

* * *

김 경위의 입장에서 김석일의 느닷없는 출연은 불행이 될 수도 있었다. 살인을 저질러 놓고도 너무나 덤덤하던 그 태도는 나중에 생각해도 아주 소름 돋는 것이었다. 그가 피가 뚝뚝 떨어지는 칼을 휘두르며 격하게 반항을 했다면, 어쩌면 그 칼에서 떨어지는 것이 비단 사망자의 것만은 아닐지도 몰랐다.

난 여기서 죽을지도 몰라, 총 띠를 더듬거리던 순간 그런 생각을 했다. 저기서 자신을 쳐다보는 저 덤덤한 눈이 인생의 대미를 장식할 마지막 불행이라고까지 생각했다. 하지만 그 불행한 예감은 너무나 다행히도 채 10초를 넘기지 않았다.

김석일은 아무런 반항 없이 칼을 내려놓고 두 손을 들어 손바닥을 보였다. 덜덜덜 떨리는 손으로 김석일에게 수갑을 채우던 순간, 불행이 가면을 벗고 행운의 모습으로 김 경위를 덥석 끌어안았다.

김 경위는 1계급 특진을 했다.

쉴 새 없이 기자들이 몰려들었고, 자랑스러운 경찰관 상까지 수여되었다. 시상식에는 매일같이 잔소리만 퍼부어대던 아내가 참석했다. 아내의 앞에서 김 경위의 어깨가 드넓게 펴졌다. 아내는 립스틱을 유난히 빨갛게 바른 입술로 난생처음 보는 부드러운 미소를 지으며 김 경위를 끌어안았다. 쉴 새 없이 플래시가 터졌고 경찰청장과 기념사진을 찍었다.

하지만 인생은 공평하지 않았다. 그렇게 난데없이 굴러들어온 행운으로 한 남자가 한 가정의 가장으로 최고의 대우를 받게 되는 전환점을 맞이한 것과는 대조적으로 다른 한쪽에서는 다시 처절한 싸움을 하고 있었다.

모든 언론이 김석일과 그 수사를 맡은 수사팀에게 시선을 집중하고 있을 때 은파 경찰서 강력2팀에는 전운이 감돌았다. 오천시의 유치장에서 하룻밤을 보낸 김석일이 다음 날 은파 경찰서로 호송될 예정이었다. 강력2팀은 박상하 팀장을 주축으로 수사 방향을 재논의하고 있었다. 가장 중요한 퍼즐인 김석일을 잡아냈으니 그 조각을 어디에 놓을지 고민할 단계였다. 김석일의 입에서 순순히 모든 사실이 토로되기를 기대하는 것은 어리석은 일이었다. 그의 말을 어떻게 이끌어 낼지가 관건이었다. 조사를 어떻게 시작하여 어떤 방향으로 이끌지 시나리오를 논의했다.

박상하는 뻐근한 눈두덩을 손바닥으로 꾹꾹 눌렀다. 그런다고 당장 피로가 풀리는 것은 아니지만 조금의 위로나마 되었다. 찌릿한 통증이 턱밑까지 전달되는 기분이었다. 그러나 그 쾌감도 잠시, 울려 대는 벨소리에 박상하는 미간을 찌푸렸다. 소리 나는 쪽으로 고개를 돌려보니 이남석이 휴대폰을 쳐다보며 깊은 한숨을 내쉬는 중이었다. 벌써 몇 번째인지 몰랐다. 이남석은 하루종일 전화에 시달리는 중이었다. 그는 고개를 절레절레 흔들며 여전히 울려대는 휴대폰을 들고 회의실 밖으로 나갔다.

"전화기 좀 꺼놔."

바깥에서 전화를 받은 것인지 기진한 얼굴로 다시 들어오던 이남석을 보며 박상하는 목덜미를 주물렀다. 이남석이 한숨을 푹 쉬며 박상하의 옆자리에 털썩 주저앉았다.

"경찰청장님인데 전화기 꺼 놓을까요?"

"파티는 그쪽에서나 즐기시지 왜 여기까지 챙기시느라 그런대?"

박상하는 숨기지 않고 비아냥거렸다. 아직 모든 상황이 종료된 것이 아니었다. 용의자인 김석일이 잡혔을 뿐이지,

동기며 그날의 행적이며, 시신을 유기한 이유 등등 아직 밝혀지지 않은 것이 산재해 있었다. 게다가 느닷없이 왜 오천시로 갔을까. 오천시의 그 남자와는 무슨 사이일까. 무죄추정의 원칙이라는 조항을 들이대면 아직 김석일은 김도현 어린이 사망 사건에 대해서는 용의자일 뿐 범인이 아니었다. 그런데도 마치 모든 사건이 종결된 것처럼 경찰수뇌부를 주축으로 한쪽에서는 파티를 벌이고 있었다.

물론 김석일을 체포한 김 경위의 특진은 불합리하지 않았다. 당연한 것이었다. 사람을 눈 하나 깜짝하지 않고 잔인하게 난도질하여 죽인 범인을 현장에서 체포했다. 그리고 그 범인은 전국을 떠들썩하게 만든 지명 수배자였다. 그런 사람을 단 두 명의 인원이 체포했으니 공로를 치하받아 마땅했다. 하지만 위에서는 체포부터 김 경위의 특진까지 전 과정을 언론에 뿌려 댔다. 그 과정에서 김 경위를 영웅으로 만들었다. 김 경위가 영웅된 것이 배 아픈 것이 아니었다. 고생한 경찰관의 노고가 인정과 치하를 받는 것은 당연한 일이었다. 고마운 일이었다. 하지만 그렇게 만들어 낸 경찰수뇌부의 얄팍한 수작이 싫을 뿐이었다.

사건 초반, 경찰은 국민들로부터 지탄받고 있었다. 경찰청장의 무리한 보여 주기식 기자회견으로 놀림거리가 되었다. 그 상황을 역전시키기 위해 언론플레이를 과도하게 하고 있는 것이었다. 김 경위의 3루타가 주최 측의 농간에 의해 끝내기 역전홈런이 되었다. 눈 가리고 아웅으로 경기는 끝나 버렸다. 사실 경기는 아직 몇 회가 더 남아 있는데 관객들은 경기가 끝난 줄 알고 모두 퇴장했다. 관객들이 다 나간 상태에서 다른 선수들은 남은 플레이를 이어나가야 했다. 꼭 관객이 있어야만 야구를 하는 것은 아니지만, 경찰 조직의 체면치레를 위해 이용된다는 더러운 기분을 지울 수가 없었다.

"경찰청장님께서 빠르고 정확히 모든 것을 밝혀내라고 하시네요."

"언제 우리가 그걸 경찰청장이 시켜서 했냐? 당연한 걸 뭘 거지 같은 소리래?"

그 말에 이남석이 휴대폰을 꺼냈다. 버튼을 몇 개 누르더니 뉴스 화면 메인에 떠 있는 기사를 클릭했다. 꼴 보기도 싫은 경찰청장의 함박웃음이 커다랗게 박혀 있었다.

"앞으로의 수사를 통해 더욱 명명백백히 밝혀내겠다고 하셨네요."

"그걸 왜 말단 형사한테 전화해서 말한대?"

"서장님이랑 지금 행사장에 같이 계시잖아요."

"내가 팀장이잖아!"

"아까부터 전화 안 받으셨잖아요."

이남석이 어이없다는 듯 웃음을 터뜨렸다. 박상하가 어깨를 으쓱했다. 사실 일부러 농담을 던졌다. 담당은 이쪽인데 다른 쪽에서 성과를 올려 특진까지 하는 것을 보면 이쪽에서는 당연히 힘이 빠지는 일이었다. 한두 번 있는 일이 아니라서 박상하로서는 속으로 욕 몇 마디 던지고 담배 다섯 개비 피워 물면 잊을 수 있는 일이었지만 이남석의 입장에서는 마음이 힘들고 흔들릴 수 있었다. 팀장으로서 미안한 마음이었다. 그걸 농담으로 풀 수밖에 없었다. 그 정도가 박상하가 가진 주변머리의 전부였다.

"앉아. 내일 김석일이 이쪽에 도착하는 것이 몇 시랬지?"

"아, 그게 오전 11시⋯⋯. 아, 잠시만요."

다이어리를 펼쳐 보고를 하려던 이남석의 말을 막은 것은 이번에도 역시 휴대폰의 벨소리였다. 이남석이 주머니에서 휴대폰을 꺼냈다. 박상하는 짜증스럽게 이마를 구겼다.

"전화기 좀 꺼 놔."

"남 형사님인데요?"

남 형사는 강력2팀 일원 중 하나였다.

"뭐해, 빨리 받아."

멋쩍은 박상하의 대답에 큭 하고 이남석이 웃었다. 박상하가 흘긋 노려보는 것을 보면서 전화를 받았다.

"네, 남 형사님. 이남석입니다."

쾌활한 말투로 만면에 웃음을 가득 띠고 전화를 받은 이남석의 얼굴이, 인사를 한 그 직후 곧장 굳어졌다. 그 변화에 박상하도 긴장했다. 이남석은 굳은 표정으로 연신 "네."라는 대답만 했다. 전화기 너머에서 남 형사의 말이 길어지는 것 같았다.

"하지만 내일은……."

반문을 하려던 이남석이 다시 말문을 닫아 버렸다. 무엇을 말하고자 하는지 이미 알고 있는 남 형사가 곧장 말을 잇는 것 같았다. 무슨 일인지 조바심이 났지만, 박상하는 묻지도, 전화를 바꾸라 채근하지도 않았다. 아무리 후배이고 신입 형사라지만, 일처리를 하는 중에 뺏어 버리거나 끼어드는 것은 선배로서 예의가 아니라는 생각이었다. 기다림 끝에 이남석은 차분히 상대방의 말을 듣고, 알겠다고 대답한 후 전화를 끊었다. 그의 얼굴이 무거웠다.

"정지원 씨와 연락이 닿았답니다."

"김도현 친모?"

"네."

박상하는 크게 안도했다. 정지원 역시 이 사건에서 빼놓을 수 없는 인물 중 하나였다. 김석일이 정지원과 이혼하면서 왜 아이를 어머니가 아닌 아버지 쪽에서 맡았는지, 어째서 그토록 잔인하게 학대를 했는지, 정지원이라는 전부인의 존재나 그녀를 향한 미움이 아이에게 어떤 식으로든 투영이 되어 이번 사건에까지 이르게 된 건지를 알려 줄 수 있는 유일무이한 존재였다.

무엇보다 아이의 부검이 종료되면 그녀에게 시신 인도를 해야 했다.

"연락된 거면 다행이잖아. 남 형사가 뭐라고 해? 당장 경찰서로 오라고 했대?"

"그게……. 지금 일본이랍니다. 비행기 편을 알아 봤지만 제일 빠른 비행기가 내일이라고."

"내일?"

여행으로 갔는지, 해외에서 취업이라도 할 요량이었는지는 몰라도, '역시 그랬군.'이라는 생각이 들었다. 그래서 연락이 그렇게나 안 됐던 거였다. 아동 학대에 이은 시신 유기 사건이라는 자극적인 타이틀을 달고 매일같이 뉴스가 보도되고 있는데 아직도 연락이 오지 않는 것이 이상하던 참이었다. 한국에 없어서, 소식을 뒤늦게 들은 것이었다.

비행기 티켓이 내일 것밖에 없다는 사실이 안타까웠다. 이국 땅에서 그녀는 오늘 밤이 얼마나 길고 끔찍할까.

거기까지 생각이 이르는 순간, 박상하의 머릿속에 섬광이 스쳤다.

"내일? 김석일이 오는 날이잖아!"

어두운 얼굴로 이남석이 고개를 끄덕였다. 박상하는 신음을 뱉으며 머리를 감쌌다. 자신의 아이가 살해당했다. 소식을 뒤늦게 들은 것도 가슴이 찢어지고 숨도 쉬지 못할 정도로 아프고 분한데, 그 잔인한 살인마가 전남편이었다. 그 황망함 속에서 전남편을 맞닥트린다는 상황만 생각해도 그건 아닌 것 같았고, 그런 일은 벌어지면 안 된다 싶었다. 심지어 한국을 떠나 있었던 그녀만 알지 못했을 뿐, 이 사건은 온 나라를 들썩이게 만들 정도는 아니더라도 이목을 집중시키고도 남음이 있었던 사건이다. 황망함에 빠진 그녀가 오열할 때 그 앞에 수십, 수백 대의 카메라들이 시커먼 렌즈를 들이밀 것이었다.

"어떻게든 시간을 조절해 봐. 두 사람을 만나게 하더라도 어느 정도 사건의 경위를 듣고, 진정을 시킨 뒤에 하는 게 좋겠어. 물론 말하지 않아도 알겠지만 기자들이 피해 아동의 어머니가 출두하는 것을 알아차리지 않게 기밀로 유지하고."

"당연히 보안에 신경을 쓰겠지만……."

말끝을 흐리는 이남석의 얼굴에 스치는 불안감을, 박상
하가 물끄러미 응시했다.

"또 무슨 일이 있어?"

"그게……. 두 사람이 만나는 시간을 조절하기는 어려울
것 같습니다. 김석일이 이쪽으로 출발하는 시간은 이미 정
해져 있어요. 그리고 정지원 씨가 공항에서 이쪽으로 오는
차편도 시간이 정해져 있습니다."

"한두 시간 정도 늦추거나 당길 수도 있지 않나?"

"그럴 수가 없습니다. 내일은 그 시간에 딱 한 대만 배차
되어 있습니다. 운수회사 노조 총파업이라서."

"끙, 가는 날이 장날이라더니."

박상하의 입에서 신음 같은 소리가 배어 나왔다. 그는
깊은 한숨을 쉬었다. 일이 그쯤 어그러졌으면, 아무리 보안
을 유지한다 해도 정지원이 기자들에게 노출되는 것은 시
간문제였다. 천하의 냉혈한 김석일을 찍기 위해 도착 한 시
간 전부터 포토라인을 만들어 기자들이 진을 치고 있을 것
이었다. 여러 가지 조사들에 대한 정보가 '경찰 내부 관계
자'의 입에서 나왔다며 몇몇 기자들의 귀에 흘러 들어갈 것

이었다. 그렇다면 경찰서에 출입하는 사람들을 끈질기게 주시할 것이고 정지원의 신분은 저잣거리에 내놓은 말린 명태처럼 금세 알려질 것이었다.

"아무튼 최선을 다해 안 마주치도록, 최선을 다해 신분이 노출되지 않도록 하는 수밖에는 없겠지."

"네."

대답하는 이남석의 목소리가 흐렸다. 어쩌면 이미 불가능하다고 예상한 것 같기도 했다.

* * *

다음 날 아침, 경찰서로 내딛는 걸음걸음마다 박상하의 고민은 깊어졌다. 경찰서 본관 정문으로 올라가는 일곱 계단을 오를 때의 착잡한 심정은 이루 말할 수 없었다.

내 남편이 내 아이를 죽였다. 그 사실에 억눌려 짓이겨진 여자를 봐야 한다는 생각에 발걸음이 쇳덩이처럼 무거웠다. 그 모습은 언젠가의 자신의 모습과 겹쳐질 것이 뻔했다. 이 사건은 매번 도망치고 싶지만 도망칠 수 없는 순간들을 그에게 데려왔다. 두 번 다시 마주하고 싶지 않은 사건이었지만 포기할 수도 없었다.

계단을 오르자 바닥에 십자가 표시가 그려져 있었다. 그 표식을 본 순간 박상하는 미간을 찌푸렸다. 기자단의 포토라인 표식이었다. 그 앞에 김석일을 세울 예정이었다. 사건에 대한 조사가 국민의 알 권리를 앞섰다. 아니, 그 내막은 국민의 알 권리와 전혀 상관이 없었다. 그것을 알고 있기에 박상하의 마음이 이렇게나 씁쓸한 것이었다. 포토라인을 사이에 두고 기자들의 사리와 경찰의 사욕이 서로 손을 맞잡고 벌이는 이벤트일 뿐인 것을 알고 있는 탓이었다.

가라앉은 기분을 애써 떨치며 박상하는 강력2팀 사무실로 들어갔다. 이렇게 모든 것에 다 마음을 써서야 팀의 리더로서 제대로 된 수사를 이끌 수 없을 거였다. 마음을 다잡고 박상하는 사무실의 문을 열었다. 하지만 박상하의 고민이나 그런 마음과는 완전히 반대되는 풍경이 눈앞에서 펼쳐지고 있었다.

다른 사람의 불행에 안타까워하고 마음 아파 하는 것이 공감이라면, 공감 이전에 인간을 지배하는 것은 계산이었다. 타인의 불행을 두고 자신이 취하는 태도가 스스로에게 어떤 이점이 있는지를 따지는 것이다. 그리고 그 계산은 가끔 너무나도 황당하고 어이없는 상황을 연출하고야 말았다.

형사들이 웃고 있었다. 더러는 거울 앞에 서서 얼굴에 뭐가 묻지는 않았는지 점검했다. 몇몇은 평소에는 잘 입지도 않는 정장 바지를 입고 앉아 있었다. 이남석마저 평소에는 쳐다보지도 않던 손거울에 눈을 박고 있었다.

다른 사람의 불행이 그들의 이벤트였다.

"뭐하는 거야?"

갑자기 부른 탓인지 박상하의 목소리에 이남석이 불에 덴 듯 어깨를 흠칫 떨었다. 거울에서 뗀 시선을 옮긴 순간, 박상하의 찌푸린 이맛살, 싸늘한 시선, 꾹 다문 입매에 이남석은 차마 고개를 돌리고 말았다. 박상하가 화난 것을 알고 있기 때문이었다. 이남석은 더듬거리다가 조심스레 입을 열었다.

"말 안 할래요."

박상하가 낮은 한숨을 쉬며 재킷을 벗고 자리에 털썩 앉았다.

"말 못할 짓은 하지도 마."

멋쩍은 웃음을 억지로 보이며 이남석은 벽에 걸린 시계로 눈을 옮겼다. 이야기의 초점을 다른 곳으로 옮기려는 노력이었다.

"곧 오겠네요."

"……그렇겠지."

정지원과 김석일. 두 사람을 생각하니 마음이 더 무거워졌다. 문득 자신의 마음이 왜 이렇게 힘든가 의문이 들었다. 가만히 생각해 보니 정지원과 김석일의 만남은 불가피한 것이었다. 그런데 왜 이렇게 기분이 좋지 않고, 아주 불행한 일을 눈앞에 둔 것 같은가.

그냥 보고 싶지 않았다. 아이를 잃은 어미의 처절한 울부짖음. 그것을 보면 그런 말이 목구멍을 찢고 터져 나올 것만 같았다.

그러게 왜 아이의 손을 놓았어, 하고.

"도착했답니다!"

누군가의 목소리가 쩌렁쩌렁 울렸다. 사무실 안 공기가 일순 일렁였다. 목소리를 듣고, 심연 속에서 빠져나온 다음 고개를 들었을 때는 이미 다들 바깥으로 나갈 채비를 하고 있었다. 박상하도 천천히 일어섰다. 자기도 모르게 마른침을 삼켰다.

"정지원 씨는 어디래? 연락해 봤어?"

"하긴 했는데 어디인지는 모르겠습니다. 경찰서 형사라는 것을 밝히자마자 곧 간다고, 그 말만 횡설수설 되풀이하다가 전화를 끊었거든요. 패닉 상태인 거 아닐까요. 패닉 아닌 게 이상하죠. 자기 자식이 남편 손에 죽었다는데."

그러게 왜 아이의 손을 놓았어.

"나가자."

제3장

    박상하가 은파 경찰서에 배치를 받은 이후, 이렇게 기자가 몰린 것은 처음이었다. 기자들끼리 암묵적으로 만든 동업자의 규칙에 의해 질서를 지키지 않았다면, 포토라인에 세우는 순간 그들의 카메라에 눌려 김석일이 산산조각 나버릴지도 모를 일이었다.

    하지만 김석일을 태운 차가 은파 경찰서의 정문을 통과해 계단 바로 앞에 서고, 드디어 차 문이 열리고 수갑을 차고 양옆 형사들에게 팔짱을 끼인 채 내리는 김석일의 모습이 드러나는 순간, 암묵적 질서가 깨지는 것은 시간문제였다. 아무런 목소리가 들리지도 않을 만큼 셔터 소리가 쏟아지고, 대포 같은 카메라가 여기저기서 빛의 폭탄을 터뜨렸다.

김석일은 검은색 낡은 점퍼의 후드를 깊숙이 눌러쓴 상태였다. 고개를 바짝 숙여 얼굴을 가렸다. 앞도 보이지 않을 것 같았다. 형사들이 끄는 대로 비척비척 걸음을 옮겼다. 잔인한 아동 학대를 거쳐 살인까지 이른 비정한 아버지의 얼굴을 공개해야 하는 것이 아닌지, 기자들은 불만을 터뜨렸다.

그리고 그 불만의 소리가 점점 커지는 순간, 드디어 암묵적 질서가 깨지고야 말았다.

마이크를 든 기자들이 김석일에게로 달려들었다. 삽시간에 김석일과 그의 양 팔을 붙든 형사들이 기자들에게 둘러싸인 모양새가 되었다. 사진기자들은 철제 사다리 위로 올라가 계속해서 셔터를 눌러댔다. 김석일의 한걸음 한걸음이 인터넷 뉴스 속보로 띄워지고 있었다.

입구 쪽에서 박상하는 무거운 표정으로 김석일을 응시했다. 김석일은 사람들에게 치여 몸이 이리저리로 흔들리면서도 어떻게든 모자가 벗겨지는 상황은 막겠다는 듯 필사적으로 어깨를 옹송그렸다. 거북이라도 될 것처럼 목을 움츠렸다. 어째서 그렇게 얼굴을 가리는가. 부끄러운 것은 아는 가. 그래봐야 당신이 사회에 다시 나올 때면, 당신의 얼굴은 아무도 기억하지 못할 만큼 늙어 버렸을 텐데.

박상하는 김석일을 인계받기 위해 앞으로 한걸음 내딛었다. 그때 무심결에, 아무 의도 없이 박상하의 시선이 왼쪽 옆으로 향했다. 순간 박상하는 걸음을 멈추었다.

여자였다. 허리를 잘록하게 묶은 트렌치코트를 입은 30대 후반의 여자. 트렌치코트와는 어울리지 않게 검은색 단화를 신고 있었고, 화장기 없는 얼굴은 하얗게 질려 있었다. 급하게 달려왔는지 숨은 거칠었고, 허리까지 내려온 머리의 흐트러짐이 그녀의 다급함을 증명했다.

확인하지 않아도 알 수 있었다. 정지원이었다.

"정지원 씨입니다."

이미 사진으로 얼굴을 파악하고 있었던 이남석이 박상하의 귀에 대고 낮은 소리로 말했다. 무슨 일이 벌어질지 알 수 없었기 때문에 이남석은 긴장하고 있었다.

"알아. 조용히 안으로 모셔. 기자들이 눈치 채지 못하게 조용히."

"네."

이남석이 조용히 대열에서 이탈하려고 몸을 틀었다. 그

모습을 들키지 않기 위해 박상하는 기자들 앞으로 한 걸음 더 다가갔다. 기자들은 오로지 김석일에게만 시선을 두고 있었고, 앞으로 이 일을 처리할 박상하의 태도에 관심을 기울였다.

일은 조용히 끝날 것 같았다. 그때, 그 바람을 깨부수는 일이 발생했다. 전혀 예상치 못한 일이었다.

얼굴이 드러나면 죽기라도 할 것처럼 굴던 김석일이 갑자기 고개를 번쩍 치켜들었다. 플래시 세례는 파도처럼 커지고 기자들의 목소리는 하늘을 찔렀다. 그 속에서 김석일이 천천히 수갑을 찬 손을 들어올렸다. 그리고 모자를 벗어 내렸다.

박상하는 곧장 알 수 있었다. 김석일의 시선이 어디에가 닿아 있는지를. 그것은 바로 정지원이었다. 티셔츠의 후드 아래에서 언제 발견한 것인지는 알 수 없었지만 정지원을 본 것이었다. 정지원 역시 돌이 되어 버린 것처럼 그 자리에 굳어 있었다. 멀리서 보아도 하얗게 질린 얼굴이 더욱 질리는 것처럼 보였다.

갑자기, 김석일이 날뛰었다.

고함인지 괴성인지 비명인지 모를 소리를 쉴 새 없이 내뱉었다. 김석일의 양팔을 잡고 있는 둘이 건장한 형사였음에도 그를 제압하기가 힘들 정도로 온힘을 다해 날뛰었다. 양쪽에 선 두 명의 형사와 김석일의 힘겨루기가 시작되자 다른 형사들도 그를 제압하기 위해 들러붙었다. 한 명은 김석일의 머리를 강제로 눌렀다.

기자들은 갑자기 벌어진 상황에 당황했다. 열심히 셔터를 눌러 대기는 했지만 김석일이 갑자기 왜 그러는지 이유를 알지 못했다. 하지만 김석일의 시선이 어느 한 곳으로 향해 있다는 것을 알아차리기 전까지는 채 3초도 걸리지 않았다. 그의 시선을 따라 이내 정지원을 발견했다. 아마 기자들의 머릿속에 '저 여자는 누구지?' 하는 물음이 공통적으로 스쳐 지나갔을 터였다.

그리고 누군가 중얼거리듯 말했다.

"김석일의 전 부인이다."

그 말 한마디는 마치 신호탄과 같았다. 막아 볼 새도 없이 기자들 일부가 그쪽으로 달리기 시작했다.

아귀 같았다. 엉망이었다. 커다랗게 벌린 탐욕스러운 입이 그 여자를 집어삼키기 위해 달려가는 것 같았다.

하지만 여자는 자신을 향해 달려드는 맹수들에게 전혀 관심을 두지 않았다. 김석일을 보았고, 굳었고, 이내 천천히 어느새 자신의 옆에 달려와 있었던 이남석에게 뭔가를 물었다.

　그리고 쓰러졌다.

＊ ＊ ＊

　정지원은 은파 경찰서와 5분 이내 거리에 있는 송은 종합병원 응급실로 이송되었다. 모든 취재진들의 출입이 엄격하게 통제되었다. 극심한 스트레스와 탈진. 그것이 송은 종합병원 의료진이 정지원에게 내린 진단명이었다. 정지원은 응급실에서 곧장 1인실로 옮겨졌다. 취재진들이 들끓고 있으니 응급실을 이용하는 다른 환자들에게 대단한 민폐가 아닐 수 없다는 병원 측의 판단이었다.

　정지원의 침대 옆 보호자 소파에 앉은 박상하는 턱을 괴고 물끄러미 정지원을 응시했다. 벌써 정지원이 쓰러진 지 40분이 지나고 있었다. 수액과 함께 진정제가 처방되어 한동안 잘 것이라는 의사의 말이 있었다. 깨울 수도 없고, 혼자 둘 수도 없으니 박상하가 옆에 있을 수밖에 없었다.

　안색이 파리했다. 귓가에 이르러서는 푸른 핏줄이 보일 것처럼 피부가 투명하게 느껴졌다. 검은 흑발이 바다의 파문처럼 베개 위에 퍼져 있었다. 그중 몇 가닥이 볼에 붙어 있었다. 흰 피부와 대조되는 붉은 입술이 살짝 벌어져 있었다. 그 틈새로 지친 숨소리가 비어져 나왔다. 립스틱을 바르거나 한 것은 아닌 듯한데 선홍색을 띠는 것이 신기했다. 갸름한 턱 아래로 길게 뻗은 목덜미, 그것을 받치고 있는 듯한 쇄골이 뾰족하게 드러났다. 그러고 보니 손마디며 턱선의 뼈가 드러날 정도로 상당히 마른 체형이었는데, 그것이 불쌍해 보이기는커녕 야릇하게 매력적이었다.

조금 전 경찰서장과 통화를 했다. 서장은 귀청을 찢을 듯이 소리를 질러대었다. 김석일의 연행이 거의 실시간으로 보도되던 와중에 그의 아내인 정지원이 현장에서 그를 마주치고 기절한 일까지 전해졌다. 김석일과 정지원을 마주치게 한 드라마틱한 상황을 경찰 쪽에서 연출한 것이 아니냐는 의혹이 일었다. 은파 경찰서의 홈페이지는 악플이 들끓다 못해 결국 트래픽 초과에 걸렸다. 항의 전화도 여러 통 왔다. 심지어 그중에 지역구 국회의원들의 질타도 있었다. 박상하는 소리를 질러 대는 경찰서장에게 아무런 말도 하지 않고 계속해서 '네'라는 대답만 되풀이하다 전화를 끊었다. 드라마틱한 상황을 연출한 게 아니냐는 네티즌들의 의혹. 그것이 정말 의혹일 뿐인 거냐고 물으려다가 말았다.

난리를 치거나 말거나, 홈페이지가 다운되거나 말거나,

누군가 이 사건에서 사리사욕을 채우거나 말거나 현 상황에서 그런 것 따위는 중요한 것이 아니었다. 잠깐의 해프닝이 있었지만, 아이의 억울한 죽음을 밝히는 것, 그것만이 중요한 일이었다.

그러나 그것은 단지 누가 죽였느냐를 밝히는 것만이 아니어야 했다. 어떤 상황이 아이를 죽음 속에 몰아넣었는지, 그 과정에서 방관자는 누구였는지, 막을 수 있었던 사람이 있었던 건 아닌지를 밝혀내야 했다. 이렇게 여론이 들끓는 사건일수록 그런 것들을 더욱 명명백백히 밝혀내야 사회에 경종을 울릴 수 있었다. 범인을 잡아내야 하는 형사의 또다른 숙제였다.

정지원의 눈 끝이 꿈틀거린다 싶더니, 두통이 있는지 눈에 띄게 이맛살을 찌푸렸다. 정지원의 눈꺼풀이 천천히 열렸다. 어지러운 듯 다시 깊게 눈을 감았다가, 아주 천천히 눈을 떴다. 이곳이 어디인지 바로 생각이 나지 않는지 눈을 크게 깜박였다. 그리고 이내 그 시선이 박상하의 얼굴에 닿았다. 박상하는 어떤 말을 먼저 꺼내야 할지 몰라 머뭇거리며 주춤주춤 정지원에게 가까이 다가갔다.

정지원은 박상하가 누구인지를 금세 깨달은 것 같았다. 그리고 이곳이 어디인지, 자신이 왜 여기 있는지를 모두 생각해 낸 모양이었다. 깊고, 검고, 큰 눈에서 눈물이 주르륵 흘렀다. 쿵, 박상하의 심장이 박동했다. 동시에 아릿한 통증이 전해졌다.

정지원은 천천히 상체를 일으켰다. 눈물을 멈추지 않은 채 그녀는 박상하를 향해 물었다.

"우리 아이 어디 있어요?"

박상하는 순간 대답을 잠시 늦췄다. 어디 있냐는 질문을 듣는 순간 정지원이 아이가 죽은 걸 모르는 게 아닌지 고민되었기 때문이다. 하지만 그렇지 않다는 사실에 도달했다. 이미 이남석이 상황을 설명했다고 했으니까. 아마도 알고 있으니 혼절한 것이리라. 몰라서 묻는 것이 아니었다. 박상하는 자신도 모르게 정지원의 시선을 피했다. 쓰러졌다가 방금 깨어난 사람에게 너무나 잔인한 사실을 내밀어야 했다. 하지만 말하지 않을 수는 없었다. 박상하는 무거운 목소리로 말했다.

"영안실에, 국과수 영안실에 있습니다."

"윽, 으윽."

정지원이 가슴을 움켜쥐며, 숨이 터지지 않는 듯한 소리를 냈다. 정말로 숨이 쉬어지지 않는 것인지 정지원은 앉은 자세로 허리를 굽히고는 침대 이불에 얼굴을 대고 몸서리를 쳤다.

그 고통스러운 울음은 한참이나 계속되었다. 실제 시간
이 얼마나 지났는지는 알 수 없으나, 그 울음은 마치 영원
처럼 계속될 것만 같았다. 그 울음이 잦아들기 시작했을
때, 다행이라기보다는 오히려 그것이 비현실적으로 느껴지
기까지 했다. 하지만 그 비현실적 감정에서 현실로 돌아오
기까지는 그리 오래 걸리지 않았다. 박상하는 자신의 입장
을 비롯해 자신이 이제 무엇을 해야 하는지를 너무나 잘
알고 있었다. 서두르지 않은 것은, 정지원의 묘한 매력에 이
끌린 것 때문이 아니라, 인간이라면 그래야 할 것 같았기
때문이었다. 인간이라면, 제 자식을 잃은 사람에게 충분히
울고, 괴로워할 시간을 줘야 하기 때문이었다.

"시신을, 확인하시겠습니까?"

정지원이 숨을 잠시 멈추는 듯했다. 박상하는 조금 전
그러했던 것처럼 가만히 정지원이 대답할 때까지 기다려
주었다.

정지원이 천천히 고개를 끄덕였다.

"얼굴이 엉망입니다. 힘드실 겁니다."

얼굴이 엉망이다. 그 말이 무엇을 의미하는지를 생각하
는 듯, 정지원이 눈을 깊게 감았다가 떴다. 감은 두 눈 안

쪽으로 얼마나 끔찍한 상상이 흘렀을지 익히 짐작이 갔다.

"확인할게요. 내 아이가 얼마나…… 얼마나 힘들고 괴로 웠는지……. 어떤 일을 겪었는지, 내가 어미라면 알아야 하 잖아요. 내가 아무리 그 아이를 책임져 주지 못했고, 그렇 게 못난 엄마라도…… 알아야 하잖아요."

눈물이 울컥 올라오고 가슴이 막히는 듯, 그녀는 중간중 간 말을 멈추기는 했지만 태도는 단호했다. 영안실에서 그 녀가 또다시 얼마나 괴로워질지는 이미 보고도 남음이었지 만 확인하겠다고 하는 정지원을 막을 수는 없는 일이었다.

"그럼 조금 기운 차리시고, 내일이라도……."

"아니요."

정지원이 허리를 꼿꼿이 세웠다. 단호한 눈으로 박상하 를 보았다. 조금 전까지 흘린 눈물로 흠뻑 젖은 눈이었다. 그 눈은 검고, 깊고, 아름다웠다.

"지금 갈게요."

* * *

정지원과 함께 병실을 나섰다. 하지만 병원의 정문 쪽으 로는 나가지 못했다. 기자들이 아직 남아 있었다. 그들의 앞을 지나치지 못할 것은 없으나, 정지원은 지금 건드리기만 해도 쓰러질 것만 같았다. 그녀는 정신적으로 충분히 지쳐 있었다. 가급적 감정의 소모를 없게 해 주어야 했다.

특실에서 병원 본관 지하에 있는 응급실로, 다시 응급실에서 연결된 통로를 통해 본관으로 가서야 본관 3층 현관과 연결된 옥외 지상 주차장에 도달했다. 옥외 지상 주차장에는 미리 연락을 받은 이남석이 차를 대기하고 있었다. 경찰서 주차장에 며칠이 넘도록 세워 뒀던, 세워 뒀다기보다는 며칠이고 집에 들어가지 못해 끌고 가지 못한 이남석 개인 차량이었다. 출고된 지 11년차가 된 준중형차를 700만 원 주고 샀다고 했다. 차의 상태를 봤을 때 박상하라면 400만 원에 준대도 안 샀을 것 같은 차였다. 그런 차를 700만 원에 사고도 좋아 죽던 이남석의 표정이 아직도 생생했다. 사기당해도 좋단다며 박상하가 놀려도 이남석은 그저 싱글벙글이었다.

이남석에게 고맙다는 뜻으로 고개를 끄덕거려 보이고는 뒷문을 열어 몸을 살짝 비켜섰다. 정지원이 아무 말 없이 차에 올랐다. 그녀는 입을 굳게 다물고 힘없이 눈을 깜박였다. 정신을 모으려는 듯했다. 그 모습이 안쓰러웠지만, 뭐라 말을 건네야 좋을지 알 수 없었다. 뒷문을 닫아 주고 박상하는 조수석에 올랐다.

주차장에 와서 차에 오를 때까지 정지원은 아무 말도 하지 않았다. 정문을 통과하면 기자들과 마주치니 피하는 게 좋겠다고 딱히 설명하지도 않았는데, 지치고 힘들 텐데도 왜 이렇게 멀리 돌아서 나가야 하는지 묻지도 않았다. 이 모든 것이 제 자식을 지키지 못한 어머니의 죗값이라고 생각하는 지도 몰랐다. 묵묵히 모든 것을 다 감내해야 한다고 생각하는 것이다, 죄인이니까. 신경이 쓰여 자꾸 룸미러를 통해 정지원의 안색을 살폈다.

유난히 길 그녀의 오늘 하루가 애달팠다.

"국과수로 가면 되나요?"

조심스러운 이남석의 말에 박상하는 룸미러에서 시선을 떼고 고개를 끄덕였다. 이남석이 시동을 켰다. 차가 가볍게 진동했다. 차는 주차장을 통과해 병원 정문의 주차비 정산소를 거쳐 도로로 들어갔다. 병원에서 나오기 직전 박상하는 사이드미러를 통해 아직도 병원 정문에 진을 치고 있는 기자 몇을 보았다. 병원 현관을 통하지 않은 건 잘한 선택이었다. 박상하는 만족해하며 고개를 끄덕였다. 자기도 모르게 다시 룸미러로 시선이 갔다.

룸미러 속의 정지원은 이 차 안에서 소소하게 일어나는

모든 일들이 자신과는 상관이 없다는 듯 바깥만 내다보고 있었다.

* * *

지하로 통하는 계단의 공기는 음습하고 서늘했다. 몇 번이나 와도 익숙해지지 않는 공기였다. 그리고 익숙하고 싶지 않은 공기였다. 언젠가 한번, 박상하는 피해자 가족의 고통에 자신이 너무 집중을 하거나 공감하는 것은 아닌지 고민한 적도 있었다. 그도 그럴 것이 매번 피해자 가족의 입장에서 고민하고 함께 힘들어 하기 때문이었다. 사회에서는 마음 여리고 착한 사람으로 분류될지 몰라도 직업의 특성상 좋은 성격이 아니었다.

수년 전, 박상하가 존경하던 선배 형사가 자살했다. 집에 가던 여중생이 성폭행 후 살해당한 사건이 문제였다. 증거를 찾지 못했고, 결국 여중생 사건은 미제 사건 파일에 올라갔다. 선배 형사는 괴로워했다. 피해자인 여중생의 가족들은 경찰이 신이고, 마지막 동아줄인데 자신은 아무것도 해 줄 것이 없다고 했다. 눈을 감으면 그 여중생의 시신이 보인다고 했다. 괴로워하던 선배는 자살했다. 신이 되지 못한 형사는 신의 옆으로 가는 걸 택했다.

자살하기 전 선배 형사는 오히려 박상하를 걱정했다. 너무 사건에 마음을 주지 마라. 사건에 잡아먹히지 마라. 하지만 그 선배는 결국 사건에 먹혔다.

문득 정지원의 얼굴을 보았다.

'나는 이 사건에 먹힌 건가. 아니면……'

울어서 부은 눈과 파리한 안색이 계속 마음 쓰였다. 생각해 보니 병원으로 실려 온 이후 몇 시간째 물 한 잔도 마시지 않고 있었다. 쓰러지는 것 아닐까 걱정하는 순간 정지원이 계단 끝에서 비틀거렸다. 벽에 그녀의 오른쪽 어깨가 부딪칠 뻔한 순간 박상하가 팔을 뻗었다. 정지원의 어깨와 벽 사이에 박상하의 팔이 끼었다. 정지원이 돌아보았다. 눈에 힘이 없었다.

"죄송해요. 감사합니다."

무엇에 대한 죄송이고, 무엇에 대한 감사인지는 자세히 말하지 않아도 알고 남음이지만, 지금 자신의 화법이 조금 이상하다는 것을 느끼지 못할 정도로 정지원은 넋을 놓은 상태였다.

아이가 어릴 때에 김석일에게 맡기고 떠난 것으로 알고 있었다.

'아이에게 등졌을 때는 모정도 끝난 것이 아니었나. 모정은 등을 돌린다고 해서 끊어지는 건 아닌 걸까? 아이를 떠났지만 죽어도 상관없는 어머니는 없겠지. 모정이란 그런 걸까.'

박상하는 전처를 떠올렸다. 그녀가 아이에게 무자비하게 행한 모진 매질들을 생각했다. 자신도 모르게 입술을 깨물었다. 모정을 가지고 있지 않은 사람도 분명 있을 터였다.

박상하는 고개를 저었다.

'과거를 현재와 동일시하지 말자.'

생각을 떨쳐내려 하는 순간 영안실 문 앞에 다다랐다. 관리자가 나와 박상하에게 인사했다. 이남석이 관리자의 귀에 대고 몇 마디 말을 했다. 관리자의 시선이 잠시 정지원에게로 향했다. 정지원은 시선을 바닥으로 내리깔고 있었다. 관리자가 문에 달린 기계의 버튼을 조작했다. 삑 하는 알림음과 함께 문이 열렸다.

"잠시만 기다리십시오."

관리자가 목례를 한 후 안으로 들어갔다. 잠시 후 다시 나온 그의 안내에 따라 세 사람이 안으로 들어갔을 때, 박상하는 차라리 눈을 감아 버렸고 정지원은 터져 나오는 비명을 참으려는 듯 입을 가리고 신음을 흘렸다.

철제 침대 위에 있었다. 하얀 천을 덮고 있는 시신. 크기만 봐도 그 시신은 아이의 것이 분명했다. 너무 작고 작아서 현실감이 없었다.

관리자가 박상하의 얼굴을 보았다. 박상하는 잠시 머뭇거리고는 곧 고개를 끄덕였다. 관리자의 손에 의해 흰색 시트가 천천히 벗겨지며 아이의 얼굴이 드러났다. 시트를 벗기고 한 발짝 뒤로 물러난 관리자의 표정이 침통했다.

아이의 얼굴은 참혹했다. 원래 얼굴이 큰 것이 아닐까 싶을 정도로 부종이 심했다. 오른쪽 이마에서 시작한 멍이 눈 아래까지 이어져 있었고, 검게 변해 버린 입술은 여기저기가 찢어져 있었다. 왼쪽 볼은 턱 아래까지 찢어져 있었다. 어쩌면 얼굴에서 멀쩡한 곳을 찾기가 힘들 정도였다. 시신 확인을 위해 얼굴만 보여 주는 것이 그나마 다행이라고 생각했다. 목 아래쪽은 더욱 끔찍한 상처들이 많았다. 김석일의 손에 의해 분리된 목과 몸통을, 몸통과 양팔을, 몸통과 양다리를 다시 연결하기 위해 이리저리 꿰매 놓았을 것이었다. 그 상처들이 불러오는 상상에 어쩌면 정지원은 또다시 혼절할지도 모를 일이었다.

퍽 하는 소리가 들렸다. 박상하는 황급히 뒤를 돌아보았다. 정지원이 바닥에 주저앉아 있었다.

그녀는 아이에게서 시선을 돌리지도 못한 채로 부들부들 떨리는 손을 뻗어 더듬거리다 박상하의 바짓자락을 잡았다. 그녀는 시신만큼이나 창백했고, 시신만큼이나 입술이 시커멨다.

"저기 사실은……."

떨리는 목소리로 정지원이 겨우 말했다. 박상하가 자세를 낮춰 정지원을 응시했다. 혼절이라도 할 것 같으면 정지원이 원하는 것이 무엇이든 간에 여기서 강제로 끌고 나가 병원 침대에 던져 놓을 용의도 있었다.

"아이가 아주 어릴 때…… 그러니까 몇 년이나 지나서…… 어떤 얼굴인지…… 하지만 내 아이가……."

더듬거리는 말투로 아주 간신히 뱉은 말이었다. 복받쳐 오르는 감정과 눈물에 말이 가로막힌 탓이었다. 무슨 말을 하고 싶은지는 충분히 알 수 있었다. 아이가 어렸을 때 보고 몇 년이나 지난 뒤에 처음 보는 것이니 아이가 어떤 얼굴인지 자신은 모른다. 하지만 자신의 아이가 아닐 것이다. 그렇게 말하고 싶은 것이다. 부정하고 싶은 것이다.

"부정하고 싶으시겠지만……."

"내 아이가 아니에요! 그럴 리가 없어요!"

비명 같은 고함이었다. 그 소리는 공간을 찢어 놓았다.

모두 숙연해졌다. 부정하고 싶은 어머니의 마음을 모르지 않았다. 아이가 너무 어렸을 때 떼어 놓고 간, 한참이나 모자라고도 나쁜 엄마라는 것을 스스로 인정하면서까지, 아이의 죽음은 부정하고 싶은 것이었다. 사실 아이의 저 얼굴을 보고도 부정하고 싶지 않다면 거짓말일 터였다. 부정하고 싶을 만치 너무나 잔인한 학대였다.

박상하가 아무런 말을 하지 못하고 있자, 이남석이 대신 말했다.

"이미 김석일 씨와 유전자 검사를 마쳤습니다. 김도현 군이 맞습니다, 어머니."

정지원의 움직임이 순간 멎었다. 눈빛만이 급격하게 떨렸다. 큰 눈에서 눈물이 툭 떨어졌다. 동시에 그녀의 몸이 옆으로 풀썩 쓰러졌다.

"정지원 씨!"

박상하의 외침에도 정지원은 미동도 하지 않았다. 다시 깨어나고 싶지 않은 사람 같았다.

* * *

은파 경찰서 앞으로 들어섰다. 주차장에는 민원인들의

차로 북새통이었다. 오가는 사람들은 경찰서에는 무슨 일로 왔을까 싶을 만큼 평온한 얼굴이었다. 너무나 일상적이고도 태평스러운 모습에 박상하는 오히려 부자연스러움을 느꼈다. 아침까지만 해도 끔찍한 곳이었다. 김석일을 향해 카메라를 들이대고, 자신의 아이를 죽인 남편을 만난 정지원의 표정을 담아내기 위해 짐승처럼 달려들던 모습은 더 이상 이곳에 없었다.

신물이 났다. 소름이 끼칠 정도로 경멸스러웠다. 하지만 그들을 막아설 수는 없었다. 그들이 가진 순기능은 막강한 것이었다. 그들은 여론의 도화선이었다. 그들이 없다면 여론이 들끓지 못했다. 들끓지 못하는 사건에는 반드시 불순물이 끼였다. 엄정 수사는 여론이 들끓는 사건 앞에서만 계속되는 약속이었다.

혼절한 정지원은 구급차를 불러 병원으로 다시 보냈다. 이남석이 함께할 거였다. 무슨 일이 있다면 연락이 왔을 텐데 그러지 않은 것을 보면 다시 안정제를 맞고 쉬고 있는지도 몰랐다. 이남석을 함께 보낸 것은 혹시 모를 상황에 대한 대비였다. 아직 사건이 정리되지도 않았는데 그녀가 잘못된 선택이라도 할까 봐 걱정이 되었다. 정지원은 목숨을 끊을 것처럼 보이지는 않았지만, 자식의 죽음 앞에서의 모든 허망이 이성을 마비시키는 법이었다. 그리고 자식의 부재는 부모가 스스로 목숨을 끊는 충분한 명분이 되었다.

"팀장님."

조사실로 갈 준비를 하던 박상하를 부른 것은 최 형사였다. 그의 손에 서류가 들려 있었다. 박상하는 말없이 그것을 받아들었다. 서류의 맨 앞에는 한 남자의 사진이 클립으로 고정되어 있었고, 그 뒤에는 남자와 관련된 보고서가 붙어 있었다. 남자의 이름, 나이, 거주지 같은 기본적인 것부터 가족관계까지 상세히 적혀 있었다.

"수고했어."

최 형사가 목례를 하고는 자신의 자리로 돌아갔다. 박상하는 차분히 서류를 다시 한 번 훑어 보고는 조사실로 향했다.

조사실 앞에서 박상하는 크게 숨을 들이쉬었다. 이 안에서 김석일이 기다리고 있을 터였다. 심장이 쿵쿵 뛰었다. 깊은 증오가 담배 연기처럼 스멀거리며 피어올랐다. 잠시 숨을 멈추었다. 모든 감정을 애써 억눌렀다. 머릿속에서 울부짖던 정지원을 떨쳐내려 고개를 저었다. 그렇지 않다면 김석일을 조사하는데 자신도 모르는 선입견이 생길지도 몰랐다. 이미 스스로 결론을 내려놓고 편향적인 수사를 해서는 안 될 일이었다.

조사실 문의 손잡이를 잡고 눈을 깊게 감았다가 힘차게
떴다. 손잡이를 잡은 손에 힘을 주어 문을 열고 들어갔다.

조사실의 중간에 놓인 책상 앞에 김석일이 앉아 있었다.
고개는 계속 숙인 채였다. 분명 박상하가 들어오는 소리를
들었을 텐데도 아무런 반응을 보이지 않았다. 박상하는 얕
은 한숨을 내쉬며 김석일의 맞은편으로 다가갔다. 일부러
철제 의자를 세게 잡아당겼다. 덜컹하는 소리에 김석일이
천천히 고개를 들었다. 박상하는 김석일에게서 눈을 떼지
않으면서 의자에 앉았다.

잠깐의 침묵을 하였다가, 느닷없이 물었다.

"식사는 하셨습니까?"

순간, 김석일의 눈이 박상하를 마주보았다. 자신에게 그
런 것을 물어볼 줄 몰랐던 것 같았다. 박상하를 물끄러미
보다가 김석일은 살짝 고개를 끄덕였다. 김석일은 생각보다
아주 왜소한 남자였다. 생각보다, 아무것도 아닌 남자였다.
몸은 깡말랐다. 그래도 눈에서는 불같은 성질이 엿보였다.
고집스러울 것 같았고, 예민하고 까칠해 보였다.

아주 잠깐, 혹시 이 남자에게 뭔가 사정이 있지 않았을
까 하고 생각했다. 조금 전 그 고갯짓이 그날 첫 취조에서

처음이자 마지막 답변인 것을 알았다면 아주 찰나라도 그런 생각은 하지 않았을 것이었다. 끓어오르는 분노를 참지 않고 터뜨렸을지도 모르는 일이었다.

"김도현, 아들 맞죠?"

"……"

"아들인 김도현 군을 살해한 사실이 있습니까?"

이어진 질문에도 김석일은 긍정도 부정도 하지 않았다. 긍정이나 부정이 엿보이는 반응조차 보이지 않았다. 당황해서 어깨를 흠칫거리지도 않았다. 미리 준비하고 있었던 것처럼 꼼짝도 하지 않은 채 그저 시선을 바닥으로만 두고 있었다.

"근목 휴게소에서 갑자기 사라진 이유가 뭡니까?"

"……"

"이봐요. 당신의 아이가 죽었습니다. 당신이 죽이지 않았다면 진범을 잡기 위해 어떻게든 노력을 하든가 분노를 터뜨려야 할 것이고, 당신이 죽였다면 당신은 어떻게든 속죄를 해야 해. 이렇게 입을 다물고 있다고 해서 해결될 일이 아니란 말이야."

박상하의 언성이 높아졌다. 하지만 김석일은 역시나 아무런 대답도 하지 않았다. 대답 대신 눈을 깊게 감아 버렸다. 침을 삼키는 듯 목울대가 일렁거렸다. 박상하는 깊은 한숨을 내쉬었다.

"묵비권을 행사하는 건 좋지만, 묵비권은 아무 데서나 통하는 프리패스가 아니야. 오늘 하루는 입 다무는 걸로 편하게 이곳을 떠날 수 있겠지만 재판정에서는 불리하게 작용될 수 있단 말이야."

설득이 통하지 않을 거라는 것은 이미 알고 있으나, 불안하게 만들고 싶었다. 그를 불안하게 해서 저 머릿속에 공포와 걱정을 만들고 싶었다. 박상하는 잠시 질문을 중단하고 책상 위에 올린 두 손을 맞잡은 채 김석일을 응시했다. 침묵이 오래되면 불안감은 가중될 터였다. 고개를 숙인 채라 박상하가 왜 갑자기 입을 다물었는지 알 수 없어 슬쩍 고개를 들어 올릴 것이었다.

박상하의 예상은 그대로 맞아떨어졌다. 눈치를 보듯 김석일이 고개를 슬쩍 들어 올린 순간 날카로운 박상하의 눈과 시선이 마주쳤다. 박상하는 그 순간을 놓치지 않았다.

"왜 죽였어?"

김석일의 눈에 빛이 서렸다.

'지금 아이가 죽던 순간을 떠올린 것일까? 아니면 광포하게 쏟아부은 폭행의 흥분을 떠올렸을까?'

그 눈빛의 의미를 김석일이 대답하지 않는 이상 박상하로서는 쉽게 알아챌 수 없었다. 자신을 빤히 보는 김석일의 눈을 언제까지고 맞받고 있을 수도 없었다.

박상하는 다음 질문으로 이어갔다. 사실은 이미 어떤 것에도 대답하지 않겠다고, 그것이 자신에게 이익인지 불리인지 상관도 없어 어떤 것에도 대답하지 않겠다고 결정한 듯 보이는 김석일에게 아무리 질문을 해 보았자 소용없을 것이라는 정도는 박상하도 알고 있었다. 기대조차 하지 않지만, 김석일의 어두운 마음속 밑바닥에 남아 있을지도 모르는 부정이나 죄책감에 이물감이라도 느끼길 바라는 마음이었다.

"아이의 시신을 왜 그런 식으로 처리했지?"

끝도 없을 것처럼 응답은 돌아오지 않았다. 조금씩 초조해졌다. 울분도 쌓였다. 아까 말한 것처럼 그의 침묵은 법적으로 보호받고 있었다. 그 침묵이 유리하든 불리하든 그는 침묵을 선택할 자격이 법으로써 주어졌다. 하지만 법은, 아이를 지키지 못했다.

"어째서 근목 휴게소였지?"

"……"

"권경식 씨와는 무슨 관계야?"

그때였다. 김석일의 얼굴에 변화가 보였다. 그는 권경식이라는 이름이 나오자마자 눈을 치켜떴다. 마치 박상하가 권경식이라는 남자로 보이기라도 하는 것처럼 매서울 만큼 낯선 눈으로 그를 노려보았다.

조사실에 들어오기 전 최 형사에게 보고 받은 서류가 바로 권경식에 대한 조사 내용이었다. 권경식은 오천시 주택가에서 박상하의 손에 찔려 쓰러진 채 발견된 남자였다. 권경식의 몸에서는 열두 개의 자상이 발견되었다. 사망에 이르게 할 만한 자상이 세 군데, 나머지는 비교적 얕은 것이었다. 위험할 뻔했던 세 군데 역시 천운인지 다행히 목숨을 잃는 일은 피할 수 있었다. 과다출혈이 일어나 목숨이 위험했으나 다행히 수술하는 동안 테이블데스는 피했다. 하지만 아직 정신이 돌아오지 않고 있었다. 간신히 목숨만 붙어 있을 뿐 정신을 차릴 수 있을지 여부는 미지수라고 의사가 말했다. 열두 개의 자상처럼 열두 번의 고개를 넘어야 목숨을 구할 수 있을지도 몰랐다. 식물인간 판정을 받는 것도 각오해야 한다고 했다.

"도대체 어떤 원한이길래 권경식 씨를 그렇게 만든 거지? 권경식 씨는 지금 목숨이 기로에 서 있어. 까딱 잘못하다가는 당신은 두 명을 살인한 것이 돼. 그렇게 되면 정말 당신은 영원히 구제받지 못할 거야. 수술을 거쳤지만 살 수 있을지 없을지 알 수도 없는 상태라고 하던데. 정말로 당신, 죄책감 같은 것은 전혀 없어?"

순간, 아주 묘한 기운의 빛으로 김석일의 눈이 번쩍였다. 김석일은 그 눈으로 박상하를 응시하였다. 그리고 천천히 김석일의 입가가 호를 그리며 위로 향했다.

웃고 있었다.

박상하는 평생 그 웃음을 잊지 못할 것 같았다.

* * *

"입 좀 열었어요?"

조사실을 나오자 이남석이 다가왔다. 박상하의 눈이 둥그렇게 커졌다. 정지원은 어쩌고 여기에 왔느냐는 의문이 박상하의 얼굴 위에 그대로 떠올랐다. 이남석이 턱짓으로 어딘가를 가리켰다. 그쪽으로 시선을 옮겼다.

그가 가리킨 것은 휴게실이었다. 벽에 켜지지 않은 벽걸이 텔레비전이 걸려 있고, 정수기가 놓여 있었다. 커피 자판기와 음료수 자판기가 있고, 둥근 테이블 몇 개가 자리를 차지하고 있는 곳이었다. 텔레비전을 켜는 일도 별로 없는 데다 음료수나 커피를 뽑아서 사무실로 돌아가는 경우가 대부분이지 한가롭게 휴게실에 앉아 음료수나 커피를 마시는 사람은 거의 없었다. 다만 개인적인 손님이 오면 형사 팀의 특성상 험악한 분위기 때문에 사무실에서 만나기 껄끄러운 경우가 있었다. 그럴 때 많이 이용하는 장소였다.

그 테이블에 정지원이 앉아 있었다.

긴 머리 사이로 보이는 목덜미와 옆얼굴이 하얗게 질려 있었다. 테이블에 놓여 있는 커피 잔은 필시 이남석이 뽑아 준 것일 테지만, 정지원은 자신의 앞에 커피가 놓여 있는 것도 모르는 사람처럼 멍하니 정면만 응시하고 있었다. 공허 속에 갇힌 듯 보였다.

박상하는 정지원에게서 시선을 거두고 이남석을 보았다. 정지원에게는 조금도 관심이 없는 사람인 것처럼.

"고생 좀 하겠어. 작정을 하고 입을 다물었어."

"아휴."

이남석이 질린다는 듯 고개를 절레절레 흔들며 한숨을 내쉬었다.

"그래도 그냥 둘 수는 없지. 검찰로 넘어가기 전에 아이를 왜 죽였는지, 권경식은 왜 죽이려 했는지 정도는 알아내야 해."

"그렇죠."

"권경식 씨 쪽은?"

"여전히 혼수상태입니다. 언제 깰지 미지수인 건 마찬가지구요. 확실히 목숨을 건졌다고 보기에도 안심하기는 어려운 상황이라고 합니다."

"권경식 씨가 깨어나기만을 바랄 수는 없지. 주변 인물 조사해 봐."

그렇게 말한 박상하는 이남석이 대답을 하기도 전에 정지원이 있는 곳으로 시선을 옮겼다.

"정지원과 김석일과의 관계도."

"네."

"괜찮다고 하나?"

"네?"

"정지원 씨. 병원에서 괜찮다고 해서 나온 거냐구."

이남석이 고개를 저었다.

"이번에도 링거를 반도 안 맞고 나왔습니다. 자기 손으로 빼 버렸어요. 그러고 있을 수 없다고요. 팀장님이 잘 지키라고 하신 말씀도 있긴 하지만 정지원 씨 기분을 생각하면 이해 못할 일이 아니어서."

자신의 아이가 죽었다는데 어떤 어미가 그 이야기를 듣고도 링거 따위나 맞고 요양할 수 있겠는가. 정지원뿐만 아니라 말리지 못한 이남석의 심정도 충분히 납득할 수 있었다.

"극도의 정신적 스트레스와 탈진이라고는 하는데, 조심만 하면 큰 문제 되지 않을 것 같다고 했습니다."

"알았어."

박상하는 고개를 끄덕여 보이고는 휴게실로 걸음을 옮겼다. 정지원에게로 향하는 박상하의 무거운 분위기에 이남석은 자신이 자리를 비워주는 것이 낫겠다는 판단을 했는지 사무실로 돌아갔다. 박상하는 멈추지 않고 정지원에게 다가가 앞에 섰다. 얼마나 울었는지 양 눈덩이가 엄청나게 부어 있었고, 눈 주변이 새빨갰다. 거대한 슬픔이 온몸의 흰 피부를 뚫고 나와 그녀를 잠식한 듯했다.

추워 보였다. 자신이 입고 있는 점퍼의 지퍼에 손을 대다가 멈칫했다. 벗어서 그녀를 덮어 주는 것은 아무 일도 아니나, 이 지퍼를 여는 것이 마치 금기를 깨는 일인 듯한 느낌이 들었다. 잠시 고민하는 동안 박상하의 인기척을 느낀 정지원이 고개를 들었다. 박상하는 얼른 지퍼 위에서 손을 뗐다.

"오셨습니까?"

박상하가 먼저 인사를 했다.

정지원이 살짝 고개를 숙였다.

"몸은 괜찮으십니까?"

박상하는 정지원의 맞은편에 앉으며 물었다. 대답 대신 정지원은 시선을 바닥으로 내렸다. 아릿한 감정이 박상하를 괴롭혔다.

"기운 내세요. 힘드시겠지만 어떻게든 정신을 바로 잡으세요. 쓰러지시면 안 됩니다."

정지원의 눈에 눈물이 고였다. 작은 위로도 그녀가 간신히 세운 눈물의 둑을 건드리는 것 같았다. 그 둑이 터진다고 해서 위로가 될 수는 없었다. 위로보다는 강제로라도 일으켜 세워 둑을 단단히 하도록 하는 것이 그녀를 위하는 일이 될 수도 있었다. 아이를 잃은 어미는 무너지면 다시 일어나기 힘들다는 것을 알고 있으니까.

"죄 많은 엄마잖아요. 쓰러질 자격도 없어요."

그렇게 말한 정지원이 입술을 깨물었다. 무슨 생각이 들었던 건지 갑자기 눈물이 맺히던 눈에 서슬 퍼런 빛이 스쳤다.

"짐승만도 못한 그 자식을 찢어 죽이는 날이 오기 전에는, 쓰러질 수 없죠. 절대. 내 손으로 죽이는 그날까지는."

정지원은 두 손을 움켜쥐었다. 주먹이 부들거리며 떨렸

다. 김석일에 대한 증오를 가감 없이 드러냈다. 그녀는 죽이고 싶다고 말하지 않았다. 죽이겠다고 말했다.

"그때가 되면 나도 죽을 거예요. 난 내 아이를 죽게 만든 쌍년이니까."

파리해질 대로 파리해진 입술은, 조금의 수분감도 없이 바짝 말라 있었다. 그런 입술로 자신과 김석일을 향해 악의가 담긴 말을 서슴지 않고 내뱉는 그녀가 박상하의 눈에는 애처로워 보이기만 했다. 저렇게 하지 않고서는 버티기 힘든 시간일 것이었다. 어쩌면 쓰러져서 아무것도 느끼지 못하는 순간이 오히려 편할지도 몰랐다.

"그 개자식은 뭐라고 하던가요?"

여전히 주먹을 움켜쥔 채로 정지원이 물었다. 박상하는 고개를 가로저었다.

"아무런 말도 하고 있지 않습니다. 그래서 사실, 수사에 어려움이 있습니다."

"나쁜 자식. 결혼생활 할 때도 날 그렇게 때리더니 기어이……."

정지원은 말을 잇지 못했다. 이제는 온몸을 떨고 있었다. 박상하는 그런 그녀를 물끄러미 보았다.

"한 가지만 여쭤봐도 되겠습니까?"

정지원이 박상하를 보았다.

"조사인가요?"

"조사에 필요해서 묻는 거긴 하지만 정식 절차를 원하신다면 그렇게 하겠습니다."

"아니, 아니요. 그런 건 아니에요. 그냥 물은 거예요. 말씀하세요."

"김석일 씨와는 왜 이혼을 하셨습니까. 왜…… 양육권을 김석일에게……."

정지원의 시선이 가라앉았다. 그녀는 입을 다물고 심연으로 가라앉고 있는 것처럼 보였다. 바닥으로 시선을 떨구고, 정말 생각하고 싶지 않았던 어느 장소, 어느 시간, 어느 때로 들어가고 있는 것 같았다. 무슨 생각에선지 돌연, 그녀는 한숨과도 같은 웃음을 지었다.

"감사하네요."

"네?"

"왜 아이를 버렸냐고 묻지 않아 줘서요."

"버렸다고 생각하지 않습니다."

"버린 거죠. 버린 거예요. 앞뒤 정황이 어쨌든 간에, 그런 새끼에게서 나 혼자 도망쳐서 빠져나갔으니까. 욕을 먹어도, 그 살인자 새끼랑 같은 년이라고 욕을 먹어도 할 말이 없어요, 난. 진심이에요."

그렇게 말한 정지원은 다시 시선을 창문 밖 어딘가로 던졌다.

그리고 한참 만에 그녀는 아주 천천히 입을 열었다.

"맞았어요. 정신없이. 정신을 못 차리도록."

결혼 전에는 예상하지 못했던 성향이었다고, 정지원은 말했다. 김석일은 술을 이기지 못하는 나약한 사람이었고, 나약해 보이지 않기 위해 자신보다 약했던 유일한 사람, 정지원에게 폭력을 휘둘렀다. 그것을 자신이 나약한 사람이 아니라는 항변으로 여겼다.

그런 성향을 가진 김석일도 처음에는 뺨 한 대 올려붙이는 수준이었다. 여자 몸에 손을 댔으니 이혼이며 고발이며, 아는 단어를 모두 갖다 들이대는 정지원의 반발에 김석일은 무릎까지 꿇었다. 속 시원히 풀어지지 않는 그녀의 굳은 마음을 꽃다발을 사 오고, 설거지를 해 주고, 굽실거리듯 음식물 쓰레기를 버려 주고, 결국에는 진갈색 보석함에 들어 있던 금팔찌를 들이밀었을 때, 못 이기는 척 마음을 풀었다. 남자가 욱하는 마음에 한 번쯤 실수, 그래, 실수 정도는 할 수 있다 생각했었다.

그것이 정지원의 실수였다.

무릎 한 번, 한 다발의 꽃, 용서를 비는 달콤한 말들, 굽실거리며 내미는 금팔찌. 그 정도면 되는 여자로 여겨졌던 것이다. 처음 한 번 올려붙인 뺨따귀는 점점 강도를 더해갔고, 머리를 휘어잡고, 바닥에 내팽개치고, 발로 배를 걷어차이기까지 채 석 달도 걸리지 않았다.

그 폭행은 가끔 다른 모습을 하고 찾아왔다. 김석일은 짐승처럼 정지원을 때리고, 그렇게 늘어진 정지원을 올라타고 자신의 욕심을 챙겼다.

그런 이야기를 하는 정지원의 얼굴을 박상하는 차마 쳐다볼 수가 없었다. 오히려 정지원의 태도는 덤덤했다.

"그러다가 도현이가 생겼어요."

당시가 생각나는지 정지원은 자조적으로 웃었다.

"나는 그 아이를 진심으로 예뻐하지 못했던 것 같아요. 남편을 피해 도망치면서도 그 아이를 데리고 나오지 않았으니까. 그때는 정말, 도망치지 않으면 죽을 것 같았거든요. 그냥 사는 게 너무 무거워서 숨이 막히는 그런 느낌 정도가 아니라, 언젠가는 저 남자 손에 죽겠다, 그렇게 생각이들었어요. 그래서 도망을 택했고, 도망나간 내 손에는 도무지 사랑할 수 없었던 그 아이의 손이 쥐어져 있지 않았어요. 나는 빈손으로 도망쳤죠. 그 아이를 볼 때마다 생각났거든요. 그 모든 고통의 순간들이."

목이 메거나 오열하지도 않았지만 정지원의 눈에서 눈물이 흘러내리고 있었다. 울 자격도 없다고 스스로 자신을 채찍질했지만, 그럼에도 아이가 미워, 두고 도망쳐 나와 끝내 지켜주지 못했던 죄책감에 정지원은 짓눌려 있는 것처럼 보였다.

강제로 가진 관계에서 태어난 아이지만, 낳는 그 순간부터 단 한 번도 그 아이의 탄생이 기쁘지 않았지만, 그 아이의 얼굴을 볼 때마다 자신에게 닥친 지옥 같은 현실이 피부에 와 닿았지만, 그 아이를 차마 사랑할 수 없었지만, 그 아이를 두고 도망쳤지만.

그럼에도 모성애가.

모성애가 정지원을 힘들게 하고 있는 것이었다.

제4장

"채연희예요."

그렇게 말하며 여자는 살짝 미소를 지었다. 흰색 블라우스에 남색 에이라인 스커트를 입고 있었다. 단발머리는 단정하게 빗어 내렸고, 평범한 화장을 하고 있었다. 누가 보면 카페에서 진행하는 면접 정도로 보였을 것도 같았다. 그만큼 단정하고 평범한 차림새였다.

2년제 대학교를 나왔고, 택배회사 본사의 사고팀 사원이라고 했다. 택배 운송 중 택배물의 파손이나 분실 등의 피해에 대해 보상을 담당하는 팀이었다. 입사한 지는 2년이다 되었고, 특별히 승진 욕심이 있는 것은 아니라고 했다. 승진을 하면 보다 많은 일을 책임져야 하니까 월급을 많이 줘도 그만큼 힘들 것 같다고 했다. 예쁘지도 못나지도 않은, 적당히 평범한 외모였고, 적당한 학벌이었고, 적당한 직장의 적당한 욕심이었다. 이 정도면 적당하다고 박상하는 생각했다.

여자 쪽이 너무 잘나면 피곤하다는 구태의연한 생각이 밑바탕에 깔려 있었던 것을 부인할 수는 없었다. 4년제 대학을 나온 자신보다 약간 부족한 점도, 일 때문에 점퍼를 주로 입는 자신의 입장에서 너무 세련된 여자가 아닌 점도 마음에 들었다. 그래도 요즘 같은 시대에는 맞벌이가 좋은데 너무 잘 벌어오는 여자가 아니라서 적당하다고 생각한 것도 있었다. 승진 욕심이 없으니 전투적으로 일할 것도 아니니까 아이를 낳아도 잘 키울 것이라고 생각한 부분도 없진 않았다. 적당히 절약하면 살 만해질 때쯤 여자 쪽에서 일을 그만두고 육아에 전념하면 나름 평범한 삶이겠지 하고도 생각했다.

첫 만남에서 미리 준비해 왔던 질문들은 고작해야 취미나 그녀의 주된 관심사 정도였지만 그에 대한 답변은 박상하에게 중요하지도 않았다. 최대한 어색하지 않게 시간을 적당히 보내는 것이 그 순간 박상하가 부여받은 최대의 미션 같았으니까. 사실 이제 와서는 그때 연희의 대답이 기억나지도 않았다.

참 한심하고도 평범한 남자였다.

어쨌거나 그런 한심하고 평범한 남자는 적당한 여자를 만나 적당한 연애를 하고 스물여덟이라는 적당한 나이에 결혼을 했다. 그렇게 적당히 자신의 인생은 평탄할 거라고 막연히 생각했다. 하지만 간과한 것이 있었다. 자신의 직업이 적당히 평범하지 않았다는 사실이었다.

형사라는 직업은 불규칙했다. 범죄자를 쫓는 일이니 위험한 상황과 마주하는 경우도 잦았다. 그것은 사실이었다. 하지만 그 사실이 형사라는 직업에 대해 잘 모르는 다른 사람들에게는 더한 상상력을 불러일으켰고 그 상상력은 불안감을 증폭시켰다. 그것이 실수였다. 연희의 불안감을 간과했다.

수사 때문에 약속을 어기거나, 집에 들어가겠다고 이야기한 시간을 넘기는 것은 아주 흔하게 벌어지는 일이었다. 처음에는 조금 늦을 수 있다고 연락했지만, 그런 상황들이 자주 이어지자 으레 전화하지 않았다. 이야기하지 않아도 알겠거니 했다. 형사의 아내는 당연히 말하지 않아도 아는 소양이 있어야 한다고 생각했는지도 몰랐다.

박상하가 연락하지 않으면 연희가 전화를 걸어 왔다. 바빠서, 소리를 못 들어서, 솔직히 당시의 일보다 덜 중요해서, 귀찮아서 전화를 받지 않으면 몇 번이고 다시 전화가 걸려 왔다. 외로워서 그런 거라고 생각했다. 신경쇠약 같은 것은 상상해 보지도 않았다. 외로우니까, 아이가 생기면 덜할 거라고 막연하게 짐작했다. 자신에게 보이는 연희의 행동을 집착이라 규정하고, 아이가 생기면 그 집착이 자신에게서 자연스레 멀어질 거라고 생각했다.

하지만 아이가 생긴 뒤 연희는 자신의 예상과는 점점 다른 여자가 되어 갔다.

연희는 늘 지쳐 있었다. 머리는 엉망이었고, 반쯤 감긴 눈에는 빛이 없었다. 항상 뭔가에 짜증이 나 있었고, 아이가 우는 소리만 들려도 발을 동동 구르면서 빨리 울음을 그치지 않는다고 조바심을 내고 채근했다. 하루에도 몇 번씩이나 그녀의 짜증 부리는 소리가 현관문을 넘곤 했다.

그녀는 억울함에 늘 짓눌려 있었다. 짜증을 내다 못해 흥분해서 동동거리는 연희를 다독거리려는 박상하에게 그녀는 "당신은 일 핑계로 집에도 없으면서. 아무것도 모르면서."라는 말을 예사로 뱉었다. 가시 같은 시선으로 박상하를 노려보며 입을 꾹 다물었다. 그녀는 늘 자신의 인생에 대해 피해자를 자처했다. 자신은 아무런 죄도 없는데, 이렇게나 힘들고, 피곤하고, 개인의 행복과 꿈을 포기해야 한다고 말했다.

연희가 피해자라면 자연스럽게 박상하는 가해자가 되어야 했다. 결혼을 하고 아이를 가졌을 뿐인데, 아내는 인생이 저당 잡혔다고 생각했다. 그렇다면 그녀의 인생을 저당 잡은 것은 누구란 말인가. 결혼생활은 박상하 역시 조금도 행복하지 않았다. 그런데도 왜 그가 가해자라는 것인가.

조금도 행복하지 않은 그런 나날들이 이어졌다. 연희의 예민한 성향은 점점 심해졌다. 그럼에도 단 한 번도 그것이 병이라고까진 생각하지 못했던 것이 문제였다. 그저 육아에 지쳐 히스테리를 부리는 거라고 생각했다. 자신의 와이프도 그랬다는 선배의 말을 믿고 그냥 간과했다. 평범한 여자니까, 그런 히스테리도 평범한 거라 생각했다.

우는 아이의 입을 양손으로 막아 누르던 연희의 모습을 보기 전까지만 해도.

"모정? 그런 거 없어요."

박상하가 억지로 끌고 간 병원의 정신과 전문의와 심리 상담을 하던 연희는 그렇게 말했다. 그녀는 오히려 자신의 감정이 당연하지 않냐는 듯한 표정이었다. 의사가 한 첫 질문은 아이와 떨어져 있으면 보고 싶지 않느냐는 것이었는데, 연희는 피식 웃었다. 아이와 떨어진 지금이 차라리 행복한 것처럼 보이기까지 했다. 아무렇지도 않은 얼굴로 연희는 의사에게 자신에게 모정을 기대하는 거냐고 물었다. 의사는 연희를 응시했고, 연희는 모정 같은 것은 자신에게 없다고 답했다.

몇 번의 대면 상담 끝에 의사는 연희가 육아에 적합하지 않은 사람이라고 결론 내렸다.

그때 박상하는 씻어낼 수 없는 두 번째 잘못을 저질렀다. 그런 상태였던 연희와 아이를 단둘만 둔 것. 그것이 돌이킬 수 없는 잘못이 될 줄은 그때는 알지 못했다.

현금 유동력으로는 열 손가락 안에 든다는 중견 건설사의 대표가 필리핀에서 시신으로 발견됐다. 정황으로 미루어 볼 때 청부 살인이라는 확신이 들었다. 필리핀에서 활동했던 청부 살해업자 중 범행 수법이 비슷한 유력 용의자가 떠올랐다. 그리고 그 용의자가 연안부두를 통해 밀입국한다는 첩보가 들어왔던 날이었다.

이틀 정도면 될 거라고 생각했다. 그 정도의 시간에 무슨 일이야 있겠는가. 연희는 평소처럼 짜증을 낼 테고 힘들겠지만 그 정도는 참을 줄 알았다. 의사에게 모정 같은 건 없다고 말한 건 사실 진심이 아닐 터였다. 그냥 지금은 지치고 힘들어서 부정하는 마음을 가져 본 것뿐이리라. 어쩌면 남편 없이 아이와 단둘이 있는 시간이 그녀에게 도움을 줄지도 모른다고, 이기적으로 합리화했다. 인근에 사는 처제에게 전화해 가끔 들여다봐 달라고 부탁한 정도면 자신의 책임을 다한 거라고 안일하게 생각했다.

첩보가 잘못되었던 건지, 아니면 냄새를 맡은 것인지 유력 용의자는 사흘간 연안부두에 나타나지 않았다. 포기하지 않고 잠복을 이어나갔고, 그 사이 연희가 엄마라는 인간으로서 마지막까지 쥐고 있던 정체성의 끈이 끊어졌다고는 생각지 못했다.

다행히 나흘째 유력 용의자를 체포할 수 있었다. 그날 밤, 집으로 돌아간 박상하는 그 일과 마주해야 했다.

박상하가 들어가자 거실 한가운데에 앉아 있던 연희가 고개를 돌렸다. 또 그 눈이었다. 피로에 찌들고 짜증이 배어 있는 눈. 들어서던 박상하를 연희는 그런 눈으로 노려보았다. 또 무슨 일이 있는가 싶어 주변을 둘러보았다. 그녀의 등 뒤에 아이가 있었다. 아이는 미동도 하지 않고 몸을 웅크리고 있었다. 불길한 예감이 머리를 쳤다. 박상하는 천천히 거실로 올라갔다. 자신을 노려보고 있는 아내의 옆을 지나쳐, 등을 보이고 누워 있는 아이의 앞으로 갔다. 그리고 얼굴을 보았다. 그 얼굴은 성한 데가 하나 없이 부풀어 오르고, 퍼렇게 질려 있거나 멍들어 있었다.

끔찍한 폭행이었다. 아이를 둘러업고 병원으로 달려간 박상하에게는 그 폭행이 처음이 아니라는 잔인한 사실이 기다리고 있었다.

죄 많은 엄마잖아요. 쓰러질 자격도 없어요.

정지원의 목소리가 귓가에 맴돌았다. 정지원은 남편이 폭력적이라는 것을 알면서도 아이를 남편에게 버리듯 남겨두고 혼자 도망쳤다. 그 결과 아이는 남편의 손에 살해당했다. 비정한 일이 아닐 수 없었다. 그 모든 것이 자신의 잘못이라며 죄책감에 짓눌린 정지원의 모습이 차라리 연희보다는 더 어머니로서의 모습인 것 같았다.

아이가 자신의 삶을 누르는 짐이라고 생각했던 연희와, 아이를 버린 죄책감 때문에 삶이 짓눌리는 정지원. 아이를 폭행하고도 덤덤한 얼굴로 자신을 응시하던 연희와, 폭행당한 아이를 떠올리는 것만으로도 괴로움에 몸부림치는 정지원.

두 여자를 떠올리다 박상하는 문득 고개를 저었다. 자꾸만 아내와 정지원을 비교하게 되는 자신이 이상했다. 박상하는 베란다의 커튼을 젖히고 창밖을 바라보았다. 손에 들고 있는 머그잔의 커피는 이미 싸늘하게 식어 있었다. 한 모금 마시고는 싱크대에 쏟아부었다. 며칠 만에 집에 들어와 가진 여유인데, 잠시만 멍하니 있다 보면 어느샌가 연희에 대해 생각하고 있었다. 아니, 정지원의 대한 생각인지도 몰랐다. 그 생각의 기저에는 정지원에 대한 동정이 깔려 있었다. 정지원을 동정하며 한편으로는 연희를 다시 힐난했다.

괴로운 밤이었다.

박상하는 거실로 돌아왔다. 깊어진 상념 때문에 늦은 밤에도 잠에 들 수 있을 것 같지가 않았다. 밤이 길 것 같았다. 대비라도 하듯 텔레비전 리모컨을 찾았다. 그때 테이블 위에 올려두었던 휴대폰 화면이 훅 밝아졌다. 진동이 짧게 울렸다. 휴대폰을 확인하니 부재중 전화가 와 있었다. 전화가 온 것은 두 번이었다. 사무실 전화로 한번, 이남석의 개인 휴대폰으로 한번. 조금 전 울린 진동은 문자 수신음이었다. 버튼을 조작해 문자를 열었다. 문자 역시 이남석으로부터 온 것이었다.

전화 부탁드립니다.

짤막한 문자였지만 다급함이 느껴졌다. 두 번이나 전화

를 걸어 보다 문자까지 남길 일이 무엇일까. 즉시 통화 버튼을 눌렀다. 일정하게 집에서 쉬지 못하는 것이 형사라는 직업의 특성이자 애환이라, 형사들끼리는 어지간히 중요한 일이 아니면 비번인 형사에게 전화를 잘 하지 않았다. 그 짤막한 휴식이 언제 또 올지 모르기 때문이었다. 비번일 때 전화를 건다는 것은, 그만큼 중요한 일이라는 뜻이었다. 그래서 오히려 비번이라도 전화를 늘 받을 수 있게끔 박상하는 항상 신경을 썼다.

'오늘은 내 신경도 이상해.'

박상하는 고개를 절레절레 흔들며 전화기 너머에서 이남석의 목소리가 들리기를 기다렸다. 몇 번의 신호음이 이어진 후 이남석이 전화를 받았다.

—쉬시는데 죄송합니다.

다급한 목소리는 아니었다. 그나마 다행이라는 생각을 했다.

"괜찮아. 무슨 일인데?"

—김석일의 모친이 김석일과 만나고 싶다고 연락을 해 왔습니다. 어떻게 할까요?

긴급 체포된 범죄자들의 경우 가족들이 면회를 요청하는 것은 흔한 일이었다. 사안에 따라 법률에 맞게 처신하면 됐다. 평소의 사건이라면 외부에 있는 사람에게 두 번씩이나 전화를 걸 정도의 일은 아니었다. 하지만 박상하가 직접 이남석에게 언질해 둔 터였다. 애초에 입이 없었던 사람처럼 말 한마디 꺼내지 않는 김석일에게 마지막 수단으로 모친의 설득이라는 카드를 써 보기로 논의했던 참이었다. 아내에게 폭력성이 있었던 김석일이지만 어려서부터 어머니에 대한 사랑은 각별했다는 이야기를 들어서였다. 여차할 때는 김석일 모친의 도움을 받아보자고 말해 놓았다. 그 말 때문에 이남석이 박상하를 찾은 모양이었다. 박상하는 잠시 고민을 하다 고개를 가로저었다.

"일단 보류해."

―끝도 없이 계속 입을 다물고만 있는데 그래도 될까요?

"조금만 더 기다려 보는 것이 좋겠어."

분명 모친을 만나게 해 주는 것은 심경의 변화가 생길 만한 좋은 카드였다. 하지만 지금 김석일의 머릿속에 무엇이 들어 있는지 파악하지 못한 상태에서 함부로 결정할 수 없다는 것이 박상하의 생각이었다. 아이를 죽이고, 한 남자를 무자비하게 찔렀다. 이미 그는 충분히 충동적인 행동을 보였다. 마음으로 의지하는 어머니를 만나는 일이 김석일을 어디로 어떻게 튀게 할지는 모르는 일이었다. 자살이라도 하면 문제가 커진다.

—알겠습니다. 우선 미뤄 놓을게요. 쉬십시오.

"그래."

전화를 끊고, 끊어진 전화를 물끄러미 보았다. 어떨 때는 모정까지 수사에 이용해야 한다는 것이 비정하게 느껴질 때도 있었다. 하지만 어쩔 수 없었다. 비정함에 대한 고통 은 죗값의 아주 일부분일 뿐이었다.

* * *

지어진 지 오래된 집들이 **빽빽**하게, 좁은 길 양옆으로 다닥다닥 붙어 있는 평범하고도 오래된 동네였다. 2층집이 라고는 하지만 마당도 제대로 없이 2층 건물에 담장이 바 짝 붙어서 있는 붉은 벽돌집들이 대부분이었다. 작은 대문 들마다 붙어 있는 도로명주소의 건물 번호가 아니었다면, 그가 들고 있는 주소가 적힌 종이가 아니었다면 미로처럼 느껴졌을 곳이었다.

새우름8번길 3.

새우름8번길 푯말을 따라 들어가 건물들을 훑어보았다. 건물번호가 3인 곳을 찾아야 했다. 박상하는 종이에 적힌 주소와 건물번호들을 연신 번갈아 보며 동네 안으로 조금 더 들어갔다. 골목길을 따라 걸어가니 조금 넓은 길이 나왔다. 넓은 길을 사이에 두고 맞은편 골목 쪽의 건물번호가 7번이었다. 지금 지나온 집의 번호가 11번이었으니 저쪽 골목으로 가야 앞 번호 대 집들을 찾을 것 같았다. 길을 건너기 위해 발을 내딛다가 멈칫했다. 조금 빠른 속도로 차가 달려오고 있었기 때문이었다.

'골목길을 왜 저렇게 빨리 달려, 위험하게.'

차가 지나간 후 박상하는 반대편 골목으로 발을 디뎠다. 문득, 걸음을 멈추었다. 조금 전 차가 내려간 곳으로 그의 시선이 향했다.

'정지원?'

빠른 속도로 스친 것뿐이지만, 찰나의 순간에 조금 전 그 차의 운전석에서 정지원의 모습을 본 것 같았다. 긴 머리에 선글라스를 낀 여성 운전자. 잠시 생각하던 박상하는 고개를 저으며 짧게 소리내어 웃었다. 긴 머리에 선글라스를 낀 여성 운전자가 이 대한민국에 어디 한둘이겠는가. 강남으로 향하는 도로 하나만 막아서 검문해도 긴 머리의 선글라스 운전자는 수두룩하게 나올 것이었다. 정지원일 리가 없었다. 너무 깊이 생각했더니 헛것이 보이는가 싶었다.

박상하는 다시 집을 찾는 데 몰두했다. 새우름8번길 3. 김석일이 태어나고 살았던 집.

"계십니까?"

붉은 벽돌담 너머로 안을 들여다보려 애쓰며 그가 목소리를 높였다. 안에서 대답이 들려오지 않아도 사람이 있음을 알 수 있었다. 마당도 제대로 없는, 벽돌담과 바짝 붙어서 있는 2층 건물 사이의 기다란 복도로 난 대문 아래쪽에서 물이 흘러나오고 있었다. 물청소를 하는 중 같았다.

"계십니까?"

다시 한 번 목소리를 높였다. 그의 목소리에 대한 대답인 것처럼 마당에서 들려오던 "솨" 하는 물소리가 끊어졌다. 수도를 잠근 것 같았다.

"누구세요?"

힘없이 흔들리는 노인의 목소리였다. 김석일의 프로필에서 확인한 그의 모친이라고 예상되었다. 김석일을 만나려고 했지만 거절당한, 자식은 그 자식을 죽였지만, 그런 살인자라도 자식이라고, 만나고 싶어 무릎을 꿇는 심정으로 형사에게 전화를 걸어 부탁한, 처량하고 불쌍한 80대의 어머니.

문이 열리고 처량하고 불쌍한 노구가 머리를 내밀었다. 처량하고 불쌍해져 버린 세월들이 하얗게 머리에 내려앉아 있었다. 당신을 이렇게 만든 것은 무엇인가. 한때는 모든 것을 바쳐도 아름다울 만큼 찬란했던 그 아이가, 자신의 아이를 이 세상에서 내쳐버림으로써 당신의 그 찬란한 시절마저 처량하고 불쌍하게 만들어 버렸다. 힘든 것 괴로운 것 가리지 않고 키워내어 헌신적인 어머니라고 칭송받아도 부족한 당신을, 살인자를 키운, 살인자의 어머니로 만들어 버렸다. 그럼에도 여전히 왜 당신은 그의 어머니여야 하는가. 왜 당신은 여전히 헌신적으로, 그의 안위를 걱정하는가.

"누구……세요?"

그렇게 묻기는 했지만, 김석일의 모친은 이미 박상하가 형사임을 아는 것 같았다. 이즈음 이곳을 찾아와 벨을 누르거나 목소리를 높이는 사람은 기자이거나 형사, 둘 중 하나뿐이었을 테니까. 그녀는 불안한 시선으로 눈치를 보았다.

"박상하라고 합니다. 은파 경찰서 강력계 팀장입니다."

"아…… 저기, 아……."

당황한 듯 김석일의 모친이 횡설수설했다. 그녀의 시선이 언뜻언뜻 박상하의 어깨너머 골목길로 향했다. 다른 사람들이 혹시나 볼까 봐 신경 쓰는 것 같았다. 좁은 동네라 소문이 신경 쓰이기도 할 터였다. 박상하가 제안하듯 말했다.

"잠시 들어가도 되겠습니까."

"아, 네……. 예, 들어오세요."

그녀는 더듬거리면서 대문 앞에서 살짝 비켜섰다. 그 사이로 박상하가 들어섰다. 대문을 닫기 전 김석일의 모친은 다시 한 번 주변을 두리번거렸다. 세상을 기가 막히게 했던 사건이, 이 작은 동네에서 자신을 떠나게끔 할까 두려운 것인지도 몰랐다.

"사실 난 그 자식에 대해 할 말도 없어요."

노파는 거실로 박상하를 안내하고는 커피 한 잔을 내왔다. 작은 컵 안에 물을 가득 넣어 끓인 믹스커피였다. 커피 잔을 따로 두고 쓰는 삶이 아니었다. 잔 하나를 가지고 물을 마시고 때로는 커피를 마시기도 하는 그런 평범한 삶. 그 일상을 아들이 깨어 버렸으니 부정하고 싶은 마음도 이해 못할 바는 아니었다. 물을 가득 부은 커피는 싱거웠다.

"김석일 씨에 관련된 이야기를 듣고 싶어 왔습니다."

"그 자식에 대해서 뭐요? 난 할 말도 없다니까."

"그냥 어떤 사람이었는지……."

후 하고 김석일의 모친이 한숨을 내쉬었다. 김석일이라는 이름만 들어도 가슴이 답답해서 참지 못하겠다는 듯한

황금가지
2020

켄 리우

어딘가 상상도 못 할 곳에, 수많은 순록 떼가

미래를 배경으로 인류의 영생과 죽음, 그리고 가족에 얽힌
이야기를 놀라운 상상력과 뛰어난 흡인력으로
풀어낸 켄 리우의 SF 단편 12편을 만난다!

켄 리우 단편집 | 장성주 엮고 옮김

제왕의 위엄 (전2권)

켄 리우의 근간
신들은 죽임당하지 않을 것이다 / 은낭전
민들레 왕조기 2- 폭풍의 벽(가제)

종이 동물원

휴고, 네뷸러 등 SF 문

SF에서부터 환상문학, 하드
전기(傳奇)소설에 이르기까
한눈에 볼 수 있는 작품집.

2019 유영 번역상 수상작!
처음부터 이 작품이 한국어
정도로 자연스럽고 명쾌하
— 유영 번역상 심사위원장

켄 리우 | 장성주 옮김

휴고 상
3년 연속 수상

다섯 번째 계절

N. K. 제미신 | 박슬라 옮김

마거릿 애트우드

증언들

2019년 부커 상 수상작! 전미 베스트셀러 1위!
『시녀 이야기』 34년 만의 신작!

성과 권력의 어두운 관계를 적나라하게 드러내며
34년 동안 스테디셀러를 지켜온 『시녀 이야기』로부터 15년 후,
길리어드 제국의 몰락이 시작된다.

『시녀 이야기』에 대한 독자들의 질문이
바로 이 책에 모든 영감을 주었다. ─ 마거릿 애트우드

2019
부커 상

시녀 이야기

화제의 미드 「핸즈메이드 테일」의 원작 소설,
마거릿 애트우드의 대표작

시녀 이야기 그래픽 노블

활자만으로 불가능했던, 심지어 영상에서도
결코 느낄 수 없었던 압도적인 표현력! ─ 〈뉴욕 포스트〉

마거릿 애트우드 ┃ 김선형 옮김

마거릿 애트우드 원작 소설
르네 놀트 그림 ┃ 진서희 옮김

브릿G BritG

황금가지에서 만든 온라인 소설 플랫폼

짧은 엽편에서부터 단편과 중편,
그리고 장편까지,
화면으로 만나는 문학 작품의 신세계.

*웹소설 플랫폼 사상 최대 7,000편에 이르는 중단편 소설 공개!
*출판 편집자가 직접 엄선한 추천작과 큐레이션 서비스.
*다양한 독자 리뷰와 푸짐한 리워드.
*노트, 스티커, 가방, 배지까지 아주 특별한 장르문학 굿즈샵!

Brilliant tales G

브릿G를 앱
간편한 읽기
구글플레이

브릿G 출간작

브릿G 인기 연재작, 종이책으로도 만나요!

얼음나무 숲 하지은

다시 돌아온 명작,
『얼음나무 숲』 완전판

유려한 문장과 매혹적인 분위기로 독자들을 휘어잡는 환상 소설의
대가, 하지은 작가의 기념비적인 작품. 탐미적인 필체로 수많은
팬들을 보유하고 있는 하지은 작가의 데뷔작이자 국내에서 보기
드문 클래식 음악을 소재로 한 미스터리 판타지 소설.

콘크리트 하승민

하나의 미스터리한 사
부조리한 사회 속에 두
허를 찌르는 반전과 흡

음모와 배신, 집착과 욕망
대한 묘사는 당장이라도 틈
힘차게 밀어붙이는 서사의
문장의 흡인력은 정유정,
떠올리게 한다. ―〈한국일보

행동처럼 보였다. 그녀는 주름 깊은 눈으로 거실 밖을 응시했다. 그녀의 얼굴을 휘감고 있는 세월의 주름마다 켜켜이 많은 사연들이 담겨 있는 것 같았다.

"애는 착했어요."

의외의 말이었다. 내놓은 자식인 양 아무것도 할 말이 없다고 했던 사람에게 처음 나온 것치고는 생각보다 다정한 말이었다.

"공부도 곧잘 했고, 열심히 살고, 좋은 회사도 들어는 갔는데……. 그놈의 술이 문제지."

박상하는 싱거운 커피를 한 모금 더 마셨다. 정량보다 물을 많이 넣은 것 같았다. 물에 희석되었어도 커피는 커피였다. 김석일에게 어떤 배경이 있든 죄인은 죄인이었다. 지금 이곳은 그가 왜 죄를 짓게 되었는지, 동기를 파악하러 온 것이었다. 그의 배경을 듣고 그가 죄를 지을 수밖에 없었던 이유에 연민을 끼워 넣으러 온 것이 아니었다. 박상하는 최대한 객관적 시각을 유지하기 위해 마음을 굳건히 했다.

"어머님께서 지금 첫째 수현이를 돌보고 계시죠? 많이 힘드실 텐데요."

말이 떨어지기가 무섭게 김석일의 모친이 깊은 한숨을 내쉬었다. 한숨과 함께 진심이 새어 나올 터였다. 박상하는 그녀의 진심이 열리기를 기대했다.

"힘만 들다 뿐이겠어요. 사는 것도 빡빡해요. 애 보느라 나가던 공공근로도 쉬는 마당에, 애 밑으로 돈은 또 어찌나 들어가는지."

또래보다 덩치도 크고 말도 빠른 둘째와 달리 첫째는 늦게까지 소변을 가리지 못해서 기저귀 값도 만만치 않게 들어갔다고 했다. 타고 나길 약한 것 같아 어릴 때부터 병원도 자주 데리고 가야 했다. 밥은 안 먹으면서도 이것저것 군것질거리에 욕심내는 짧은 입맛 때문에 주전부리 값도 만만치 않게 들어갔다. 그렇다고 해도 할머니가 되어서 손주 입으로 들어간 과자 값까지 달라고 할 수도 없으니 맡아 줄 때마다 아들이 주는 용돈은 고스란히 아이 앞으로 들어간 셈이었다. 그것이 김석일 모친의 푸념 섞인 설명이었다.

"며느리이신, 아니 며느리였던 정지원 씨의 말에 의하면 결혼 직후부터 폭행이 있었다고 하던데요."

"결혼 직후?"

"컵을 던져 얼굴에 큰 상처를 입었다고 하던데요."

"아, 그거. 폭행은 무슨. 컵 좀 집어던진 것까지 폭행이라고 하면 나는 벌써 맞아 죽었어야 했게."

내뱉듯, 별일 아니라는 말투였다. 오히려 폭행이라는 단어를 내뱉는 정지원이 유난을 떤다는 비난이 그 어조의 기저에 배어 있었다. 박상하는 김석일 모친을 빤히 응시했다. 그녀는 그 시선을 받고는 아차 싶은지 말을 돌렸다.

"뭐⋯⋯. 젊은 애들이야 이해하기 힘들긴 했겠지. 그리고 나중에는 진짜 맞기도 했고. 내 자식이긴 하지만 구제불능이었어요."

"혹시, 어머님께도 폭행이 있었습니까?"

그녀는 대답을 하지 않았다. 부인하지 못하겠다는 대답이나 마찬가지였다. 컵 좀 집어던진 것 가지고 폭행이라고 하면 벌써 맞아 죽었어야 했다는 말은 결국, 직접 손을 댄 것은 아니라고 하더라도 적어도 어머니에게 물건을 던지는 일까지도 벌어졌던 것으로 해석해도 될 것 같았다. 하지만 어머니가 문제 삼지 않는 이상 지금 이 자리에서 그 문제를 더 캐내 봐야 소용이 없을 터였다.

어쨌거나 몇 가지는 확인할 수 있었다. 김석일은 폭력 성향이 있었다. 김석일과 정지원의 사이에는 그로 인한 가정 불화가 있었다. 시어머니도 정지원의 고통에 대한 공감을 해 주지 않는 입장이었다.

"술 때문이라고 하셨지 않습니까? 병원 치료를 받아 본

다든가 하는 방법은 생각 안 해 보셨어요?"

"병원은 무슨 큰일 날 소리……. 그냥 서로 떨어져 사는 것이 제일 좋지요."

그녀가 지금껏 한 말 중에 아마 이 말이 가장 진심에 가까운 것이리라. 김석일은 아마도 자식으로서도 전혀 인간 대접을 받지 못할 위인이었던 것 같았다. 모정이 있어 김석일을 욕하거나, 그의 범죄 성향을 증언하지는 못해도 모친의 마음속에는 김석일을 두려워하는 마음이나 피하고 싶어 하는 마음이 깊이 자리하고 있는 듯 보였다. 다만 김석일이 그렇게 된 데에는 어미인 자신의 잘못도 있는 것 같은 한편, 이 일로 자식이 두 번 다시 사회로 복귀할 수 없게 될까 봐 안타까워하는 이중적인 마음이 엿보였다.

"정지원 씨와의 결혼생활은 어땠습니까?"

김석일의 모친은 박상허가 이미 많은 이야기를 듣고 왔을 거라고 생각한 듯 보였다. 잠시 먼 곳으로 시선을 두었다가 깊은 한숨과 함께 입을 열었다.

"그 아이가 도망간 것도 사실은 내가 욕하고 원망할 일도 아니었어요."

"도망갈 만했다는 말씀이시군요."

"형사님이 여자라면 버티고 살 수 있었겠어요? 매일같

이 술 먹고 욕지거리를 퍼부어 대지, 술만 먹었다 하면 때리지. 하루는 술 먹은 놈에게 얻어맞고 그 다음 날 하루는 술 깬 놈하고 다투고. 다투면 꼭 집안 살림을 다 때려 부수고, 끝내는 그 아이를 팼지. 그 아이도 참 힘들었을 거예요. 석일이가 처음엔 안 그랬는데. 처음엔 며늘아기를 그렇게 떠받들었거든."

그렇게나 떠받들었던 그때, 그때로 정지원은 돌아가고 싶었던 걸까. 그때로 돌아갈 수 있다고 믿었던 걸까. 그래서 듣기 힘들 욕지거리를 참아내고 매질을 감내하고, 허구한 날 다투고 멀쩡히 남는 살림살이가 없을 때까지 때려 부숴도, 그렇게까지 참아냈던 걸까. 물론 끝내는 도망치기는 했지만.

"처음엔 정지원 씨를 그렇게 소중히 여겼는데 왜 갑자기 폭행을 시작했던 겁니까? 그래도 처음의 계기가 있었을 텐데요. 혹시 들으신 것 없으십니까?"

"그건……."

그녀는 뭔가 말을 하려다가, 순식간에 입을 다물어 버렸다. 박상하는 노인을 또렷한 눈으로 응시했다. 좋았던 남녀의 관계를 한순간에 무너뜨리게 만들 만한 어떤 것이 둘 사이에 있었던 것이었다. 김석일 쪽이 아닌 정지원 쪽의 문제. 김석일이 자제심을 잃을 만한 어떤 일. 남녀 사이의 신뢰를 흔들어 버릴 만한 가장 큰 위력을 지닌 어떤 것.

"혹시 권경식 씨라고 아십니까?"

마치 커다란 돌을 던지듯, 박상하는 무겁고도 굵은 목소리를 노인에게 던졌다. 돌이 던져진 노인의 내면에 커다란 파동이 일었다. 노인이 눈을 휘둥그렇게 떴다. 갑자기 던져진 바위에 충격이 큰 것 같았다.

역시나, 뭔가 있었다.

김석일과 정지원, 정지원과 권경식, 그리고 권경식과 김석일의 사이에.

박상하는 죽은 도현이의 담임 선생을 만났던 날을 문득 떠올렸다.

학기 초에 어머님들 사이에서 도현이 어머니가 바람을 피웠다는 소문이 있었어요. 이 동네는 작아서 같은 유치원 나온 애들이 많거든요. 바람을 피워서 쫓겨났다는 얘기도 있고, 바람이 나서 도망갔다는 얘기도 있구요.

처음 이야기를 들었을 때는, 선생답지 않은 말이라는 생각에 불쾌했던 것은 사실이었다. 그러나 그녀의 말대로 작은 동네의 소문은 괜히 나는 것만은 아니었다. 바람을 피워서 쫓겨났는지, 바람이 나서 도망을 갔는지는 몰라도 동

174

네 사람들이 바람을 느낀 것은 팩트에 가까운 것인지도 몰랐다.

"권경식 씨를 아시는 거죠?"

"……"

"권경식 씨는 누굽니까? 김석일 씨와 아는 사입니까, 아니면 정지원 씨와?"

권경식이라는 이름이 나온 뒤로 노인은 입을 완전 다물어 버렸다. 차라리 모른다고 하는 편이 나을 뻔했을 것이었다. 지금 그녀가 보이는 태도는 외려 굳게 입을 다물린 뭔가를 캐내야겠다는 의지를 불러일으키는 행동이었으니까.

"권경식 씨가, 정지원 씨와 아는 사이인 거죠?"

큰맘을 먹고 단호하게 물었다. 루머를 확인할 때는 조심스럽게 해야 하지만 노인의 행동으로 볼 때 이런 자극이 필요하다고 결정한 것이었다. 박상하의 예측이 맞았는지 굳게 다물렸던 노인의 입이 열렸다.

"그게 무슨 중요한 일인가요? 나쁜 짓 하다 잡힌 놈 벌이나 주면 되지, 뭘 물어요?"

노인의 태도는 더 방어적으로 바뀌었다. 하지만 그 태도 때문에 질문을 멈출 수가 없었다. 노인의 태도가 더 방어적으로 바뀌었다는 것은 결국, 방어할 무언가가 노인의 경계 뒤에 숨어 있다는 뜻이었다. 도대체 뭘 방어하고 싶은 건가.

"김석일 씨가 잡힌 날, 한 남자를 무차별적으로 폭행하고 이내 살해하려다 현장에서 체포된 겁니다. 그 피해자는 지금 의식 불명 상태로 생사를 오가고 있구요. 혹시 그 사실을 알고 계십니까?"

노인이 입을 다시 다물었다. 이제는 듣고 싶지 않다는 듯 시선도 돌린 채였다. 고집스러운 얼굴이었다. 놀라지 않는 걸로 봐서는 이미 그 사실을 알고 있는 것 같았다. 굳이 형사가 알려주지 않았어도 보도를 통해서 들었을 터였다.

"그 남자가 바로 권경식 씨였습니다."

노인의 놀란 눈이 획 하니, 박상하에게로 향했다. 생각지도 못한 듯 그녀는 입가를 덜덜 떨었다.

"그놈이……. 그냥 포기하는 심정으로 아무나 잡고 그런 게 아니라……."

"권경식 씨를 목표로 삼고 일부러 찾아간 겁니다."

"하……."

한숨을 뱉은 노인의 어깨가 축 처졌다. 온몸에서 기운이 빠져나간 사람처럼 보였다. 무슨 생각을 하다 고개를 절레절레 흔든다.

아무리 감싸도, 끝도 없는 인간이구나. 그런 인간이 내 자식이구나. 그런 생각이 노인의 맥 빠진 얼굴에서 읽혔다. 잠깐 머뭇거리던 노인이 그제야 한숨처럼 말을 하기 시작했다.

"며늘아기는, 아니 이제는 이렇게 부르면 안 되나. 정지원이를 처음 볼 때 이상하다는 생각이 들었지요."

"이상하다?"

"분명히 석일이가 얘기하기로는 연애해서 만났다고 했거든. 근데 인사하러 왔다는 애가 생기도 하나도 없고. 모르는 사람이 보면 연애해서 만난 사이가 아니라 억지로 끌려온 애처럼 보일 정도였어요."

"그래서요?"

"이상하다 했지만, 그래도 뭐 둘이 좋아 결혼하겠다 하니까 그러라고 했지. 난 아주 나중에야 알았어요. 그 애가 우리 석일이랑 연애한 게 아니라는 걸."

"그럼요?"

참고인에게 질문할 때 너무 흥분해서 다그치거나 재촉하지 않는 것이 박상하 나름의 원칙이었으나, 지금 이 순간 박상하는 그런 원칙을 모두 잊고 말았다. 그의 몸은 이미 앞으로 기울어져 있었다. 다만 다행인 것은 노인 역시 말할 준비가 되어 있다는 거였다. 숨길 생각은 없었다. 애증의 자식은 아무리 입을 다물어도 이미 죄를 지은 것이 확실하고 그 죗값 역시 확실해 보였다. 그나마 속사정을 듣고 조금이라도 그 죗값을 깎는 데에 도움이 된다면 좋지 않겠는가 하는 계산이 본능적으로 깔려 있는 듯했다.

"하도 석일이랑 그 아이가 싸워 대고 안정을 못 찾길래, 왜들 그러냐고 한번 다그쳐 봤었지. 결혼할 때는 좋아 죽겠어서 결혼한 거 아니냐고, 그때 생각을 좀 하라고 그랬더니."

그날이 생각나는지 노인이 또 한 번 한숨을 쉬었다.

"자기는 그랬는데, 좋아 죽겠어서 결혼한 게 맞는데 그 아인 아니라고 하더라고요."

"정지원 씨는 아니라고?"

입이 마른 듯 노인이 입술을 핥았다. 그러면서도 최대한 차분히 설명하려고 애썼다. 하지만 피하시 못할 진실을 뱉어내는 순간은 언제나 느닷없고, 충격적이었다.

"그 아이와 원래 만났던 건 석일이가 아니고, 그 사람이었대요, 권경식."

노인이 말한 그들의 결혼 배경은 이랬다. 권경식과 정지원은 연인 관계였다. 하지만 그들 사이에 권경식과 초등학교 동창 사이였던 김석일이 끼면서 이야기가 달라졌다.

김석일은 그때 D그룹에 다니고 있었고, 업무 관련으로 예전 해운 회사 근무 경력이 있던 권경식에게 연락해 그를 만나게 되었다. 그때 어떤 일이 있어서 권경식이 자신의 연인인 정지원을 소개하게 되었는지는 알지 못하나, 어쨌든 소개를 받은 것이 모든 일을 어그러트리는 결과를 가져왔다.

김석일은 처음 본 정지원을 보고 강한 호감을 느꼈다. 소유욕이라는 말이 더 어울릴 것 같다고, 노인의 말을 들으며 박상하는 생각했다. 김석일은 권경식의 존재는 아랑곳하지 않고 그 이후 정지원에게 적극적으로 대시했다. 연인인 권경식과의 의리를 생각해 김석일을 모르는 척 하면 좋았을까. 하지만 정지원은 싫은 척 하면서도 김석일이 던진 유혹의 끈을 밟고야 말았다. 김석일이 권경식과 관련해 의논할 것이 있다고 불러 냈을 때 정지원은 그 속내를 본능적으로 조금은 알았을 텐데도 정말로 권경식을 걱정하는 탈을 쓰고 그 자리에 나갔다.

하지만 정지원이 그 첫 만남부터 권경식을 배신할 생각은 아니었을 거였다. D그룹에 다니는 엘리트 남자가 자신에게 호감을 보이는 것이 싫지 않았고, 그저 즐기는 정도였을 것이다. 그녀의 우월감을 충족시켜 주는 순간이었을 수도 있었다.

"그런데 왜 인사를 온 정지원 씨 표정이 안 좋았던 거죠? 김석일 씨와 결혼을 하겠다고 온 건 어쨌거나 권경식 씨로부터 마음이 바뀐 것 아닌가요?"

다시 한숨을 쉬며 노인이 손바닥을 무릎에 비볐다. 손등 위의 자글자글한 주름 사이로 검은 세월이 때처럼 끼어 있었다.

"어쩌면 평범하게 그 아이를 만났다면 정말로 진심이 되었을지도 모르죠. 근데 석일이가, 그걸 망쳤어요. 성격이 워낙 급해서."

정지원은 조금, 우월감이나 즐기려던 것뿐이었다. 두 사람은 술을 마셨고, 입을 맞췄다. 김석일은 정지원을 호텔로 이끌었다. 그쯤 되자 정지원은 권경식에 대한 의리가 생각났다. 자리에서 일어났다. 하지만 김석일은 그걸 두고 보지 않았다. 쫓아갔다. 억지로 정지원을 차에 태웠고, 어디론가 데려갔다.

"그리고 강제로……."

노인이 차마 말하지 못하겠다는 듯 고개를 숙이며 말끝을 흐렸다. 박상하도 말문이 막혔다. 그들 사이에 남녀 사이의 관계가 끼어 있다는 것은 이미 알고 있었다. 하지만 이건…….

노인의 말이 전부 사실이라면 정지원은 피해자였다. 하지만 결국 김석일의 손을 잡고 말았다. 신고를 하지도, 권경식에게 말하지도 못했다. 권경식을 배신하고 그날 밤 김석일에게로 가 그의 입맞춤에 응한 것은 본인의 의지였으니까. 어쩌면 김석일이 그 사실을 두고 정지원에게 협박을 한 건지도 몰랐다.

노인은 고개를 돌리고 있었지만 감정이 고스란히 읽혔다. 자식의 치부를 드러내는 것이 얼마나 괴로울까. 아무리 노인이지만 그녀도 여자였다. 여자로서 며느리가 당한 끔찍한 일을 모르는 척 살아 온 양심의 고통이 안쓰러웠다. 박상하는 잠시 침묵했다. 그때 갑자기 궁금증이 생겼다.

"김석일 씨에게 이야기를 들었다고 하셨죠? 김석일 씨가 자기가 그런…… 성폭행을 했다는 이야기를 어머니께 하기는 쉽지 않았을 거 같은데요."

"그 이야기를 직접 하진 않았어요. 그냥 다른 남자가 있었다는 이야기만 들었지. 근데 그 아이가 집을 나가기 전에, 나한테 한번 이야기 한 적이 있었어요. 이혼하고 싶다고 하면서. 결혼했으면 참고 살아야지 왜 그러냐고 내가 다그쳤지요. 처음엔 고분하더니 악에 바쳐서 소리를 지르다가 그 이야기를 하더라고요. 근데 난 미안하다고도 못했어요……. 그 아이가 그때 그 권경식이라는 남자를 만나고 있다는 사실을 알게 되어서. 입에 담지도 못할 심한 말을, 오히려 심한 말을 했지요."

"어머님은 그러니까 김석일 씨의 말을 듣고 권경식 씨를 기억하고 계시는 거군요. 한번 정도 이야기로 들으신 이름을 기억하고 계셨네요."

뭔가 의심이 들었다기보다는 노인의 기억력이 신기해서 물은 말이었다.

"자주 찾아왔으니까."

"자주요?"

노인이 고개를 끄덕였다.

"결혼하기 전에. 아마도 배신당한 걸 알고 그랬던 거 같은데 연락이 잘 안 되니까 여기까지 찾아와서 난리를 부렸어요. 그러다가 결혼하구 나서는 안 보이더라고. 그냥 남의 여자 됐으니 포기한 줄 알았지, 지들끼리 몰래 만나고 있었는지 누가 알았겠어."

제5장

    정지원은 어땠는지 몰라도 김석일은 너무나 원하고 바라던 결혼이었다. 그는 한눈에 정지원에게 호감을 느꼈다. 정지원은 미인이었다. 무엇보다 얼굴 위에 알게 모르게 흐르는 색기가 그의 마음을 흔들었다. 그가 말을 걸 때마다 정지원은 몸을 배배 꼬며 웃음을 흘렸다. 김석일에게는 그렇게 보였다. 권경식에 대해 할 이야기라는 게 핑계라는 걸 알면서도 그녀는 응했다. 그날의 분위기는 좋았다. 그 좋은 분위기 끝에 내린 결론이 바로 그날 벌인 일이었다. 정지원은 분명 핑계가 필요한 거라고 생각했다. 권경식과 끝낼 핑계. 그래서 차 안에서 거부하는 척하면서도 더 강하게 자신을 밀어내지 않은 거라고 생각했다.

김석일은 그것이 자신의 착각이 아니라 믿었다. 결국 앙큼하게도 정지원은 어쩔 수 없다는 식으로 자신과 결혼하지 않았는가.

결혼하기 몇 주 전부터 집은 조금도 조용하지 않았다. 이별을 통보받은 권경식이 매일같이 찾아왔다. 결혼 후에도 사나흘 간격으로 찾아왔다. 죽여 버리겠다고 으름장을 놓기도 하고 실제로 얼마쯤 패 주기도 했다. 그래도 권경식은 질리지도 않고 찾아왔다. 만약 정지원이 아니었다면 정말로 권경식을 죽였을지도 몰랐다.

권경식이 다녀간 날마다 김석일은 정지원을 그냥 두지 않았다. 매일같이 침대 위에 눕혀 강제로 품을 파고들었다. 권경식이 나녀간 날은 더욱 흥분했다. 소리를 지르든지 말든지, 김석일은 갖고 싶은 만큼 정지원을 가졌다. 자신은 그녀를 오롯이 가질 자격이 충분한 남자라고 생각했고, 그 사실을 권경식이 나타날 때마다 확인하는 일이 승리감에 취하게 했다.

나중에 정지원이 도망을 치며 남긴 편지에서 그런 날들이 지옥 같았다는 대목을 읽고 김석일은 어이가 없었다.

정지원도 그것을 즐겼고, 좋아했다 생각했다. 김석일은 배신감에 치를 떨었다.

어쨌거나, 김석일은 그 당시 행복했다. 그 행복을 권경식이 깨트린다면 정말로 죽일 각오가 되어 있었다.

그런데 그 행복이 깨어졌다. 다만 깨트린 것은 권경식이 아니었다. 예상치도 못한 인물이었다.

이새린. 지방 룸살롱에 소속되어 일하던 호스티스였다. 출장지에서 처음 들러 돈을 주고 밤을 보냈다. 나름 그쪽 성향이 잘 맞아 그다음부터는 개인적으로 만나기도 했다. 본사로 올라온 뒤에는 연락이 뜸해졌고, 정지원을 만난 뒤 김석일의 관심사에서도 이새린은 서서히 지워졌다. 그런데 그 여자가 아이를 끌어안고 왔다. 결혼한 지 1년쯤 된 어느 날이었다.

"네 아이야."

이새린이 갈색의 커다란 가방을 현관 앞에 내려놓았다. 그 옆에 아이를 내려놓았다. 차가운 바닥에 놀랐는지 아이가 울음을 터트렸다. 그러거나 말거나 아랑곳없이 이새린은 인상을 쓰고 아이와 가방을 들고 온 자신의 팔만 주물럭거렸다. 발악을 하듯 울고 있는 아이를 어떻게든 하지 않으려는 것은 김석일도 마찬가지였다.

"안에 유전자 검사 결과 있어. 네가 우리 집에서 쓰던 칫솔로 했고. 못 믿겠으면 직접 다시 검사해 보든지 말든지."

결혼 전에 가끔 찾아가 관계하던 여자였다. 그냥 가볍게 만났다. 돈이 안 드는 매춘부와 다를 바가 없었다. 김석일은 하고 싶은 대로 할 수 있는 이새린이 마음에 들었다. 이 여자는 섹스 그 자체를 즐겼다. 쿨했고, 발목을 잡을 여자가 아니라고 생각했다. 그랬던 믿음이 자신의 발목을 잡은 것이었다.

"무슨……."

갑자기 들려온 소리에 김석일이 돌아보았다. 정지원이 서 있었다. 파랗게 질린 얼굴이었다. 그 얼굴색만으로도 정지원이 처음부터 모든 이야기를 다 들었다는 것을 알 수 있었다. 정지원은 임신 5개월째인 자신의 볼록한 배에, 마치 아이의 눈을 가리기라도 하듯 손바닥을 대고 있었다.

김석일은 정신이 없었다. 정지원에게 해명을 먼저 해야 할지 이 여자를 어떻게 처리해야 할지. 아까부터 시끄럽게 울어 대는 저 작은 생명체의 입을 발로 막고 싶은 충동까지 억눌러야 했다.

"난 못 키워. 네가 싼 네 씨니까 알아서 해. 버리든지 말든지."

이새린은 김석일의 어깨너머로 목을 뺐다. 미소 띤 얼굴로 정지원에게 말했다.

"갑자기 나타나서 미안해요. 근데 나도 급해서. 긴 얘기는 이 남자랑 하고."

정지원은 잘 씻어지지 않을 오물을 덮어쓴 듯 굴욕을 느꼈다. 김석일이 이새린의 손목을 움켜쥐었다.

"갑자기 뭐야. 그럼 낳지를 말았어야지."

"난 뭐 임신한 줄 알았니?"

이새린이 피식 웃음을 터뜨렸다.

"한참 놀 때라서 자주 피임약을 먹어서 생리 안 하는 줄 알았지. 나중에 알았을 때는 병원 가니까 이미 낙태할 시기가 지났대."

"미친년."

김석일이 욕을 했지만 이새린은 대수롭지 않다는 듯 어깨만 으쓱했다.

"피임약 먹고 술을 그렇게 처먹었는데도 장애아 아닌 게 어디야. 그리고 낳아 줬고. 그만하면 내 할 일 다 했거든. 그리고 네 마누라 저렇게 파랗게 질려서는 쓰레기 보듯 하는 것도 이겨내고 설명 다 해 줬고."

"돌겠네."

해외 파견 근무가 예정되어 있었다. 회사의 권유로 하와이 지사에서 한 달을 근무하고 돌아온 적이 있었다. 그리고 회사에서는 김석일의 하와이 지사 장기 파견 근무를 결정했다. 내일 떠나야 했다. 집안에 폭탄이 떨어졌다고 하면 회사에서 파견 근무를 취소해 줄까 하는 생각을 문득 했다.

"돌 거 같으면 돌기 전에 알아서 고아원에 주든가. 난 몰라. 너 알아서 하라고. 싫으면 고소하든지."

이새린은 몸을 앞으로 기울여 김석일의 귀에 속삭였다.

"그러게 내가 안에다 싸지 말랬지?"

그러고는 휙 하니 몸을 돌려 현관문을 열었다. 어이가 없기는 정지원이나 김석일이나 마찬가지였으나 누구 하나 그녀를 잡지 못했다. 머릿속이 하얗게 빈 탓이었다.

그 일로 두 사람 사이의 골이 깊어졌다. 어떻게 풀어 볼 사이도 없이 김석일은 바로 다음 날 하와이로 떠났다. 차라리 떠날 수 있어서 다행이라고 생각했다. 알아서 해 달라는 말만 남겼다. 미안하다는 말은 없었다.

혼자 남은 정지원은 어떻게 해야 하는지 당황스러웠다. 자기 자식은 아니지만 남편의 아이. 그런 아이를 고아원에 데려다주려면 어떤 절차를 거쳐야 하는지 알지 못했다. 무작정 버리기에는 CCTV에 찍혀 자신이 법적인 처벌을 받지는 않을까 걱정이 되었다. 자신과는 전혀 무관한, 심지어 자신에게 모욕을 준 것이나 다름없는 두 사람 사이의 씨앗 때문에 피해를 보기는 싫었다.

언제든 버릴 수 있다. 아이도 김석일도.

그렇게 정지원은 임신한 채로 남의 아이를 키우는 상황이 되었던 것이다.

* * *

첫째 아이 수현이가 12개월, 둘째 아이 도현이가 7개월이었을 때, 김석일의 모친은 며느리인 정지원을 찾아갔다. '두 아이 모두 남자아이라 정지원이 혼자 케어하기 힘드니까 조금이라도 봐 줄까 싶어서'라는 표면적인 이유를 달고서였다. 첫째 손자 수현이도 아들인 김석일의 핏줄이었다. 하지만 며느리 정지원과는 피도 섞이지 않았다. 그게 문제였다. 피도 섞이지 않은 정지원이 키운다는 것이.

차라리 남이 나을지도 몰랐다. 이 경우는 남보다도 못한 존재, 남편이 바깥에서 낳아 온 아이이지 않은가. 아무래도 자신이 열 달 배에 넣고 밝은 미래를 기원하며 낳은 아이와는 다를 수밖에 없었다.

아들이 귀국하기 전에 전에 며느리와 만나 첫째 아이에 대해 의논해 보려고 결심한 터였다. 첫째를 자신이 키우는 게 어떻겠냐고 제안할 생각이었다.

며느리가 아이를 낳은 뒤 그 동안 한 번도 찾아오지 않았다. 관심이라도 가졌다가는 자식이 벌인 사고에 발목이 붙들릴지도 모른다는 생각이었다. 아들은 며느리가 첫째 아이를 키우지 않는다고 하여도 할 말이 없을 터였다. 시어머니가 온 김에 얼씨구나 하며 딸려 보낼까 봐 걱정이었다. 그때는 그랬다. 어머니라는 인간이 너무하다 싶어도 어쩔 수 없었다. 평생을 술이나 먹고 주먹질이나 하던 남편 뒷바라지에 보냈다. 남편이 먼저 죽고 나서 좀 편해질 만하니 그다음엔 다 큰 아들자식이 말썽이었다. 아들을 결혼시켜 놓고 나서 몇 년간 정말 편안했다. 그 편안이 행복이었다. 다시 그 아들의 아들을 키우라면 못할 것 같았다. 여생까지 자신의 시간을 한번 마음대로 못 써 보고 죽기는 싫었다.

하지만 김석일의 귀국을 앞두고는 생각이 바뀌었다. 며느리는 그동안 단 한 번도 시어미인 자신에게 연락하지 않고 두 아들을 키웠다. 그 속에서 어떤 천불이 나고 전쟁이 벌어졌을지는 다 알지는 못해도, 같은 여자로서 가늠을 할 수는 있었다.

첫째 아이가 미워 죽겠을 테지. 그래도 아이인지라 어떻게 하지는 못하고 꾹꾹 참아내었겠지. 하지만 남편인 김석일이 돌아오면 이야기가 달라질 것이었다. 매일같이 싸울 터였다. 그러고는 결국 이혼. 그것만은 막아내야 했다.

아들이 이혼을 하느냐 마느냐가 문제가 아니었다. 술 좋아하고, 취하면 인간이 아니고, 여자나 좋아하고, 여자를 막 대하는 제 아비의 핏줄을 그대로 이어받은 아들. 그 아들이 이혼을 하면 자신의 몫이 되는 것이었다. 며느리를 구워삶아서 그런 불상사만은 막아야겠다는 계산도 있었다.

김석일의 모친이 택시에서 내렸다. 버스를 타도 되지만 너무 오랜만에 와서 길이 가물거렸다. 다행히 아들이 사는 빌라 이름을 대니 택시가 빌라 앞까지 찾아왔다. 그녀는 빌라를 올려다보았다.

'잘 이야기해서 아이 하나만 데려오자. 그것이 그나마 내 평안한 노후를 지키는 일일 거야.'

그렇게 다짐을 마친 김석일의 모친이 빌라 안으로 들어가려고 할 때, 승용차 한 대가 빌라 앞에 와서 섰다. 다세대 주택이고, 승용차가 선 골목은 주택 밀집 지역이기에 그런가 보다 관심을 갖지는 않았다. 그런데 승용차에서 내린 사람의 목소리에 걸음을 멈추었다. 며느리의 목소리를 들은 것 같았다.

돌아보니, 승용차에서 며느리가 함박웃음을 지으며 내리고 있었다. 김석일의 모친이 반색하며 손을 들었다. 그러나 며느리를 부르지는 못했다. 곧이어 운전석에서 내린 남자 때문이었다. 자기도 모르게 빌라 벽 구석으로 몸을 숨겼다.

남자는 운전석에서 내려 보닛 앞을 빙 돌아 며느리의 앞에 섰다. 며느리는 양팔로 남자의 목덜미를 휘감았다. 두 사람은 입을 맞췄다. 장난처럼 짧게 몇 번. 그러고는 서로를 쳐다보며 웃어댔다. 차 안이나 주변에 아이 둘은 보이지 않았다. 힘 빠진 손에서 핸드백이 빠져나갔다.

남자는 권경식이었다.

* * *

"어머님도 참. 연락을 하고 오시죠. 제가 조금만 늦게 들어왔으면 밖에서 기다릴 뻔하셨잖아요. 저도 방금 들어왔거든요."

"그러냐?"

며느리가 내오는 음료수를 단숨에 들이켰다. 기분 같아

서는 탁 쳐내고 싶었지만 목이 탔다. 아무 일도 없었던 사람처럼 빙그레 웃는 며느리를 보니 소름이 돋았다. 평생을 계집질하는 남자 때문에 속이 문드러졌다. 애지중지 키운 자식까지는 아니지만, 그런 자식이라도 이런 배신을 당한다고 생각하니 천불이 끓었다.

'너를 어떻게 해 줄까.'

자기도 모르게 이를 악물어 턱이 아팠다.

김석일의 모친이 방 쪽으로 고개를 돌렸다. 방문이 열린 작은 방 안에 두 아이가 잠들어 있었다. 한 살 차이긴 하지만 개월 수로는 몇 달 차이도 안 나는 두 아이는 덩치도 비슷했다. 서로의 출생에 어떤 일들이 숨겨져 있는지 알지도 못한 채 올망졸망한 아이 두 명은 나란히 누워 잠에 빠져 있었다.

'아이들은 재워 놓고 너는 서방질이나 하고 돌아다녔단 말이지.'

김석일의 모친은 치맛자락을 움켜쥐었다. 태어난 후 처음 보는 손주지만 얼굴을 아직 보지 못했다. 그런데도 지금은 분노에 들끓어 얼굴을 보고 싶지도 않았다. 눈앞의 괘씸한 며느리에게만 온 신경이 집중되었다.

"혼자 애 키우기 힘들지 않냐."

"그렇잖아도 수현이부터 어린이집에 보내려고요. 우선 큰 애만 보내고, 도현이는 좀 지켜보고요. 일주일 뒤에 첫 등원이에요."

"그렇구나."

침묵이 흘렀다. 김석일 모친의 머릿속에는 생각이 많았고, 며느리는 그저 시어머니가 어색할 뿐이었다. 일부러 한 톤 높인 목소리로 정지원이 먼저 말을 건넸다.

"갑자기 오셔서 저녁 찬거리도 준비 못 해 놨는데."

"괜찮다. 너 먹던 데에다 숟가락이나 하나 놓으면 된다."

"아뇨. 그래도 그건 안 되죠. 얼른 시장 좀 다녀올게요."

"……그러렴."

굳이 시장을 다녀오겠다는 며느리의 태도가 마땅찮았다. 찬거리가 없는 게 아니라 바깥의 찬 거리에 그 남자를 세워두고 온 건 아닐까 하는 생각에 머리가 어지러웠다.

점퍼를 걸쳐 입은 정지원이 금방 다녀오겠다며 잰걸음으로 현관문을 벗어났다. 아이 둘은 워낙에 잠이 많아 앞으로 두어 시간은 족히 더 잘 것이니 걱정하지 말라는 말도 남겼다.

'저 나이 대의 아이가 원래 잠을 그렇게 많이 자나?'

궁금해서 김석일을 키울 때를 반추해 보려 했지만 기억

이 나지 않았다.

'혹시 약을 먹인 건 아니겠지?'

확인할 수가 없었다. 확인할 수 있는 사실도 아닌데 생각을 할수록 '그럴지도 몰라' 쪽으로 기울어졌다.

'만약 정말로 그렇다면 어떻게 해야 할까. 사실이라면 가만두어서는 안 돼.'

그녀는 입술을 자근자근 깨물었다. 그리고 곧 결론을 내렸다.

'석일이 놈에게 연락해야겠어.'

물론 아들이 이혼을 해 자신의 몫이 되는 것은 싫었다. 하지만 마냥 그대로 있는 것도 싫었다. 해외에서 힘들게 번 아들의 돈이 어떻게 새어 나갔을지도 알 수 없는 일이었다.

노인은 휴대폰을 들었다. 아들이 해외에서 쓰는 휴대폰의 번호는 알고 있었지만 직접 전화를 거는 것은 처음이었다. 해외 통화 요금이 부담되기도 했고, 아들에게 전화를 걸 생각조차 하지 않았다.

신호가 가고 아들이 전화를 받았다. 어머니와 전화 통화를 하지 않기는 아들 쪽도 매한가지였기에 어색한 공기가 둘 사이에 흘렀다.

"무슨 일이세요?"

"바쁘냐?"

"잠깐 통화 정도는 괜찮아요. 무슨 일이에요?"

처음 파견 근무를 나갈 때에도 잘 도착했냐, 전화 한 번 하지 않았던 어머니가 전화를 걸 때에는 그만한 이유가 있다고 김석일은 생각하고 있는 것 같았다.

"놀라지 말고 들어라."

자신이 오늘 본 것을 그대로 김석일에게 이야기했다. 이야기를 들은 김석일은 처음엔 믿지 못했고, 그다음엔 어이가 없다는 듯 "하." 하고 숨을 뱉었고, 이내 한참이나 침묵했다. 그 침묵 속에서 무슨 생각을 했는지, 세월이 어느 정도 지난 후에 물어봤다. 아들은 '어쩐지.'라고 대답했다.

김석일은 어쩐지 이상했다고 했다. 임신했을 때를 되짚어 보면, 정지원과 관계를 가진 것은 몇 번 안 됐는데 아이가 생긴 것이 이상하다는 것이었다.

그 말을 아마 그 당시에 들었다면 김석일의 모친은 당장 둘째 아이가 아들의 아이인지 아닌지를 확인하려 들었을 것이다. 그러나 김석일이 의심했다는 사실은 아주 나중에 들었던 것이므로, 그녀는 그 당시 둘째 아이가 자신의 친손자가 아닐지도 모른다는 사실은 전혀 상상치 않고 있었다.

이야기를 전해 들은 김석일은 당장 귀국이 코앞에 닥쳤

지만, 코앞에서 더욱 일정을 당겨 보겠다고 선언했다. 전화를 건 상대가 어머니이니 망정이었지, 그렇지 않았다면 자제력을 잃고 욕설을 퍼부어 대며 길길이 날뛰었을 것이다. 한국이었다면 그 자리에서 정지원을 찾아내 찢어 죽였을지도 몰랐다.

김석일의 모친은 그날 정지원이 시장에서 돌아온 뒤 표정을 감추느라 애썼다. 바람이나 피우는 정지원에 대한 여자로서의 경멸과 시어머니로서의 분노를 애써 감추었다.

인간이란 참 우스웠다. 자신을 위해 요리를 하는 며느리를 보면서, 아들이 귀국해 난리가 날 상황이 조금 기대되기도 하는 것을 어쩔 수가 없었다.

어쨌거나 분명, 그런 진심들을 잘 포장하고 감추었다고 생각했다. 그런데 이상한 일이었다. 김석일의 귀국 전날 정지원이 사라졌다. 옷이며 화장품들을 모두 그대로 두고서였다. 두 명의 아이들까지도.

귀국한 김석일은 길길이 날뛰었다. 장시간 비행의 피로가 여전한 데도 권경식의 집으로 곧장 차를 달렸다. 하지만 만나지 못했다. 이미 권경식도 사라진 뒤였다.

* * *

"그러고는 석일이가 애 둘을 맡았는데, 애를 패고 그러는 줄은 나도 몰랐어요."

정말로 잘 몰랐던 것일까. 박상하는 의문이 들었다. 아무리 자신의 안정된 노후에 짐 덩어리가 되는 아들일지라도 어린아이 둘을 남자 혼자서 키운다는 것이 녹록지 않은 것은 뻔한 사실이었다. 그렇다면 단 한 번도 아들의 집에 들르지 않지는 않았을 것이다.

도현이의 상처는 오래된 것도 많았다. 만약 몇 번이라도 들렀다면 당연히 조금은 이상한 도현이의 상태를 눈치챘어야 했다.

몰랐던 것도 말이 안 되고, 정말로 몰랐다면 몰랐던 사실 자체가 너무나 비정해서 몸이 떨릴 지경이었다.

하지만 박상하는 김석일의 모친을 다그치지 않았다. 꾹꾹 내리 참았다. 당신이 잘못한 거라고 다그쳐 봐야 진술을 받는 데에 도움이 되지 않을 것이기 때문이었다.

"김석일 씨가 혹시 도현이가 친자가 아닐 거라고 생각한 건 아닙니까?"

"그랬겠죠. 귀국해서 오자마자 도현이부터 찾더라고요.

근데 애들한테 무슨 짓을 저지를까 봐, 어린이집에서 첫째 앨 찾자마자 다 챙겨서 둘 다 내 여동생한테 잠깐 맡겨놨거든. 애들이 없는 걸 알고는 도현이 칫솔이든 뭐든 내놓으라고 소릴 치더라고. 그래서 유전자 검사라도 하려나, 저러다 도현이가 지 자식이 아니면 큰일 내겠다 생각했지요."

김석일이 검사를 하지 않았다고 생각했었는데, 아닌 모양이었다. 하지만 친자로 확인되었는데도 둘째 아이에게만 폭행을 가했다니, 그 이유를 설명하기 힘들었다.

"결과는요?"

"모르겠어요. 그 다음 날인가 집에 돌아와서는 나가라고, 집에 가라고 소리 지르며 난리를 피워서. 근데 도현이를 그렇게 한 거 보면 친자식이 아니었던 게지."

박상하가 말했다.

"친자였습니다."

그녀의 눈이 휘둥그레졌다.

"지 새끼가 맞았다고요? 그러면 왜……"

친자가 아니었더라도 그것이 맞을 타당한 이유는 되지 않는다. 그러나 박상하에게도 역시 풀리지 않는 의문이 남았다. 혹시 친자 검사 결과가 잘못되기라도 한 걸까. 그런 일이 일어나기도 한다고는 들었다. 김석일의 입이 열리는 대로 확인해 봐야겠다 싶었다.

"사건 발생 일에 첫째 수현이는 어머님이 맡고 계셨죠?"

"석일이가 갑자기 찾아와서 맡아 달라고 하더라고요."

그때 아마 도현이는 잔인한 폭행의 희생양이 된 다음일 것이었다. 어쩌면 폭행이 지나쳐 목숨을 잃을지도 모르는 조짐이 이미 보였을 수도 있었다. 그래서 수현이를 어머니에게 맡겨 놓고 도현이의 시신을 처리하려고 생각한 것일 터였다.

"그때까지만 해도 그런 일을 벌였을 줄은."

김석일의 모친이 시선을 바닥으로 내리깔았다. 박상하는 깊은 한숨을 내쉬었다. 가슴께를 묵직한 돌이 내리누르고 있는 것 같았다.

잠시 둘 사이에 침묵이 흘렀다.

"아."

박상하는 생각난 듯 물었다.

"정지원 씨가 다녀가셨습니까?"

일순, 그녀의 표정이 눈에 띄게 흐트러졌다. 조금 당황한 것 같았다. 잘못 본 거라 생각했는데 아닌 모양이었다. 딴소리를 할까 싶어 박상하는 얼른 말을 덧붙였다.

"오다가 봤습니다. 이 동네에 정지원 씨가 온다고 하면 어르신을 만나러 올 일밖에 없을 것 같은데요. 다녀가신 거죠?"

잠시 머뭇거리다, 이내 그녀는 고개를 끄덕였다.

"무슨 일로 오신 겁니까?"

말하지 않을 이유도 없고, 피할 방법도 없다고 생각했는지 대답은 머뭇거리지 않고 돌아왔다.

"수현이를 데리고 가겠다고 하던데요."

"수현이를요?"

"아이가 무슨 죄냐고. 자기가 데리고 가서 키우겠다고 하더군요. 석일이에 대한 원망은 없지 않지만 그래도 수현이는 아무 죄가 없으니까. 뭐, 갓난아기일 때 그래도 얼마간 자기가 키웠으니 정은 좀 있는가 보지. 그리고 그러더라고. 자기가 버리고 나가서 도현이가 그렇게 된 거니까. 죄책감이 있다고요. 수현이는 그렇게 만들지 않겠다고."

"보내실 생각이십니까?"

김석일의 모친은 시선을 피하며 대답했다.

"나도 이제 너무 늙었어. 사내애를 키우는 게 쉬운 게 아니에요. 벌이도 없는데 자식새끼는 감방에 들어가 있으니 지원해 주지도 못할 거고. 그렇다고 이 나이에 어디 가서 돈을 벌겠어요. 난 자신 없어요."

수현이는 정지원의 핏줄도 아니었다. 김석일이 바깥에서 낳아온 자식이었다. 그런데 어째서 수현이를 데리고 가려는 것인가. 그리고 김석일의 모친은 왜 핏줄도 아닌 정지원에게 보내려고 하는 것인가. 위험하다는 생각이 들었다. 김석일은 정지원에 대한 원망을 그녀의 아들에게 풀었다. 정지원은 김석일을 원망하고 있었다. 원망의 대상인 김석일은 그녀의 손이 닿지 못하는 곳에 있었다. 그런 그녀가 김석일의 아들을 데리고 가려고 한다. 위험하다고 생각하는 것은 무리가 아니었다.

그런 생각에서 고개를 돌리고 눈을 감고 귀를 막을 생각인가? 자신의 안락하고 편안한 노후 생활을 위해서?

"며칠 안에 데리고 간다고 하더라고요."

김석일이 해외 지사로 나간 뒤 아이 둘을 맡아 버린 정지원을 한번 찾아가 보지도 않았던 때처럼, 이번에도 역시 버리려고 하는 모양이었다.

물론 정지원이 정말로 첫째 아이를 복수의 희생양으로 삼을 거라고는 생각되지 않았다. 그간 그녀의 태도로 보면 상상할 수 없는 일이었다. 무엇보다 자신이 수현이를 데려간 뒤 수현이가 잘못되면 가장 먼저 의심을 받을 수밖에 없었다. 그런 상황에서 문제를 일으키지는 않을 것 같았다.

그녀가 했다는 말처럼 도현이에 대한 죄책감으로 수현이를 돌보려 한다는 것이 맞는 말 같기도 했다.

하지만 정지원에게 보내는 것이 아이에게 위험할 수 있다는 생각은 김석일의 모친 입장에서는 타당한 의심이었다. 그녀는 그것을 모르는 척할 셈이었다.

박상하는 의문이 들었다.

정말로 도현이를 죽음으로 몰아넣은 것은 김석일 한 사람뿐인가.

* * *

"정지원이라는 여자도 참 엄청나네요. 어쨌거나 둘째는 자신의 아이인데 버리고 가출하다니요. 그렇게는 안 보였는데요."

박상하를 경계해 처음에는 말을 조심하던 노인도, 하나둘 이야기를 시작하자 이내 모든 것을 술술 풀어놓았다. 이미 노인에게서는 더 들을 말이 없을 만큼 김석일과 정지원, 그리고 권경식 세 사람이 얽힌 배경을 다 들었다고 박상하는 판단했다. 하지만 그것이 모두 사실이었을까. 이남석의 말처럼 정지원은 그런 사람으로는 보이지 않았다. 아이를 두고 나온 것은 사실이라고 해도, 너무나 후회하고 있으며 그 도망 자체가 인간 같지 않은 남편의 폭행에서 살아남기 위한 것이라고 생각됐다.

하지만 김석일 모친의 이야기 속 정지원은 아이를 두고서도 바람을 피우는 여자였다. 그런 생각을 하면 입맛이 썼다.

박상하는 흠칫하며 걸음을 멈추었다.

'어째서 나는 정지원에 대해 이렇게 실망을 하는 거지.'

아까도 자신은 정지원이 그럴 거라고 생각하지는 않지만 김석일의 모친이 정지원을 의심하지 않는 것은 이상하다고 생각했다.

'정지원이 그럴 거라고 생각하지 않는다? 대체 뭘 근거로?'

박상하는 고개를 저었다. 과거의 상처를 현실에 대입해 감정을 부풀려서는 안 되었다.

"무슨 생각하세요?"

"응? 아냐."

박상하가 다시 걸음을 옮겼다. 이남석은 고개를 갸우뚱하고는 다시 박상하를 따라 걸음을 옮겼다.

"갑자기 집을 나간 건 왜일까요?"

"알게 되었겠지. 김석일과 그 모친이 통화할 때 정지원은 시장에 가서 없었다고는 하지만. 어떻게든 알게 된 거야. 김석일이 눈치챘다는 걸."

"아무래도 그렇죠? 그거 말고는 설명이 안 되네요."

박상하는 고개를 끄덕였다.

어쨌든 정지원은 집을 나갔다. 그리고 그 뒤 분명 권경식을 찾아갔을 터였다. 그래서 권경식이 정지원의 손을 잡고 몸을 숨겼다. 어쨌거나 그 둘의 밀월은 길지 않았던 것으로 보였다. 이남석이 가지고 온 기초 조사 자료를 보면 권경식은 회사에 휴직계를 냈다가 복직한 것으로 나와 있었다. 얼추 계산을 해 보면 휴직계를 낸 시점은 정지원과 떠난 시점과 맞아떨어졌다. 그리고 복직한 시점에는 아무래도 둘 사이가 멀어진 것 같았다. 복직 1년 이후 권경식은 결혼했다. 상대는 회사 동료였다.

"그런데 갑자기 왜 권경식을 죽이려 한 걸까요. 처음 정지원이 집을 나갔을 때 어떻게든 찾아내 죽이려고 한 거라면 이해하겠는데 벌써 몇 년씩이나 지났잖아요. 그리고 권경식 씨는 이제 결혼도 했고요. 정지원 씨와는 더이상 관계가 없었던 것 같은데."

"아이를 학대하다 죽여 놓고 보니 자신의 인생을 권경식이 다 망가뜨렸다고 원망하게 된 걸 거야."

김석일이 여전히 입을 전혀 열지 않고 있어서 그에게 직접 확인한 사실은 아니었다. 하지만 아동 학대의 전례를 살펴보면 전혀 없었던 일도 아니었다. 김유환 어린이 사건이 대표적이었다. 내연녀와 공공연히 바람을 피우는 남편이 미워, 그 분노가 남편을 꼭 닮은 아들 김유환 어린이에게로 쏟아진 사건. 김유환 어린이가 발견되었을 때, 갈비뼈 골절, 다발성 장기손상, 손가락 골절 등등, 죽지 않은 것이 다행인 아니, 살아 있는 것이 오히려 고통인 상태였다. 폭행 끝에 아이가 사망하자, 아이 엄마는 흉기를 들고 내연녀의 집에 난입해 상대를 잔인하게 살해했다. 부검을 해 보니 총 28곳을 찔렀다. 오히려 남편은 해를 입지 않았다. 형사와의 면담 조사에서 그녀는 내연녀를 향한 지독한 원망과 악의를 숨기지 않았다. 자신의 인생이 모두 그녀 때문에 망가진 거라고 생각했다. 바람을 피운 남편이 아니라 내연녀 때문에.

박상하는 왜 두 사내아이 중 둘째만 폭행했는가를 생각해 보았다. 답은 노인이 전한 김석일의 이야기 중에 있었다.

어쩐지 이상했다. 김석일은 정지원이 낳은 아이가, 자신과의 관계로 임신한 아이가 아니라고 판단한 거였다. 정지원과 그녀의 내연남 권경식 사이에서 낳은 아이라고 생각했다. 둘째는 김석일에게 가족이 아니었다. 배신의 증거였다. 아내의 더러운 일탈의 결과물이었다.

그래서 정지원에 대한 불같은 미움이 아무 죄도 없이, 아무것도 모르고 태어난 아이에게로 옮겨갔다. 죄인에게서 태어난 아이가 그 죄를 물려받기라도 한 것처럼. 아이는 아무 잘못도 저지르지 않았지만 태어난 것 자체가 원죄였다.

하지만 둘째 아이는 분명 김석일의 아이였다. 그 사실은 이미 아이의 시신이 발견됐을 때 유전자 검사로 확인된 일이었다. 만약 김석일이 정지원에 대한 무차별적인 분노를 아이에게 쏟아내기 전에, 잠깐이라도 숨을 고르고 시간을 들여 친자 확인을 했다면 이런 일은 벌어지지도 않았을 터였다.

오해에서 비롯된 비극이었다.

그것은 정말 안타까운 일이 아닐 수 없었다.

하지만.

김석일은 아이의 시신을 집에 그대로 방치할 수도 있었다. 어차피 범행을 숨기려는 의지도 없었으니 곧장 수현이를 모친에게 맡기고 권경식을 죽이러 가도 됐다. 그게 자연스러웠다. 그런데 굳이 패키지여행 버스에 시신을 버렸다는 것은 더 이상 자신의 집에 다른 씨를 두고 싶지 않아서였다고 해석됐다.

김석일은 해외에서 돌아온 이래로 차가 없었다. 그래서 모친의 집과 권경식의 집 중간 지점을 경유하는 패키지여행에 참석한 것이다. 시신이 발견되기까지 시간을 벌어 수현이를 맡기고 권경식을 죽이러 간다. 그게 계획이었을 것이다. 실제로 트렁크에서 시신이 발견된 것은 최초 유기 장소인 근목 휴게소가 아니라 다음 코스인 농산물 판매장에서였다. 트렁크에 지갑을 두고 나온 여행객이 아니었다면 훨씬 이후가 될 수도 있었다. 최대한 충격적으로 발견되게 해서 정지원에게 보이고 싶은 마음이었을 수도 있었다.

그만큼 김석일의 범행은 계획적이었다. 그런 그가 유전자 검사도 해 보지 않고 그저 의혹만으로 아이를 학대했다는 건 납득이 잘 가지 않았다.

박상하는 이마를 짚었다. 그들이 어떤 생각을 했든지 어른들의 사이에서 아무 죄도 없이 스러져 간 아이의 존재가 그의 가슴을 뻐근하게 했다.

* * *

퇴근길에 오른 박상하는 곧장 집으로 향했다. 깔끔한 오피스텔이었다. 준공한 지 2년밖에 되지 않아 로비의 대리석이 아직 광택을 유지하고 있었다. 오피스텔이었지만 제대로 갖춘 보안 시스템은 입주민들의 안전을 확실히 보장했다. 세대 방문객을 비롯하여 배달원까지도 그냥 들어갈 수는 없었다. 어느 세대를 가는지, 그 세대와 정확히 확인이 되어야 안으로 들어갈 수 있었다.

박상하는 오피스텔 건물을 쓱 올려다보고는 정문으로 걸어 들어갔다. 오피스텔 입주 후 하자 접수율이 2퍼센트 안쪽으로 나왔다. 다른 오피스텔에 비해 현저히 낮은 수치였다. 부동산 투자가들 사이에 유명세를 탔고, 그 이후 오피스텔 가치가 더 올라갔다. 처음 분양을 시작했을 때 계약했으니 지금의 가격보다는 훨씬 적은 금액으로 구입했지만, 자신의 월급으로는 용기 내기 어려운 고급 오피스텔이었다. 대출을 받아 무리해서 오피스텔을 구매한 것은 단순히 안전함 때문이었다.

아들인 은우는 집을 잘 나가려 하지 않았지만, 때로는 어느 날 갑자기 스르륵 바깥으로 나가곤 했다. 박상하가 함께 있을 때면 은우가 나가더라도 조용히 따라 나가 아이의 뒤를 지켜 줄 텐데, 현재 자신은 무리한 대출 때문에 당직을 도맡아 서는 실정이었다. 아들을 위해 산 집 때문에 아들을 돌보지 못하는 아이러니한 상황이 몇 년이고 계속되어 왔다.

어느 정도 빚을 갚고 자리가 잡힐 때쯤에도 박상하는 여전히 은우와 함께 시간을 보내지 못했다. 그가 빚을 갚느라 바빴던 몇 년간 은우의 병이 더 깊어졌다. 사실 심해지기 전에도 몇 가지 전조 증상이 있었다. 멍하니 뭔가의 생각에 집중하는 아이를 억지로 불러 눈을 마주칠 때면, 그전까지는 그저 자신의 얼굴을 잡은 박상하의 손길을 거부하고 다시 생각에 잠겼는데, 어느 순간부터는 전에 없이 격앙되어 알아듣지 못할 소리를 비명처럼 지르곤 했다. 화장실 실수는 예사였다. 폭력성이 짙어져 마음에 들지 않는 일이 있으면 표현하기보다 물건을 집어던지는 쪽을 먼저 선택했다. 가끔은 벽에 머리를 강하게 부딪치거나 자신의 팔뚝을 물어뜯는 등 자해도 서슴지 않았다.

의사는 입원을 권유했다.

집에 도착하자마자 샤워를 마치고 옷을 갈아입은 박상하는 침대에 올랐다. 침대 머리맡에 등을 기대고 이불을 당겨 허리까지 덮었다. 피로가 온몸을 덮고 있었다. 박상하는 눈을 감고 잠시 그대로 숨을 내쉬었다.

정지원과 김석일의 가정이 억지로 맺어진 가족이라는 생

각을 떨칠 수 없었다. 정지원과 김석일, 김석일의 모친과 살아남은 아이, 그리고 살아남지 못한 아이까지 그 속의 모두가 피해자가 아닐 수 없었다. 그렇지만 정지원과 김석일은 동시에 가해자이기도 했다. 결국 아이들만 불쌍했다.

'은우.'

박상하는 자신의 가족도 그와 다르지 않다고 생각했다. 마음에 병이 든 아내의 상태를 눈치채고 있으면서도 '어쩔 수 없지 않느냐'는 방패의 뒤에 숨어 아내를 방치했다.

'절벽에 몰릴 대로 몰린 연희가 과연 아이를 잘 돌볼 수 있었을까. 연희를 방치하고 있었을 때 아이 걱정은 어째서 하지 않았던 걸까. 아니, 난 알면서도 모르는 척했던 건 아니었을까?'

스스로에 대한 의구심으로 박상하는 내내 괴로웠다.

아내는 마음의 병이라는 정당화된 자기만족을 느끼며 괴로움에 빠졌다. 아이를 키우는 것도, 자신이 슬픈 것도, 괴로운 것도. 그 모든 것이 자신은 피해자이기 때문이라고 생각했다. 그리고 이내 그 생각이 깊어져 아이에게로 화살이 옮겨갔다. 연희 자신은 피해자였다. 그렇다면 가해자는 누구일까. 그런 아내의 눈에 아이가 곱게 들어오지 않았다. 아내는 아이를 학대했다. 그리고 스스로의 혼을 더욱 망가

트렸다.

박상하는 침대 옆 보조테이블 위에 올려두었던 휴대폰을 집었다. 화면을 밝히고 버튼 몇 개를 조작해 사진을 불러냈다. 은우의 사진이었다. 엄지손가락으로 화면을 밀어 사진을 몇 장 더 보았다.

사진 속 은우는 불행해 보였고, 모두 환자복을 입고 있었다. 웃는 사진이 단 한 장도 없었다.

박상하는 깊은 한숨을 내쉬었다. 혼자 생각에 잠기는 밤은 엄청난 무게로 삶을 짓눌렀다. 오늘따라 은우에 대한 생각이 많이 났다. 아니, 이 사건을 맡는 동안 계속 은우에 대한 생각이 들었다. 그것이 이 사건을 조사하면서 객관을 유지하지 못하는 이유였다. 그런 여자가 아니라는 걸 알면서도 자꾸만 정지원에게 연민을 느끼는 것도 그래서일 터였다.

이 사건이 자신의 인생을 자꾸 반추하게 만들어서. 아무도 행복하게 해 주지 못한 자신을 너무나 잘 알아서.

박상하는 무심결에 사진을 몇 장 더 넘겼다. 다섯 장째쯤 아내의 사진이 느닷없이 나왔다. 웃고 있었다. 언제 찍었는지 기억도 나지 않았다. 그녀가 이렇게 행복하게 웃었던 시간이 있었다는 사실이 생소하게 느껴졌다.

'흰색 원피스가 어울리는 사람이었구나.'

문득 그런 생각을 했다.

박상하는 고개를 저었다. 이 사진을 왜 아직도 가지고 있는지 몰랐다. 늘 바빠 휴대폰에 남아 있는 사진을 지울 시간도 들여다볼 시간도 없었다.

삭제 버튼을 누르려고 손가락을 화면으로 가져갔다. 순간 뇌리에 어떤 장면이 불현듯 스쳤다. 식칼로 손목을 긋는 아내. 말리려는 박상하. 발버둥 치는 아내. 그 손을 따라 호를 그리듯 허공을 긋는 칼날. 그리고 박상하의 뺨에서 솟구치는 피.

손을 뺨으로 가져갔다. 이제는 상처도 남아 있지 않았다. 가정은 파탄났고, 뺨에 난 상처는 사라졌지만, 그 상처는 아이에게 남았다.

뺨에서 흐르는 피를 박상하가 움켜쥐는 사이, 다시 칼은 아내에게로 넘어갔다. 아내는 그대로 스스로의 목을 찔렀다.

폭행으로 인해 은우의 정신적 이상이 정상으로 돌아오지 못할 거라는 의사의 진단이 있던 날이었다. 아내는 자신의 인생을 망가뜨린 남편과 아이를 증오했지만, 그럼에도 어미였다. 어미로서의 죄책감과 모성이 아내를 벼랑으로 밀어트렸다. 아내는 스스로를 잘 알고 있었다. 그동안 아이를 폭행한 것은 너무나 잘못한 일이라는 것을 잘 알지만, 폭주하면 또다시 그 화살이 아이에게로 향할 것이라는 걸, 아주 잘 알고 있었다. 그래서 그녀는 스스로를 끝내는 것으로 자신을 옭아매려 했다. 스스로에게 주는 형벌이었을 것이었다.

박상하는 머리를 뒤흔들고 곧장 삭제 버튼을 눌렀다. 어쩌면 그녀의 마지막이었을 웃음이 이 세상에서 사라졌다. 휴대폰을 던지듯 내려놓았다.

그날의 일들이 머릿속에 떠오르자 박상하는 문득 가슴 밑바닥에서 올라오는 불안감을 느꼈다. 그는 앉은 채로 골똘히 생각에 잠겼다. 검지 끝으로 허벅지를 툭툭 두드렸다.

박상하는 도로 휴대폰을 집어 들었다. 휴대폰에 저장되어 있던 전화번호 목록에서 정지원의 이름을 찾아 통화 버튼을 눌렀다. 신호는 한참이나 이어졌다.

전화를 받지 않았다. 지체 없이 재차 통화 버튼을 눌렀다. 역시나 이번에도 전화를 받지 않았다. 박상하는 한 팔로 덮고 있던 이불을 걷어 버렸다. 주저 없이 옷을 갈아입었다. 갈아입는 도중에도 몇 번이나 다시 전화를 걸었다. 역시나 받지 않았다.

옷을 갈아입은 박상하는 급히 현관으로 향하다 다시 돌

아왔다. 부재중 전화를 보고 다시 전화를 걸어 올지도 모르니 휴대폰은 꼭 챙겨야 했다. 휴대폰을 주머니에 쑤셔 넣을 주머니를 찾다가 점퍼를 입지 않았다는 것을 깨달았다. 점퍼를 걸쳐 입고 휴대폰을 주머니에 쑤셔 넣었다. 박상하는 황급히 방을 벗어났다. 쾅 하고 닫혀 다시 어두워진 박상하의 방 안에는 보조테이블 위에 올려 있던 사진 속 은우의 미소만이 남았다.

* * *

박상하는 엘리베이터를 타고 지하로 내려갔다. 지하 주차장에는 개인 승용차가 주차되어 있었다. 개인 승용차는 주로 비번일 때 이용하는데, 요즘은 그나마도 잘 쓰지 않았다. 혼자 살고 있으니 마트를 갈 일도 많지 않고 필요한 물건도 거의 없었다. 자신을 위해 운전을 하고 뭔가를 사 본 기억이 아주 오래된 것만 같았다.

차에 올라탄 박상하는 시동을 걸었다. 자동차가 쉽게 고장을 일으키지 않으려면 평소의 운전 습관이 중요하다고 생각해 왔던 만큼 엔진에 오일이 돌고 어느 정도 열이 오를 때까지 출발하지 않던 박상하였으나 오늘은 달랐다. 박

상하는 곧장 액셀러레이터를 밟았다. 차가 앞으로 튀어나
갔다. 굉음이 지하 주차장을 울렸다. 그는 아랑곳하지 않고
더욱 가속 페달을 밟았다. 진입해서 들어오던 붉은색 경차
한 대가 달려 나가던 그의 차를 간신히 비켰다. 그 차가 경
적을 울려 댔지만 박상하의 차는 어느새 주차장을 빠져나
간 뒤였다.

퇴근 시간의 러시아워가 어느 정도 사라진 서울의 밤거
리. 막히는 것은 아니지만 차량 수는 적지 않았다. 박상하
는 초조하게 핸들을 두드리다가 이리저리 차선을 바꾸며
속도를 더 올렸다. 아내는 자신의 죄책감을 견디지 못해
자살을 시도했다. 며칠 동안 보아 온 정지원은 아내보다 훨
씬 더 모성애가 강한 인물이었다.

'혹시.'

목이 탔다.

박상하의 차량이 서울 시내로 진입했다. 그의 차가 정지
한 곳은 모텔이었다. 제대로 관리되지 않은 주차장은 진입
하는 곳부터 엉망이었다. 차가 진입하게끔 경사로가 여기
저기 부서져 차가 크게 덜컹거렸다. 먹고 버린 과자 빈 봉
지, 잔뜩 구겨진 음료수 캔이 주차장 여기저기 굴러다녔다.
모텔 간판은 여기저기 등이 나가 '만송 모텔'이 '민승 모텍'

으로 보였다.

차에서 내려 곧장 모텔 로비로 들어갔다. 모텔 입구의 왼편에 계산대가 있었다. 곧장 계단으로 올라가려 하자 계산대의 창문이 열렸다. 그 안에서 중년의 여자가 얼굴을 내밀었다. 파마한 지 얼마 되지 않은 듯한 머리를 하고 내민 얼굴 위에는 권태가 덕지덕지 묻어 있었다. 자글자글 주름진 입술 위에 펴 바른 빨간색 루주가 중년 여자의 늙어가는 설움을 덮고 있었다. 여자가 '뭐요?' 하고 묻는 듯한 얼굴로 박상하를 올려다보았다.

"사람 좀 만나려고요. 여기 207호."

'아' 하듯 중년 여자가 입을 슬쩍 벌렸다. 207호에 묵는 것이 누구인지를 떠올린 것 같았다. 아무래도 모텔 주인들은 여자 혼자 묵는 것을 반가워하지 않았다. 그래서 더욱 정지원의 얼굴을 기억하고 있을 터였다. 그러면서도 중년 여자는 박상하를 의심스러운 듯 쳐다보았다. 여자 혼자 투숙하는 것도 반갑지 않지만, 누군지도 모르는 사람을 여자 혼자 투숙한 호실에 올려 보내는 것도 탐탁지 않은 모양이었다.

"아, 저기."

박상하가 습관처럼 점퍼 안주머니에서 경찰 수첩을 꺼

내 신분증을 보였다. 그냥 아는 사람이라고 이야기해도 됐을 텐데, 아차 싶은 사이 어느새 경찰 수첩을 꺼낸 것이었다. 혼자 모텔에 투숙한 것도 이상한데 강력계 형사가 신분증을 들이밀며 찾아온다니, 이대로면 정지원이 이상한 여자 취급을 당하는 것도 무리는 아니었다. 하지만 이미 벌어진 일이었다. 필요하다면 나중에 설명할 생각이었다.

어쨌거나 모텔 주인에게는 객실로 올라가도 되는 사람임을 증명한 셈이었다. 모텔 주인은 고개를 끄덕하면서도 당부의 말을 잊지 않았다.

"되도록이면 소란은 피우지 말아요."

박상하는 계단을 두 단씩 뛰어 올라갔다. 제법 큰 규모의 5층짜리 모텔이었지만 승강기는 없었다. 바닥에 깔린 붉은색 카펫 위로 복도의 붉은 등 불빛이 부서지고 있었다. 사방에서 음습한 냄새가 났다. 여자 혼자 묵기에는 적절치 않은 숙소 같았다. 인근의 비즈니스호텔이 그나마 나을 텐데. 하지만 모텔에 비하면 제법 깔끔하다 싶은 비즈니스호텔은 가격이 몇 배나 비쌀 터였다. 사건 청취 때문에 온 관련자에게는 숙소가 지원되면 좋지 않을까 하는 생각이 들었다.

207호 앞에 도착했다. 복도는 조용했다. 박상하는 거칠어진 호흡을 잠시 가다듬었다. 하지만 더는 참지 못하고 방의 문을 두드렸다. 처음 노크에는 대답이 들려오지 않았다. 조바심이 났다. 외출했나 싶다가도 아내가 휘두르려던 칼의 번쩍임이 눈앞에 떠올라 아찔해졌다. 그는 주먹을 쥐고 방문을 마구 두드리기 시작했다.

"정지원 씨!"

바스락.

박상하의 움직임이 멎었다. 분명히 안쪽에서 인기척이 들렸다. 가만히 주의를 기울이고 있자니 안에서 다시 발걸음 소리가 들렸다. 그리고 이내 현관문의 걸쇠를 푸는 소리가 들렸고, 달칵 하며 문이 열렸다. 열린 문 사이에서 바깥을 경계하며 조심스럽게 내다보는 정지원의 모습이 보였다. 박상하는 그제야 숨을 크게 터뜨렸다. 노크 소리가 들린 이후로 어느새 숨을 쉬지 않고 있었다는 것을 그제야 깨달았다.

"형사님? 무슨 일로……."

예상치도 못했던 방문객에 놀랐는지 정지원은 눈을 동그랗게 뜨고 있었다. 박상하인 것을 알고는 문을 활짝 열며 복도로 나왔다. 아무런 연락도 없이 왔으니 정지원이 놀라는 것도 무리는 아니었다.

"하아."

자신이 왜 왔는지를 설명해야 하는데 너무나 안도한 나머지 박상하는 벽에 기대어 짧은 한숨을 내쉬었다. 하지만 곧 자신의 눈을 빤히 보는 정지원의 시선과 마주하자 정신이 들었다.

'왜 왔는지를 어떻게 설명하지.'

박상하는 시선을 피하며 주저했다. 그런 그의 모습을 보며 정지원이 미소 지었다. 서글픈 미소였다.

"제가 자살이라도 할까 봐요?"

"그게……."

그것이 아니라고 말하려 했지만 박상하는 차마 말을 마무리 짓지 못하고 더듬거리고 말았다. 정지원이 박상하를 향해 팔을 살짝 벌렸다.

"보시다시피 아직 이렇게 살아 있어요. 제 자식 앞세워놓고 참 구차하게도."

"그렇게 생각하지 마십시오."

박상하가 황급히 말했다. 괜히 와서 정지원에게 상처를 준 것 같았다. 정지원이 걱정되어 달려온 것이지만 이쯤 되니 왜 왔는지조차 알 수 없었다. 상처받은 정지원에게 그렇게 생각하지 말라는 말뿐, 그것 말고는 어떤 것으로 위로를 해야 하는지도 몰랐다.

당황하는 박상하를 보며 정지원이 오히려 위로하듯 말했다.

"잠깐 안에 들어가서 차라도 하실래요?"

그래도 될까, 들어가지 않는 게 낫지 않을까, 머뭇거리는 사이 정신을 차리고 보니 어느새 정지원이 이끄는 대로 방안에 들어온 뒤였다.

작은 방이었다. 침대 하나, 낡은 화장대 하나가 가구의 전부였고 화장대 옆으로 무릎 높이까지도 오지 않는 냉장고가 있었다. 등은 전부 간접 등으로 희미하게 내부를 밝히고 있었고, 등의 톤이 복도와 마찬가지로 붉은색 계열이었다. 일부러 야릇한 느낌을 주기 위해 선택된 색 같았다. 들어오는 순간 괜히 들어왔다 싶은 방이었다. 지방에 출장을 가서 잠복할 때 가끔 이런 모텔에서 묵은 적도 있었다. 와 보지 않은 것은 아니나, 사건의 참고인, 그것도 여성인 사람과 들어올 만한 장소는 아니었다.

그렇다 해도 돌아나가기는 또 우스워서 쭈뼛쭈뼛 신발을 벗고 올라갔다.

"앉으세요."

장승처럼 서 있는 박상하를 향해 정지원이 말했다. 박상하는 침대 끝에 엉덩이를 걸치고 앉았다가 아차 싶어 바닥에 내려앉았다. 그런 모습을 보던 정지원이 살짝 웃음을 짓는 것이 보였다.

"음료수 사다 놓은 게 있어요."

"아니에요. 괜찮습니다."

사양했지만 어느새 정지원은 냉장고를 열고 있었고, 그 안에서 한 뼘 크기의 작은 음료수병 하나를 꺼냈다. 초록색 병에 든 음료수에 과육 알갱이가 가라앉아 있었다. 자신이 마시려고 사 온 것이리라.

'이런 음료수를 좋아하는구나.'

박상하는 자기도 모르게 그런 생각을 했다.

음료수를 내준 정지원은 박상하에게서 조금 떨어진 곳에 앉았다. 그녀의 머리 위로 창이 하나 나 있었다. 모텔 건물과 바짝 붙어 있는 다른 건물은 술집인 것 같았다. 술집의 네온사인이 꺼졌다 켜졌다를 반복하면서 전기의 지직거리는 소리가 계속해서 났다. 정지원의 머리 뒤에서 붉은빛이 점멸을 이어갔다.

정지원의 얼굴이 잘 보였다가 희미해졌다가를 반복했다.

그 불빛을 보다 자기도 모르게 정지원의 얼굴을 빤히 보았다. 조금 전 씻은 것인지 머리가 젖어 있었다. 머리에서 물방울이 떨어졌다. 젖은 머리 몇 가닥이 목덜미에 들러붙어 있었다. 유난히 희고, 가느다란 목에 붙은 머리카락이 뇌쇄적이었다. 젖은 머리카락에서 나온 물방울이 목에 붙은 머리카락을 타고 흘러 흰 목덜미를 지나 스웨터 안쪽, 조금 더 깊은 곳으로 굴러떨어졌다. 그 물방울이 어디로 향하는지를 이미 알고 있던 박상하는 자기도 모르게 정신이 아득해져서는 고개를 돌려 버렸다.

대화를 시작하지 않으면 머리가 어떻게 되어 버릴 것 같았다. 황급히 아무 말이나 뱉었다.

"전화를 안 받으셔서."

"씻느라고 전화를 받지 못했나 봐요."

정지원은 고개를 떨어뜨렸다. 자식을 앞세운 어미가 샤워나 하고 있었다는 사실을 부끄럽게 여기는 듯했다. 이렇게 사건 이후 내내 자식만을 생각하는 여자를 두고 조금 전 그런 감정을 느낀 것에 박상하는 오히려 더 부끄러웠다.

"식사는요?"

정지원은 긍정도 부정도 하지 않았다. 아무것도 먹지 않은 모양이었다. 자식을 잃어도 먹어야 기운을 내서 슬퍼하고, 기운을 내야 아이를 버렸던 죄에 대한 용서를 빌 수도 있을 것이고 자식의 명복을 빌어 줄 수도 있을 것이었다.

그러니 씻는 것에도, 먹는 것에도 죄책감을 가지지 말라 말해 주고 싶은데 차마 입을 열 수가 없었다. 언변이 없는 박상하로서는, 그리고 이 사건을 담당하고 있는 형사 팀장의 입장으로서는 어떻게 말해야 좋을지 알 수가 없었다.

대화가 끊기자 어색한 분위기가 감돌았다. 음료수를 한 모금 마셨다. 알로에 알갱이가 목을 타고 넘어갔다. 삼키는 소리가 유난히 크게 들려 민망했다.

"조사는 어떻게 되어 가고 있나요?"

"김석일 씨가 입을 전혀 열지 않아서 진척에 어려움이 있습니다. 그러나 너무 걱정하지는 마세요. 이미 직접적인 증거가 확실하고, 권경식 씨의 살인 미수 혐의는 현장에서 체포된 덕분에 확정이나 마찬가지니까요. 지금의 묵비권 행사도 분명 형량에 불리하게 적용될 겁니다. 법정에도 나름 괘씸죄가 적용되거든요. 게다가 아동 학대에 친족 살해범이니 가중 처벌은 피할 수 없을 것이라서 아무리 못 받아도 종신형일 겁니다."

자식을 죽여 놓고도 죄를 피하겠다고 입을 다물고 있는 남자였다. 그런 이야기에 정지원이 다시 흥분할 거라고 생각했다. 그러나 정지원은 아무런 반응을 보이지 않았다. 바닥의 어느 한 점을 응시하듯 눈을 떼지 않고 있었다.

'무슨 생각을 하는 중일까.'

박상하는 정지원의 반응을 기다렸다.

한참이나 입을 열지 않고 있던 정지원은 무슨 결심이라도 한 것처럼 고개를 들고 박상하를 보았다. 그녀는 담담히 말했다.

"그 사람을 만나 보고 싶어요."

"네?"

"분명 할 말이 있을 거예요. 아무 사정 없이 아이를 그 지경까지 만들진 않았을 거예요. 지금의 묵비권 행사도 불리하게 작용될 거라면서요. 수사에도 진척이 없다고 하니 제가 만나 볼게요. 저에게라면 분명 뭔가 말할 거예요."

박상하는 자신의 귀를 의심했다. 전화로 들은 말이었다면 분명 잘못 들은 거라고 생각했을지도 몰랐다. 하지만 자신을 직시하는 정지원의 힘 있는 눈을 볼 때, 전혀 잘못 들은 것이 아니었다. 그녀는 아주 확고히, 자신의 의지로 김석일을 만나겠다는 결심을 한 상태였다.

폭력으로 이혼한 남편에 자신의 아이를 살해한 남자였다. 그리고 불과 몇 시간 전까지만 해도 아이의 죽음에 오열하던 어미였다. 전남편에 대한 증오와 원망을 숨기지 않고 뱉어냈던 사람이었다. 그런 사람이 갑자기 전남편을 면회하겠다고 했다. 묵비권이 불리하게 작용될 거라는 말에 자신이 이야기를 하도록 해 보겠다는 건, 아무리 잘 봐줘도 김석일을 감싸는 뉘앙스가 분명했다. 도저히 이해가지 않는 일이었다.

조사가 완전히 마무리 지어진 것은 아니지만, 아이를 죽이고 사체를 유기한 것은, 그 현장과 상황에서 김석일이 아니고서는 누구도 할 수 없는 일이었다. 다르게 이야기하면 모든 정황과 물적 증거가 이미 김석일의 유죄를 증명하고 있다. 이미 그의 범죄가 확정된 상태나 다름이 없었다.

김석일은 아이를 죽였고, 그 아이는 정지원의 죄책감 같은 아이였다.

그런데 어째서 그런 표정인가. 분노에 가득 차서, 원망을 쏟아내려고, 복수가 하고 싶어 불타는 표정이 아니었다.

김석일과의 만남을 기대하고 있다는 느낌이 들었다.

정지원이 별안간 박상하의 손을 덥석 쥐었다.

"꼭 할 말이 있어서 그래요. 남편을 만나게 해 주세요."

정지원의 번뜩이는 눈 위로, 창밖의 네온사인 불빛이 스쳤다. 박상하는 순간 소름이 돋았다. 지금껏 자신이 정지원에게 느꼈던 이미지와는 너무나 상반되는 모습이었다. 남편을 속이고 내연남과의 밀회를 즐길 때, 그리고 내연남과 함께 도망칠 때, 아이를 폭력성이 강한 남편 밑에 두고 가 버렸을 때, 그녀는 이런 모습이었던 걸까.

제6장

박상하는 책상 앞에 앉아 멍하니 생각에 잠겨 있었다.
사건 진행 상황 보고서를 작성하던 중이었지만 키보드 위
에 올린 손가락은 조금도 움직이지 않고 있었다. 밤새 잠을
한숨도 이루지 못했다. 자신이 본 것이, 자신이 느낀 감정
이 혹시 순간의 착각은 아닐까 생각해 보았다. 김석일의 모
친의 이야기를 듣고 나서 선입견이 생겨 왜곡된 시선이 생
긴 것은 아닐까. 그러나 많은 생각 끝에 도달하는 결론은
'아니다'였다.

김석일의 모친을 만나고 온 뒤에도, 박상하의 머릿속 정

지원은 '불쌍한 여자'였다. 그래서 자살이라도 하지 않을까 걱정이 되어 그 시간에도 달려간 것이었다. 그러나 정지원과 대화하던 도중 김석일을 만나게 해 달라고 했을 때, 박상하가 느낀 소름은 진짜였다.

"팀장님?"

이남석이 박상하의 책상을 두드리며 그를 불렀다. 박상하는 흠칫 놀라며 고개를 들었다. 어느새 이남석이 옆에 와서 그를 부르고 있었다.

"아, 왜?"

"무슨 생각을 그렇게 골똘히 하세요. 무슨 일 있으세요?"

"아냐, 아무 일도."

"아무 일도 아니라고 하기에는 너무 정신 팔려 있으시던데. 세 번이나 불렀다고요."

"그랬어? 내가 정말 정신이 팔려 있었나보네."

"진짜 정신이 팔려 있으셨던 건가 봐요. 거짓말인데. 한 번 불렀거든요."

"뭐? 아, 이 자식이!"

박상하가 앉은 채로 의자를 돌려 이남석의 정강이를 향해 다리를 올려 찼다. 이남석이 재빠르게 뒤로 물러났다. 박상하의 다리가 허공만 갈랐다. 이남석이 혀를 날름 내밀며 헤헤 웃었다.

"팀장님 기분이 안 좋으신 거 같아서 장난 한번 해 봤습니다. 그래도 저밖에 없죠? 제 덕분에 팀장님 한번 웃으셨잖습니까?"

"웃으면 뭘 해? 내가 너 때문에 매일같이 늙는데!"

핀잔을 주었지만 박상하는 피식 웃었다. 팀장이 되어서 팀원의 걱정을 사다니, 자격 미달도 한참 미달이었다.

"권경식 씨는?"

박상하의 질문에 이남석이 고개를 저었다.

"그렇잖아도 출근하면서 병원에 확인해 봤는데 아직 깨어나지 않고 있답니다. 아무래도 그 쪽은 장기화될 것 같아요."

"그래?"

"네. 어쨌거나 살인 미수 현장에서 체포되었고, 아동 학대에 대한 사실이나 아들을 죽인 것 역시 정황 증거가 확실하니 이만 검찰에 송치하시는 게 어떨까요?"

"음."

박상하는 생각에 잠긴 채 검지 끝으로 책상을 톡톡 두드렸다.

"하지만 마음에 걸리는 게 있어."

"뭔데요?"

"아이의 시체를 대체 어디서 절단했을까 하는 문제. 아이는 휴게소에서 마지막으로 목격된 이후에 버스 짐칸에서 훼손된 시체로 발견됐어. 어디서 절단했을까. 분명 휴게소 인근이나 그 야산 어디쯤일 텐데, 어떤 방법으로 절단된 시신을 다시 버스로 가지고 온 걸까."

"그러네요. 살해 동기도 확실히 나온 것도 아니고."

불명확한 것이 많은 상황에서 종결지을 수는 없다. 박상하는 휴게소 인근의 CCTV를 다시 한번 샅샅이 검토하라고 지시했다.

그간에는 김석일의 이동 경로를 파악하느라 모든 CCTV 영상 시청에서 김석일 찾기가 목표였다. 하지만 휴게소라는 공간의 특성을 생각하면 공범이 있을 수 있었다. 훼손된 시신을 버리는 데까지는 어떻게든 했다 치더라도, 김석일이 그 휴게소에서 모습을 감춘 방법이 있었을 것이다. 김석일의 주변인물 중 누군가 차를 끌고 김석일을 도왔을지도 모르는 일이었다.

이남석이 나가려 하자 박상하가 그를 불러 세웠다.

"정지원에 관해 조사해 봐. 특히 그날 정말로 한국에는 없었는지."

이남석의 눈이 휘둥그레졌다.

"네? 팀장님, 정지원 씨를 의심하시는 거예요?"

"아직은 아냐. 하지만 확인해 볼 필요는 있겠지."

의논의 형태를 취해 의심을 여기저기 퍼트리는 것은 수사에 전혀 도움이 되지 않았다. 선입견이 생기기 때문이었다. 그런 의도를 알면서도 이남석은 궁금함을 참지 못하고 재차 물었다.

"그래도 뭔가 팀장님이 찜찜한 게 있어서 그러시는 거잖아요. 뭔데요? 저도 다 알아야 자세히 조사를 하죠."

박상하는 주저했다. 처음 말하지 않기로 했던 것은 선입견이 생길 수 있기 때문이었지만, 지금 주저하는 것은 그 이유만은 아니었다. 자신의 그런 느낌을 어떻게 설명할지 스스로도 모호했기 때문이었다.

"정지원이 김석일을 만나게 해 달라고 하더군."

"정지원 씨가요?"

이남석의 미간이 구겨졌다.

"원망이라든가……. 그런 거예요?"

박상하는 고개를 저었다.

"김석일에게 뭔가 이유가 있었을 거라는 취지의 말을 하더군."

"예?"

황당하다는 듯 이남석이 눈을 둥그렇게 떴다. 믿지 못하겠는지 "허" 하고 숨을 뱉었다. 그러고는 잠시 생각에 잠겼다. 입술을 자근자근 깨물기도 했다. 마침내 심각한 얼굴로 박상하에게 물었다.

"공범일까요?"

박상하는 고개를 저었다.

"그건 모르지. 섣불리 생각할 일도 아니고."

"만나게 해 주실 거예요?"

박상하는 대답하지 못했다. 조금 생각해 볼 문제였다. 두 사람이 공범이라면 직접적인 대화는 피하더라도 어느 정도 말맞추기를 시도할 가능성도 배제하지 못했다.

하지만 정말 공범일까.

그렇다고 하기에는 기초 조사에서 두 사람은 이혼 후에 너무나 오랜 시간 만나지 않은 것으로 확인되고 있었다. 김석일을 체포하기 이전 통화 목록을 조사했을 때도 정지원의 이름은 나오지 않았다. 게다가 처음 아이의 사망 소식을 듣고 찾아왔을 때 정지원은 오열하며 몇 번이나 혼절했다. 그 바탕에는 살인자에 대한 원한이 짙게 깔려 있었다. 정지원이 내지른 비명과 오열의 지독한 슬픔이 듣는 사람의 뼈마디에도 스며들 것만 같았었다. 그것이 정말 연기였던 걸까.

그렇게 보이지는 않았다. 그렇다면 어째서 김석일을 만나게 해 달라는 것일까. 어째서 김석일을 감싸려고 하는 것인가.

그럼에도 공범이거나 정지원이 김석일을 옹호하려는 것이 아닐 가능성 역시 50%의 가능성으로 존재했다.

간혹 그런 경우가 있다.

2014년, 길 가는 여성을 납치해 성폭행하고 살해한 뒤 사체에 불을 지른 20대 남자가 체포되었다. 남자는 취업 스트레스가 극심한 상태였으나 정신적인 문제는 없었다. 정신감정을 통해 사이코패스는 아닌 것으로 판명되었다. 남자에게 검찰은 무기징역을 구형했다. 적어도 20년 이상의 형이 내려질 것은 거의 기정사실이다.

하지만 변수가 있었다. 피해자의 아버지가 남자를 두둔하고 나타난 것이었다. 그는 남자의 취업 스트레스가 심했던 점을 이유로 재판부에 선처를 요구했다. 그리고 당시 자신의 딸이 입고 있었던 짧은 미니스커트와 진하게 뿌린 향수를 문제 삼았다. 이때다 싶었던 남자 역시 여자가 자신을 유혹했다고 주장했다. 재판부에서는 결국 초범인 점, 유례없이 피해자의 가족이 지속적으로 선처를 요청하는 점을 들어 5년으로 감형되었다.

소식이 알려지자 인터넷을 주축으로 여자의 아버지에 대한 비난이 쏟아졌다. 하지만 아버지는 어떠한 입장도 밝히지 않았다. 그리고 시간이 흘렀다. 5년 형을 받았던 남자는 모범수로 인정되어 4년 2개월의 형을 살고 출소했다.

그리고 여자의 아버지에게 살해당했다. 여자의 아버지는 시신을 불태운 뒤 그 자리에서 음독하여 사망했다.

어쩌면, 정지원 역시 복수를 계획하고 있는지도 몰랐다.

어느 쪽도 확정지어 생각할 수 없었다. 그래서 정지원 쪽을 조사해 보라고 한 것이었다. 두 사람의 정확한 관계와 서로에게 가지고 있는 감정의 정체를 확인하지 않으면 안 될 것 같았다.

"정지원 씨에 대해 조사해 봐. 나는 김석일을 다시 한 번 만나 보지."

박상하는 김석일을 조사실로 불렀다.

＊　＊　＊

경찰서 조사실은 방 두 개가 연결되어 있는 형태였다.

'조사실'이라는 푯말이 붙은 문을 열고 들어가면, 정면으로 다른 방으로 연결되는 문이 하나 보였다. 그 문에는 'CCTV 촬영 구역'이라고 적힌 푯말이 붙어 있었다. 실질적인 조사실은 그곳이었다. 이쪽에는 조사실 내부를 볼 수 있도록 길쭉한 투명창이 하나 나 있고, 앉아서 그 투명 창을 통해 조사실의 상황을 볼 수 있도록 바 형태의 나무 테이블이 벽에 붙어 있었다. 박상하는 그곳을 지나 CCTV 촬영 구역인 조사실 안으로 들어갔다.

조사실은 언제 봐도 살풍경했다. 사각지대가 없도록 천장에는 3대의 CCTV 카메라가 붙어 있었고, 조사실 정중앙에는 직사각형의 나무 테이블만이 놓여 있었다. 그 흔한 장식품 하나 없었다. 그래도 드라마처럼 조사실의 불을 다 꺼놓고, 천정에서부터 길게 내려온 백열등 하나에 의지해서 심문하지는 않았다. 물론 에어컨이나 히터 같은 냉난방 시스템도 잘 가동되었다.

박상하는 자리에 앉아 김석일을 기다렸다.

곧 노크 소리가 들려왔고 이남석이 모습을 드러내었다. 안에 박상하가 있는 것을 확인하고는 이남석이 누군가를 끌어당겨 안으로 밀어 넣었다. 그러고는 자신의 포지션을 재확인하기라도 하는 것처럼 박상하를 응시했다. 박상하가 고개를 끄덕이자, 이남석은 조사실 밖으로 나갔다.

문이 닫히고 혼자 남은 김석일은 그저 가만히 서 있었다. 호송되어 올 때보다 훨씬 더 말랐다. 식사를 잘 하지 않는 편이라는 이야기는 이미 들어 알고 있었다. 차라리 다행이라고 생각했다. 아들을 죽이고, 끼니 때마다 배를 불리는 짐승만도 못한 모습을 보이느니 차라리 이 편이 훨씬 인간답다고 생각했다.

체포될 때 생긴 것인지, 아니면 교도소에 수감되고 나서 쓸모없는 저항을 한 것인지, 수갑 찬 손목에 까맣게 멍이 들어 있었다.

"앉으시죠."

박상하의 말에 김석일이 힘없이 걸어와 의자에 털썩 주저앉았다. 시큼한 냄새가 풀썩 올라왔다. 제대로 먹지 않으니 기운이 없는 것이야 당연하겠으나, 아무런 의욕이 없어 그런지 잘 씻지 않는 모양이었다. 김석일을 처음 만나는 것도 아니지만 오늘이 지금껏 본 김석일의 모습 중 가장 초라했다.

그래도 '너희들에게는 단 한마디도 하지 않겠다.'는 듯 옆으로 몸을 틀고 앉았다. 초반부터 상당히 방어적인 자세였다.

박상하는 김석일을 곧은 시선으로 응시하며 잠시 뜸을 들였다. 평소 같은 조사라고 생각했었는데 오늘따라 분위기가 다른 것을 감지하자 김석일의 시선이 흘끔흘끔, 박상하 쪽으로 향했다가 돌아갔다. 그 모습을 물끄러미 보다가 이내 박상하가 입을 열었다.

"김석일 씨, 전 아내였던 정지원 씨가 당신을 만나게 해 달라고 하더군요."

"하! 그 쌍년."

어이가 없다는 듯 김석일이 기가 찬 웃음을 터뜨렸다. 욕설이었지만 조사를 한 지 사흘 만에 처음으로 듣는 김석일의 목소리였다.

김석일은 곧장 입을 다물었다. 제 입으로 말하고도 당황한 티가 역력히 났다. 정지원이 자신을 만나게 해 달라고 하는 것은 전혀 상상하지 못했던 일인지 김석일이 자신도 모르게 입을 연 것 같았다.

"대체 두 분 사이에 무슨 일이 있었던 겁니까?"

김석일은 다시 입을 다물었다. 반쯤 튼 자세를 흩트리지 않았다. 목소리를 처음 들은 것만으로 조금 진전했다고 생각한 것은 너무 섣부른 판단이었다. 박상하는 나직하게 한숨을 쉬었다.

"모친과 얼마 전에 만났습니다."

그 말에 김석일이 반응을 보였다. 눈을 몇 번 깜박거리고는 박상하의 얼굴을 보았다. 그 눈길에 대답하듯 박상하가 말했다.

"네. 김석일 씨의 모친 말입니다."

"……."

"정지원 씨와 있었던 일은 대충 알게 되었습니다. 이유 여하를 막론하고 정지원 씨는 당신을 피해 도망갔습니다. 자기 자식까지 버리고도 말이지요. 하지만 지금은 꼭 김석일 씨를 만나야겠다고 합니다. 두 번 다시 보고 싶지 않은 것이 일반적일 텐데."

정지원이 김석일을 옹호하는 뉘앙스의 말을 한 것은 고민 끝에 말하지 않기로 했다. 그것을 어떤 빌미로 이용할지 알 수 없기 때문이었다.

"전 그것을 이런 의미로 해석하게 되었습니다."

"……."

"정지원 씨는 당신에게 꼭 하고 싶은 말이 있는 거라고."

여전히 김석일은 묵묵부답이었다. 반쯤 튼 몸을 고집스럽게 유지하고 입을 꾹 다물고 있었다. 박상하는 초조해하지 않으며 나직하고 끈질기게 김석일에게 물었다.

"무슨 하고 싶은 말이 있는 걸까요? 아니면 아직 제가 모르는 게 있는 겁니까? 두 사람 사이에 혹시 당신의 모친이 말하지 않은 뭔가가 있습니까?"

김석일은 입을 열 기미가 없었다. 답답했다. 울화통이 치밀었다. 자식을 죽인 주제에 자신의 죄를 모두 인정하고 벌을 받을 생각은 조금도 없이 뻔뻔하게 고개를 들고 입을 다물고 있다니 분노하지 않을 수 없었다.

더 해 봐야 아무것도 김석일의 입을 통해 들을 수 없을 것이라는 판단이 들었다. 박상하는 고개를 절레절레 저으며 자리에서 일어났다. 문 쪽으로 걸어가서 문을 열기 위해 손잡이를 쥐었다.

"그래요. 그년 좀 만나 봅시다."

아까의 욕설 이외에는 더이상 아무 말도 들을 수 없을 것이라는 예상을 깨고 김석일의 말이 날아들었다. 문을 열기 일보 직전의 상황에서 박상하는 손잡이를 놓고 김석일을 향해 몸을 돌렸다. 두 사람의 시선이 공중에서 맞부딪혔다.

자신의 말이 안 들렸을지도 모른다고 생각했는지 김석일은 다시 다짐이라도 하듯 정확히 말했다.

"나도 그년 좀 만나 봅시다. 무슨 얘기를 하는지."

* * *

　두 사람의 만남은 이틀 뒤에 이루어졌다. 그 사이에도 정지원은 두 번쯤 전화를 걸어 박상하를 재촉했다. 그런 그녀에게서 박상하는 이전과는 완전히 다른 느낌을 받았다. 정지원을 대하는 자신의 감정이 달라졌기 때문인지도 몰랐다. 정지원의 애타는 목소리나 온몸에 흐르던 슬픔이 모두 연기처럼 느껴졌다.

　박상하는 구치소 정문 앞에 서서 깊은 한숨을 내쉬었다. 구치소 앞에서 정지원을 만나기로 했다. 길이 막히는 시간을 계산해서 출발했더니, 약속시간보다 조금 일찍 도착했다. 길이 생각보다 막히지 않았던 탓이었다. 가만히 서서 기다리고 있자니 간절하게 담배 생각이 났다. 주머니를 뒤지다가 무심결에 시선을 앞으로 던졌을 때 정지원의 모습이 눈에 들어왔다. 정지원은 조금 멀리 떨어진 곳에서 이쪽을 향해 걸어오고 있었다. 아까보다 더욱 담배 생각이 간절해졌다.

　'도대체 당신은 어떤 사람인가.'

　"많이 기다리셨어요?"

　박상하의 앞까지 다가온 정지원이 머리를 숙이며 인사했

다. 박상하도 살짝 고개를 숙여 인사를 받았다.

"접견 신청은 이미 되어 있습니다. 안으로 들어가시죠."

박상하는 안으로 들어가 이미 얘기가 된 교도관의 안내에 따라 접견실로 향했다. 보통 범죄자들과 가족이 만나는 면회실이 아니라 변호사와 접견을 할 때에 만나는 접견실을 사용할 수 있게 부탁을 해 허가를 받았다. 정지원을 만나게 하는 것이 이번 사건의 모호한 점을 해결하는 데에 큰 역할을 할 것이라는 설득이 참작된 덕분이었다. 그렇지만 어디까지나 개인적인 부탁을 들어준 것이므로 교도관은 확실한 입단속을 당부했다.

접견실이라고 해 봐야 조금 더 넓고, 약간의 햇빛이 더 들 뿐 시멘트로 된 방 중간에 낡은 나무 테이블과 녹슨 철제 의자 몇 개뿐이었다.

박상하는 정지원을 안쪽으로 안내했다. 정지원은 이런 곳이 너무나 생소한 듯 주변을 몇 번이고 둘러보았다. 박상하는 정지원에게 앉으라는 의미로 의자를 가리켰다. 엉거주춤 정지원이 자리에 앉았다. 잠시 기다리고 있자니 반대쪽 문이 열렸다.

열린 문에서 모습을 드러낸 것은 김석일이었다. 그는 지난번보다 훨씬 더 말라 있었고 훨씬 더 날카로워 보였다.

아마도 이곳에 들어서는 김석일의 눈에 가장 처음 자리에 앉아 있는 정지원의 뒷모습이 들어올 터였다. 김석일의 안광이 번뜩였다.

박상하는 긴장했다. 마른 침을 삼켰다. 혹시 모를 상황에 대비해 교도관 두 명이 내부까지 들어와 있었고 박상하역시 두 사람의 모습을 지켜보고 있었다. 그럼에도 안심할수는 없었다. 김석일이 흥분하면 무슨 일을 벌일지 알 수없었다.

슬쩍 정지원의 안색을 살폈다. 정지원은 허리를 꼿꼿이세우고 김석일을 등진 채로 꼼짝도 하지 않고 앉아 있었다. 겁을 내거나, 그의 모습에 목을 움츠리거나 하지도 않았다.

그때 피식, 김석일이 웃었다. 그는 천천히 다가와 정지원의 앞에 섰다. 정지원은 김석일의 손목에 걸려 있는 수갑을 물끄러미 응시하다, 천천히 시선을 올려 김석일의 얼굴을 보았다. 아주 여유 있는 시선과 태도였다. 그런 정지원의 태도에 박상하는 의혹이 점점 짙어지는 것을 느꼈다.

"이 개 걸레 같은 년이 감히 날 찾아와?"

김석일은 조금의 주저함도 없이 정지원을 향해 거친 욕설을 내뱉었다. 예상치 못한 일은 아니었다. 그것은 정지원입장에서도 마찬가지였는지 그녀 역시 아무런 반응을 보이지 않았다. 그것이 김석일을 더 화나게 하는 것을 알고 있는지는 몰라도.

"씨발! 나는 너 같은 쌍년 때문에 인생을 망쳤어! 그런데 네가 감히 여길 찾아와? 이 미친년이 돌았나? 야 이, 개 같은 년아!"

김석일은 완전히 흥분 상태로 들어섰다. 정지원이 아무 반응을 보이지 않는 것이 오히려 그의 정신을 더욱 무너지게 하는 것 같았다. 그는 되는 대로 아무 말이나 마구 쏟아내었는데 그중 대부분은 거친 욕설이었다. 긴장한 교도관이 김석일을 제지하려 한 발짝 앞으로 나섰다.

박상하가 손을 들어 교도관을 제지했다. 상황이 거칠어지면 당장에라도 김석일을 저지할 준비를 하고 있는 것은 박상하 역시 마찬가지였다. 하지만 너무 일찍부터 두 사람 사이에 벽을 칠 일은 아니었다.

흥분한 김석일의 입에서 나온 욕설이 사방으로 튀었다. 정지원은 눈만 깜박거리고 있을 뿐 여전히 아무런 반응을 보이지 않았다. 얼마쯤 지나자 드디어 김석일의 욕설이 조금씩 잦아들었다. 아무런 반응을 보이지 않으니 욕을 할 맛도 나지 않는 모양이었다. 그는 씩씩거리면서도 입을 다물었다. 정지원은 이 순간을 기다린 것 같았다. 김석일이 눈앞에 있는 의자에 마주앉아 자신의 이야기를 들을 준비가 되는 순간, 욕설을 그치고 잠시 입을 다무는 순간, 그렇게 자신이 원하는 순간을 기다렸다. 그리고 마침내 그 순간이 되자 정지원은 박상하를 향해 아주 천천히 입을 열었다.

"잠깐만, 둘이 얘기를 나눠도 될까요?"

* * *

박상하는 완전히 제3자의 입장을 유지하며 한 발짝 떨어진 곳에서 두 사람을 응시하고 있었다. 정지원의 요청대로 둘만 놔둘 수는 없었다.

방금 김석일의 태도로 확실해졌다. 역시나 김석일은 자신이 죽인 아이가 정지원의 외도로 생긴 아이라고 생각하고 있었다. 안타까운 일이라고 느끼는 것은 지난번이나 지금이나 마찬가지였다. 둘째도 친자라는 사실을 알면 큰 충격을 받을 터였다. 하지만 고개가 절로 저어졌다. 정말이지 반성이라고는 모르는 악마 같은 인간이었다. 자신의 아이건, 정지원의 외도로 낳은 아이건, 아이는 아무 죄도 없었다. 아무 죄도 없지만 태어난 것이 죄라면, 그저 미움을 받는 것 정도로 끝나야 할 터였다. 얼굴을 알아보기 힘들 정도로 폭행을 당하고, 결국 목숨을 잃고, 죽은 뒤에도 설 자리를 찾지 못하고 이리저리로 몸이 잘려 알지도 못하는 사람의 여행 가방에 쑤셔 넣어진 채 발견되는, 그런 것으로 값을 치를 죄를 짓지는 않았다. 아이의 시신을 생각하며 박상하는 몸을 부르르 떨었다. 분노로 입술을 깨물지 않으면 참기 힘들 정도였다. 자신이 형사이고, 지금 이 자리도 그 지위를 이용해 받은 혜택이 아니었다면, 김석일에게 달려들어 마구잡이로 주먹을 휘둘렀을지도 모르는 일이었다.

박상하는 정지원에게로 시선을 돌렸다. 여러모로 대단한 사람이라는 생각이 들었다. 여전히 흔들림 없는 태도를 유지하고 있었다.

"설마, 정말로 당신이 우리 아이를……. 난 그래서 경찰들이 다른 사람이랑 착각한 건 줄 알았어요."

김석일의 욕설이 잦아들기를 기다린 것이 한참, 이내 입을 연 정지원의 말은 그랬다. 박상하처럼 김석일도 정지원의 태도에 당황한 듯했다.

"미친년. 왜 이러는 거야?"

김석일이 어이없다는 듯 인상을 썼다. 하지만 정지원은 오히려 더 김석일을 향해 상체를 기울였다. 그녀는 대단히 서글프고도 차분한 어조로 말했다.

"그런데 경찰이 그러더라고요. 도현이가 맞다고. 당신의 유전자와 일치한다고요."

두 사람이 나눈 대화는 그다지 대단할 것이 없었다. 어떻게 보면 아이를 죽이고도 뻔뻔하게 구는 인면수심의 남편과 그런 남편을 구제라도 할 수 있다고 믿는 바보 같은 여자의 그저 그런 대화 정도로 보였다.

그러나 박상하가 전혀 예상치 못한 표정이 김석일의 얼굴에 순간 드러났다. 잔잔했던 강물 위에 거대한 바위를 던진 듯한, 유리창이 순식간에 깨어져 무너진 듯한, 예상치 못한 순간에 트럭에 치인 듯한, 그런 표정이었다. 처음엔 그저 멍한 표정이었다. 그리고 급격히 눈빛이 떨렸다. 당황하는 기색이 역력했고, 자신이 들은 것을 믿지 못하는 표정으로 바뀌었다.

"뭐라고?"

"도현이를 그렇게 보내다니. 당신이 나빴던 거예요."

정지원의 목소리가 급격히 차가워졌다. 이제 정지원의 상체는 뒤로 물러났고, 오히려 김석일이 정지원을 향해 상체를 기울이고 있었다.

"뭐라고?"

김석일이 자리에서 벌떡 일어났다. 철제 접의자가 뒤로 나자빠졌다. 쾅음이 들렸다. 하지만 김석일도, 정지원도 서로에게서 시선을 떼지 않고 있었다. 얼굴이 창백해진 김석일이 덜덜 떨리는 손으로 책상을 짚었다.

무슨 일이 날까 싶어 긴장하고 주의를 기울이던 교도관들이 안 되겠다 싶었는지 김석일의 양옆으로 와서 그의 팔짱을 꼈다.

"잠깐만. 이것 좀 놔 봐요. 잠깐만요."

김석일이 몸을 뒤틀었다. 하지만 교도관들은 그를 놓아주지 않았다. 필요하다면 제압도 할 준비가 되어 있는 사람들이었다.

그 광경을 차분히 보고 있던 정지원이 자리에서 천천히 일어섰다. 그러고는 김석일에게 다짐하듯 말했다.

"수현이는 걱정하지 말아요. 정말 예쁘게 키울 테니까. 내 새끼로."

"잠깐. 잠깐만 있어 봐."

"괴롭겠지. 근데 참아야지. 그래도 당신은 살아 있잖아?"

정지원이 몸을 돌려 문 쪽을 향해 걸었다. 김석일이 발버둥 쳤다.

"잠깐만!"

그녀를 불렀지만 정지원은 걸음을 멈추지 않았다. 단 한 번도 뒤돌아보지 않았다. 주저 없이 문을 열고 바깥으로 나갔다. 이곳에는 더 머무르고 싶지 않다는 듯 단호한 태도였다. 그녀가 향하는 곳에 김석일이 없는 세상이 기다리고 있었다.

"기다려!"

공허한 외침을 토하며 김석일은 바닥에 털썩 주저앉았다.

* * *

면회가 끝난 후 끌려 들어가면서도 김석일은 발악을 멈추지 않았다고, 박상하의 신분증을 내밀면서 교도관이 말했다. 두 사람이 면회하도록 배려해 준 것은 규정의 범위를 넘어서는 것이기 때문에 문제가 생기면 자신의 잘못이 될 테니 불만이 가득한 얼굴이 되는 건 어쩔 수 없는 듯했다. 하지만 박상하는 미안하다는 말을 할 정신이 없었다. 조금 떨어진 곳에 있기는 했지만 김석일과 정지원 두 사람의 대화가 고스란히 들리는 자리였다. 정지원은 김석일을 광분케 할 만한 말을 하지 않았다. 적어도 박상하가 생각할 때는 그랬다. 그럼 도대체 무엇이 김석일을…….

"그럼 저는 이만 가 볼게요."

정지원의 말에 박상하는 상념에서 빠져나왔다. 교도관에게 신분증을 건네받으며 정지원이 고개를 살짝 숙여 인사했다. 그녀의 입가에 희미한 미소가 걸려 있었다.

"아, 저기……."

"저는 택시 타고 가면 되니까요."

그녀의 명료한 음성에는 단호한 거절이 들어 있었다. 그것은 박상하의 태도를 데려다준다는 호의로 착각하여 한 예의상의 거절이 아니라 더 이상의 대화를 차단하는 것으로 들렸다. 정지원은 다시 한번 고개를 숙여 인사를 하고는 특유의 단정한 걸음걸이로 문밖으로 나갔다. 그 뒷모습을 보는 박상하의 가슴에 불온한 기운이 스멀거렸다. 정지원의 홀가분한 표정이 그 기운의 중심에 있었다. 정지원은 이 짧은 면회로 무엇을 내려놓았을까. 그리고 그것이 무엇이기에 김석일을 저렇게 짓눌렀을까.

"박 형사님?"

멍하니 서 있는 박상하가 이상한지 교도관이 그의 어깨를 건드렸다. 순간 박상하는 퍼뜩 정신을 차렸다. 정지원에게 들을 이야기가 있었다. 딱히 어떤 것을 물어야 할지도 정리가 되지 않았지만 정지원에게 많은 이야기가 숨어 있다는 예감이 들었다. 그것은 확신에 가까운 예감이었다.

박상하는 교도관에게 제대로 인사도 하지 못한 채 구치소 건물을 뛰쳐나갔다. 황급히 주변을 둘러보았지만 정지원은 이미 보이지 않았다.

박상하는 정지원에게 전화를 걸었다. 받지 않았다. 재차 전화를 걸어 보았지만 역시나였다. 택시를 탄 지 얼마 지나지 않았을 테니 소리를 듣지 못해 못 받을 리 없었다. 일부러 받지 않는 거였다.

박상하는 곧장 차에 올라탔다. 정지원을 만나야 했다. 모든 열쇠가 정지원에게 있었다.

차를 출발시키려 할 때 휴대폰에서 문자 수신음이 들려왔다. 박상하는 휴대폰을 열었다. 정지원에게서 온 것이었다.

오늘은 아무 이야기도 하고 싶지 않습니다. 자식을 잃은 부모의 심정을 헤아려 배려를 부탁드려요.

박상하는 숨을 내뱉었다. 두 번 말을 붙여 보지도 못할 만큼 무척 단호한 어조였다.

'분명 어떤 의도인가를 가지고 김석일을 만났어, 틀림없어. 그래 놓고 이제 와 다시 자식을 잃은 어미의 심정을 내세우다니. 대체 이 여자는…….'

박상하는 그 길로 경찰서로 돌아갔다. 머리가 도무지 정리되지 않았다. 이 사건은 아내가 내연남과의 사이에서 낳은 아이라고 믿고 그 아이를 학대하다 죽음에 이르게 한 안타까운 사건이었다. 그런데 단순히 그것뿐인가? 김석일이 아이를 학대하다 죽였으니 아이만 불쌍한 그런 사건? 단순히 생각하려면 너무나 단순한데 자꾸만 뭔가 더 있다는 생각이 들었다.

'김석일만 벌을 받으면 이 사건은 끝인가? 가해자는 김석일 하나가 맞나.'

박상하는 곧장 옥상으로 올라갔다. 짙은 어둠이 내려앉아 있었다. 경찰서 옥상에서 보이는 왕복 8차선 도로에는 빛의 대열이 행진하고 있었다. 퇴근 시간쯤이면 늘 자연스레 만들어지는 행렬이었다. 멀리서 보면 야경의 한 면이고 가까이서 보면 러시아워의 지루한 고통이었다.

머리가 정리되지 않을 때 박상하는 곧잘 이곳에 올라왔다. 시원한 바람을 쐬면 머리가 맑아지는 기분도 들고 답답한 속이 조금은 가라앉는 것도 같았다. 나만이 답답한 세상이 아니라는 것을, 모두 똑같이 러시아워에 갇힌 고통의 조각이라는 것을 확인하면 기분이 좀 나아지기도 했다.

"팀장님."

자신을 부르는 소리에 박상하가 고개를 돌렸다. 이남석

이 커피 두 잔을 들고 서 있었다. 싱긋 웃으며 두 잔 중 한 잔을 내미는 손을, 박상하가 물끄러미 보았다.

"옥상에 올라오시길래요."

기분이 좋지 않거나 마음이 무거울 때 옥상에 올라오는 습관을 이남석은 알고 있었던 모양이었다.

"신경 쓰이게 했나 보네."

커피를 받으며 박상하가 멋쩍게 웃었다. 커피는 아직 따뜻했다. 온기가 손바닥에 전해졌다.

"오늘 정지원 씨랑 김석일이랑 만난 날 아닙니까? 무슨 일 있으셨어요?"

박상하는 커피를 한 모금 마셨다. 무슨 일이 있었다고 해야 할지, 아니면 일어날 일이 일어난 거라고 해야 할지 알 수 없었다.

박상하는 오늘 있었던 상황을 이남석에게 이야기했다. 두 사람이 만났고, 조금도 주저 없이 김석일이 정지원에게 증오를 쏟아내었고, 의외로 정지원은 담담히, 그런 김석일을 안쓰러워했다는 이야기. 그리고 느닷없이 김석일이 폭주했다는 이야기였다.

"좀 이상하지 않아?"

박상하는 자신만의 감정인지가 가장 궁금했다. 한편으로

는 그 상황에서 느꼈던 자신의 묘한 느낌을 이남석도 알아채 줄 거라고 생각했다. 하지만 의외로 이남석은 고개를 갸웃했다.

"별로 이상한 건 모르겠어요."

"그래?"

'역시 내가 너무 예민했던 건가.'

박상하는 생각했다.

"네. 김석일은 역시 자기 아이가 아닌 걸로 알았던 거군요. 그건 예상하셨던 거잖아요. 이제 와서 자신의 아이란 걸 알게 되어 충격 받은 게 아니에요?"

이남석이 덧붙여 말했다.

"자기 아이를 제 손으로 죽였으니, 그것도 몇 년 되지도 않는 아이의 평생을 가정 폭력이라는 그늘 아래에 갇혀 불행만 알고 살다 가게 만들었으니, 주저앉는 정도가 아니라 쓰러져 버리거나 미치지 않은 것도 이상한 게 아닐까요."

박상하 역시 그 말에 동의했다. 그의 머리도 그렇게는 생각하고 있었다. 하지만 마음에 걸려 있는 찜찜함을 놓을 수가 없었다.

"너무 깊이 생각하셔서 그러신 것 같아요. 가정 폭력을 당하던 아이가 죽었고, 그 가해자가 아버지인 김석일이었다. 그게 팩트잖아요."

김석일이 범인이라는 것은 처음부터 명확했다. 다만 체포된 이후 계속 입을 다물고 있는 바람에 사건 발생의 원인 등을 규명하는 데에 발목을 잡혀 수사가 계속 이어지고 있었던 것뿐이었다.

처음엔 경찰이 잘못 안 건 줄 알았어요. 당신이 아이를 죽이다니.

이렇게 찾아오면 내가 죄라도 지은 것처럼 벌벌 떨 줄 알았어? 더러운 년. 너 같은 년의 씨라서 그 새끼가 죽은 거야. 내 죄가 아니라고! 다 네년 잘못이야!

그 대화로 김석일은 어쨌거나 자신의 입으로 죄를 실토한 셈이 되었다.

"그게 팩트지? 그렇지?"

"그렇죠."

"그렇겠지?"

"네."

이남석의 말에 기운이 났다. 내심 계속 찜찜하던 것은, 아무래도 자신의 아내와 은우를 이 사건에 대입해 생각했던 때문이리라.

"그리고 팀장님. 경찰서장님이 찾으세요. 오늘 김석일 면담에 대해서 이야기를 들으신 것 같아요."

"아."

박상하는 고개를 끄덕였다. 사건의 화제성 때문에 많은 이의 시선이 지금 경찰서를 향해 있었다. 빨리 사건을 진척 시키고 종결하지 않으면 비난은 불 보듯 뻔할 것이었다. 김 석일 면담에 관해 이야기를 들었다면 더이상 이 사건을 붙 들고 있을 필요가 없다고 판단했을 터였다.

'그래, 붙들고 있을 이유가 없어.'

박상하는 이남석의 어깨를 힘주어 두드렸다. 이남석이 씩 웃었다.

"내가 마누라 복은 없는데, 그래도 오피스 와이프 복은 있나 보다."

"정말요, 여보오?"

"징그럽다."

픽 웃으며 장난스럽게 이남석의 어깨를 쳤다. 몸을 돌려 사무실로 내려가는 문을 열었다. 계단을 딛는 다리에 힘이 생긴 것 같았다. 아래로 내려가는 박상하의 등에 대고 이 남석이 콧소리를 쏟아부었다.

"수고했어요, 여보오!"

조금 가벼워진 기분으로 사무실로 돌아가 책상 앞에 앉

왔다. 경찰서장의 콜이 있었다는 메모가 모니터에 떡하니 붙어 있었다. 박상하는 메모를 떼어 아무 데나 던져두었다. 컴퓨터의 모니터를 켰다. 바탕화면에 깔려 있던 폴더를 열어 문서를 불러냈다.

수사 보고서라는 큰 활자가 그의 모니터를 채웠다.

사건 발생 일시 : 2017년 4월 20일
사건 개요 :
근목 휴게소를 경유해 부산으로 향하던 관광버스 짐칸에서…….

* * *

화면 속 경찰서장의 얼굴은 무대에 오른 연극배우처럼 무척이나 작위적으로 근엄했다. 셔터 소리가 쏟아지는 기자회견장의 단상 위로 올라섰다. 그는 미리 준비해온 회견문을 펼치고 숨을 골랐다.

"근목 휴게소 아동 사체 발견 사건에 대한 수사 결과를 발표하겠습니다. 이미 기사들로 접하신 바, 사체가 발견된 피해자는 김도현 군이며, 지속적으로 가정 폭력에 노출된 상태였습니다. 사건 발생 당일, 아버지인 김석일은 김도현

군과 함께 관광버스에 올랐고 몇 시간 뒤 아이는 시신으로 버스 짐칸에서 발견되어 김석일의 소재를 파악한 바, 잠적을 한 것으로 판명하여 경찰에서는 유력한 용의자로 김석일을 지목하게 되었습니다. 이후 우리 경찰은 대대적인 인력을 동원해……."

수사 보고는 길게 이어졌다. 보고를 하는 중간 중간 이 사건이 종결되는 데에 자신의 지휘가 얼마나 적절했는지와 전체 경찰의 지대한 노고에 대한 치하가 장식처럼 덧붙여졌다.

"용의자 김석일은 체포된 이후에도 계속 묵비권을 행사하는 등 수사에 전혀 협조적이지 않았으나, 어제 김석일의 전 아내이자 사망한 김도현 어린이의 친모 정 모 씨와의 대질에서 결국 자신의 입으로 범행을 실토한 바, 사건을 기소 의견으로 검찰에 송치하게 되었습니다."

저 쏟아지는 셔터 소리가 박수 소리면 서장은 얼마나 유난을 떨며 좋아했을까. 박상하는 문득 그런 생각을 했다. 참, 칭찬받는 것을 좋아하는 집단이었다. 칭찬받는 것이 좋지 않은 사람이야 없겠지만.

저 무대에서 내려와서 얼마나 또 신나할까 생각하면 박상하는 그런 경찰서장이 이제는 귀엽게까지 느껴져 고개를 절레절레 저었다.

"오늘은 집에 들어가서 잘 수 있겠네요."

박상하의 옆에서 팔짱을 끼고 TV를 보던 이남석이 뉴스의 기자 회견 장면이 끝나자 기지개를 켰다.

"좋냐?"

"좋죠. 오늘은 진짜 욕조에 뜨거운 물 가득 받아 놓고 몸 좀 푹 담가 보렵니다. 향초도 켜고 음악도 틀어 놓고. 완전 럭셔리한 느낌적 느낌으로다가."

기분이 좋은지 그는 히히 웃으며 콧노래를 불렀다. 이전 사건과 연결되어 터지는 바람에 이남석은 물론이고 형사팀원들은 거의 한 달 이상 가족들의 얼굴을 보지 못한 상태였다. 이남석은 아직 미혼임에도 단 하루라도 집에 가서 잘 수 있다는 생각에 너무 좋아했다. 하지만 박상하는 마냥 좋아할 수만은 없었다. 사건이 종결되는 보고서를 자신의 손으로 적어 올렸고, 그 끝을 알리는 발표를 TV를 통해 보았지만 여전히 후련한 기분이 들지 않는 탓이었다.

"그래. 푹 쉬어라. 어서 들어가."

"팀장님은요?"

"사건 자료 정리해야지. 미리 해야 송치할 때 편하다."

박상하의 책상 위에는 자료들이 가득했다. 이남석이 씽

긋 웃었다.

"그렇죠. 이 책상을 비워야 다른 사건 자료를 쌓겠네요.
끝은 없으니까. 제가 도와드릴까요?"

"됐다. 내가 무슨 원망을 들으려고. 얼른 들어가서 욕조
에 뜨거운 물 가득 받아 놓고 몸 좀 푹 담가 봐. 향초도 켜
고 음악도 틀고."

"완전 느낌적 느낌으로다가?"

"그래. 럭셔리하게."

박상하가 이남석의 가슴께를 주먹으로 툭 쳤다. 이남석
이 기분 좋게 웃었다. 그 웃음이 부러웠다. 자신의 기분도
이렇게나 깔끔하고 가벼우면 얼마나 좋을까 싶었다.

제7장

    널찍한 사무실에 남은 것은 박상하 혼자였다. 사건을 종결시킨 이들은, 일반 직장인들에게는 너무나 당연한 저녁 시간을 마치 포상이라도 받은 기분으로 즐기기 위해 집으로 들어갔고, 일부는 다시 이 나라 어딘가로 구석구석 숨어들었다. 자신을 감추고 배는 적당히 채우고 신경을 곤두세워 세상을 주시한다. 가끔은 정치 권력 앞에 고개를 숙여 정치 경찰이라는 비난을 받아도, 나만 깨끗하면 그런 권력에 놀아나는 정치 경찰들의 이야기는 다른 세상의 일이라고 여기며 묵묵히 무언가를 추적하고 잡아낸다. 형사는, 언제까지고 형사다.

박상하는 그런 자신의 자부심을 좋아했다. 힘들고 위험한 일이 산재해 있어도 국민을 지킨다는 자부심이 있었기 때문에 버틸 수 있었다. 하지만 가족은 지키지 못했다. 가족도 이 나라의 국민인데, 자신의 가족은 지키지 못했다. 안에서부터 깨지고 있는 것을 모른 체했다. 모른 체하고 있으면 언제든 마무리 될 거라고 여겼는데.

주머니에서 지갑을 꺼냈다. 아들 은우의 사진이 눈에 들어왔다. 아들은 웃지도 않고 무덤덤하게 정면만 바라보고 있었다. 은우의 웃는 모습이 생각나지 않았다.

그래도, 이런 아버지라도 사랑하고 있다. 아들을.

휴대폰을 꺼내 단축번호를 눌렀다. 신호가 몇 번 이어지고 상대방의 목소리가 들렸다.

"요양사님?"

박상하의 목소리를 확인한 여자가 반색하며 인사했다. 전화를 받은 것은 은우가 입원해 있는 병원의 요양사였다. 가끔 전화를 하면 밤이건 낮이건 친절히 받아 주었다. 박상하의 마음을 생각해 은우에게 전화를 바꿔 주는 일도 있었지만 아직 은우의 목소리를 들어본 적은 없었다.

"은우 자나요?"

—네, 자요.

"그렇군요."

잠깐 말이 끊겼다.

"밥은요?"

—먹었어요. 많이는 아니고요. 요즘 식사량이 좀 줄었어요. 그래도 아직 걱정할 정도는 아니라고 의사선생님이 말씀하셨어요. 요맘때 애들이 입맛이 좀 짧으면 많이들 그러거든요.

"그런가요?"

—네. 평범한 일이에요.

"그렇군요. 평범하군요, 우리 은우가."

다시 정적. 박상하는 자기도 모르게 뒷머리를 긁적였다. 매번 전화는 하는데 아이가 지금 뭘 원하는지, 밥은 먹었는지를 물어보고 나면 할 말이 없었다. 자주 가 봐야 아이가 지난번 다친 상처는 어떤지, 아이가 지난 번엔 노래를 하던데 다른 좋아하는 노래는 없는지 등등이 궁금할 텐데, 박상하는 은우에 대해 아는 것이 없었다. 그래서 매일 똑같은 것을 묻고, 정적을 조금 견뎌내다가 도저히 견딜 수 없을 것 같을 때에는 황급히 이런 말을 뱉어내곤 했다.

"다음에 갈 때는 은우 좋아하는 야구공 사 가지고 갈게요. 혹시 못 가게 되면 택배로라도 보낼게요."

—저, 형사님.

박상하의 야구공이 언제나 화제로 오를 때마다, 늘 "네."
하고 대답하던 요양사가 오늘은 조심스럽게 그를 불렀다.

"네."

—지금 은우 야구공만 한 30개 되는 것 같아요.

"……아."

요양사로부터 은우가 야구공에 관심을 보이는 것이 아무
래도 야구공을 좋아하는 것 같다는 이야기를 듣고 나서는
매번 은우에게 야구공을 보냈다. 지난번에 사서 보낸 것을
잊어버린 건 아니고, 그것을 좋아한다는 이야기를 듣고 나
면 뭔가를 해 주고 싶을 때마다 좋아한다고 했던 것을 매
번 사고야 마는 것이었다.

—은우도 좋아하는 게 자꾸 바뀌어요. 다른 애들처럼.

"네."

가슴 언저리가 찌릿했다. 오히려 강박증 환자처럼 굴고
있는 것은 자신이었다. 은우는 말하지 않고, 자신만의 세
상에 갇혀 있지만 그럼에도 아이였다. 은우를 특별하게 보
고, 특별한 상자 속에 가두려 하는 것은 어쩌면 자신인지
도 몰랐다.

—한번 시간 내서 오시지 않으실래요?

부담을 줄까 봐서인지 요양사는 그런 질문은 여태껏 하지 않았었다. 하지만 오늘만큼은 두 사람 사이가 안타까운 모양이었다. 요양사의 질문에 박상하는 지금 당장에라도 은우를 만나러 가고 싶었다.

"절 기다리나요?"

—**특별히 보채고 그런 건 아니지만……**

"……네."

—**그래도 오늘 제가 그랬거든요. 은우 아빠가 안 와서 서운하지 않나고.**

그렇게 물었지만 은우는 아무 반응도 없었다고 요양사가 말했다. 그래서 대신 이렇게 말해 주었다고 했다.

은우의 아버지는 나쁜 사람을 잡는 멋진 형사야. 지금 이 시간에도 은우를 너무 너무 보고 싶고 만나러 오고 싶지만, 세상에 나쁜 사람이 아직도 있어서 그 사람들 잡아서 착하게 만들려고 오늘 밤에도 열심히 일하고 계셔. 우리 착한 은우가 이 세상에서 안심하고 살 수 있도록 말이야. 아빠는 은우를 만나러 자주 내려오기 힘들 정도로 먼 곳에서 일하고 계시지만 이 시간에도 그 먼 곳에서 은우를 지키고 있는 거야.

"은우는……."

—고개를 끄덕이더라고요.

　가슴에 있던 뭉클한 것이 목구멍을 콱 막았다. 눈두덩이
뜨끈해졌다. 은우는 가지고 노는 것을 뺏거나, 강제로 뭔가
를 시키려 할 때가 아니면 아무런 반응을 보이지 않는 아
이였다. 몇 주가 아니라 몇 달 만에 가도 박상하를 보지 않
았다. 그 몇 달이 몇 년이 되어도 그럴까 봐 박상하는 겁이
났다. 하지만 고개를 끄덕였다고 했다. 아빠는 은우를 만나
러 오지는 못하지만, 먼 곳에서 은우를 지키고 있다는 걸
안다고.

　항상 죄책감이 목덜미를 잡고 있었다. 목숨을 걸고 일하
는 것도 자신의 만족을 위한 거라고, 그 만족을 위해 가족
을 나 몰라라 했고, 그래서 아내의 마음에 병이 들었고, 은
우도 그렇게 만든 거라고. 국민을 지킨다는 것은 허울이고,
실은 제 욕심 하나 챙긴 것이라고.

　그런데 은우가 아니라고 대답해 준 것 같았다. 알고 있어
요. 아빠는 우리 가족을 지키고 있어요, 그렇게.

　"감사합니다."

　전화기 너머에서 요양사의 미소가 보이는 것 같았다. 거
푸 감사의 인사를 하고 박상하는 전화를 끊었다. 꼭 은우
를 만나러 갈 것이다. 아무런 반응을 보이지 않아도 아주

환하게 웃으면서. 나쁜 놈들을 다 잡아 벌 주고 왔노라고 당당하게 말해 줄 것이었다.

박상하는 자신의 책상 위에 올려져 있는 김석일의 서류를 힘주어 잡았다. 그리고 차분히 앉아 한 장 한 장 자료를 넘기며 훑기 시작했다. 검찰에 모든 자료를 넘기기 전에, 자신의 마음에 걸려 있는 찜찜함을 털어 버리겠다는 생각을 했다.

문서로 만들어진 모든 서류를 처음부터 끝까지 한 글자도 빠짐없이 훑어보았다. 참고인들과 인터뷰한 영상까지 모두 검토했다. 어느덧 창밖에 동이 터오고 있었다. 아무리 보아도 특별한 것이 없어 보였다. 정말로 단순히 기우였는지도 몰랐다. 아동 학대라는 이 사건의 특성 때문에 자신의 감정이 흔들린 것인지도 몰랐다.

영상 자료는 마지막 한 개의 파일만이 남았다. 가장 마지막에 촬영된 영상. 정지원과 김석일의 면회 영상이었다. 비공식적 면회였지만 혹시 있을지 모를 불상사를 대비해 영상을 찍었다.

'이 한 개를 마지막으로 보고 나면 이 찜찜함도 털어 버리자. 그리고 다시 형사로서 지킬 수 있는 것들을 지키자.'

박상하는 영상 파일을 클릭했다. 펼쳐진 화면의 영상이

박상하를 그날, 그 면회실로 이끌어 놓았다. 그 영상 안에서 무언가를 찾으리라는 기대는 하지 않았다. 이미 모든 자료를 훑어보는 동안 자신의 찜찜함이나 걱정은 기분 탓이었다는 것을 확인한 바였다. 다만 이 사건을 떠나보내기 위한 마지막 절차처럼 영상을 응시했다.

영상 속에서 그날과 마찬가지로 김석일은 몸을 약간 틀고 앉아 욕설을 퍼부었고, 정지원은 움직임이 거의 없이 김석일을 응시하고 있었다. 그날 그녀의 침착함이 떠올랐다.

설마, 정말로 당신이 우리 아이를……. 난 그래서 경찰들이 다른 사람이랑 착각한 건 줄 알았어요.

미친년. 왜 이러는 거야?

그런데 경찰이 그러더라고요. 도현이가 맞다고. 당신의 유전자와 일치한다고요.

이쯤 김석일의 표정이 완전 바뀌었다. 그의 표정이 박상하의 마음에 걸려 있는 찜찜함을 만들어낸 원인이었다.

뭐라고?

도현이를 그렇게 보내다니. 당신이 나빴던 거예요.

벌떡 일어서는 김석일. 의자가 나자빠지고 교도관들이 다가왔다.

잠깐만. 이것 좀 놔 봐요. 잠깐만요.

수현이는 걱정하지 말아요. 정말 예쁘게 키울 테니까. 내 새끼로. 잠깐.

괴롭겠지. 근데 참아야지. 그래도 당신은 살아 있잖아?

김석일이 발버둥을 쳤다. 이다음은 보지 않아도 됐다. 이 대화를 마지막으로 정지원은 몸을 돌려 나갔고 김석일이 털썩 주저앉았다. 두 번째로 보는 것이지만 역시 김석일의 반응은 좀 묘했다.

하지만 여전히 별것 아닌 대화라는 생각도 변하지 않았다. 아들을 죽이고 죄가 거의 확정된 상태에서 김석일의 흥분한 상태를 감안하면 제대로 된 멘탈이 아닐 터였다. 그속에서 나온 반응을 전부 이해할 수는 없었다.

'역시 기우였어.'

그렇게 생각하며 박상하는 영상을 종료시키려 손을 뻗었다. 그런 그의 손이 순간, 버튼 위에서 멈추었다. 영상은 계속 플레이되고, 주저앉은 김석일을 교도관들이 부축해 방에서 나가는 것으로 끝을 맺었다. 박상하는 자신이 본 것을 믿을 수가 없어서 떨리는 눈빛으로 그저 화면만을 응시할 수밖에 없었다. 심장이 두근거렸다.

박상하는 다이얼을 조작해 영상을 조금 더 앞으로 돌렸다. 원하는 장면쯤에서 다이얼에 손을 떼었다. 화면이 멈춘 상태로 그를 기다리고 있었다. 왠지 가슴에 무거운 돌이 얹힌 것 같은 기분이 들어 박상하는 크게 숨을 내쉬었다.

재생 버튼을 눌렀다.

그가 재생시킨 부분은 대화를 끝내고 정지원이 일어나 돌아서 밖으로 나가는 부분이었다. 그 순간을 놓치지 않고 박상하는 멈춤 버튼을 다시 눌렀다. 화면이 정지되었다.

박상하는 화면 속 정지원의 얼굴에 시선을 쏟았다. 마우스로 정지원의 얼굴을 조금 확대해 보았다. 순간 서늘한 공기가 목덜미를 치고 지나갔다. 온몸에 소름이 돋았다.

웃고 있었다.

아들을 전남편 손에 잃은 여자가, 그럼에도 남편의 말을 들어봐야 한다고 사정하던 여자가, 정지원이 웃고 있었다. 뭔가를 비웃듯이.

어렴풋한 확신이 들었다. 이 여자에게 분명 뭔가 있었다. 그리고 이날의 면회에서 그녀는 분명 뭔가의 목적을 갖고 움직였다. 김석일의 상태로 보아서는 원하는 바를 어느 정도 이룬 것 같았다.

대체 무엇일까. 박상하는 성마른 손으로 영상을 다시 돌려 보았다. 생각해 보면 별것 아닌 대화에 갑자기 김석일이 흥분한 것이 이상했다. 그것을 정신이 그저 흐트러진 탓으로 치부하지 말았어야 할지도 몰랐다.

찾아내야 한다고 박상하는 생각했다. 대체 김석일이 어떤 말에 반응한 것인가. 어떤 말이 죽은 아이에 대해 조금의 미안함도 없던 김석일을 당혹감으로 밀어 넣었고, 어떤 말이 그의 무릎을 꺾어 주저앉게 만들었는가. 그것을 찾아내야 했다. 그리고 이내 박상하는 그 순간을 찾아내었다.

그런데 경찰이 그러더라고요. 도현이가 맞다고. 당신의 유전자와 일치한다고.

처음엔 그저 그 말에 대해 단순하게 생각했다. 김석일이 충격받았던 것은 도현이가 자신의 아이가 아니라는 생각이 오해에서 비롯된 잘못된 생각임을 알았기 때문이라고 여겼다. 그런데 지금은 그 말이 조금은 다르게 들렸다. 혹시 저 말 뒤에 뭔가 숨겨져 있는 것은 아니었을까. 저 말 뒤에 정지원이 어떤 의도를 숨긴 것은 아니었을까.

모든 의문에 지금으로서는 아무런 답도 갖고 있지 못했다. 하지만 분명 저 말이 두 사람 사이에 있는 의문을 열 수 있는 열쇠라고 생각했다. 그리고 그 열쇠가 지금 가장 강력하게 드는 의문까지도 해결해 줄 수 있을 것 같았다.

아이가 죽었다는 소식을 들었을 때 오열하며 혼절까지 하던 정지원은, 왜 범인인 김석일과 그 이야기를 하면서는 조금도 슬퍼하지 않는가.

'설마!'

박상하의 눈이 커다래졌다. 머릿속을 스쳐 간 생각에 그는 인상을 썼다. 그런 생각이 드는 자신이 미친 거라고 생각했다. 말도 안 된다, 그렇게 되뇌면서도 심장이 뛰었다. 불길한 마음이 들었다.

성마른 손으로 책상 위에 흩어져 있는 서류들을 다시 뒤적이기 시작했다. 이내 그가 움켜쥔 것은 처음 사건이 발생했을 때에 관계자들을 취조한 녹취록이었다. 버스에서 김석일과 함께 탔던 여행객들과 김석일의 주변 인물이나 사망한 김도현에 대해 알고 있는 사람들에게 청취한 내용들이었다. 그 내용들을 다시 꼼꼼히 살펴보았다.

"이건!"

박상하의 눈빛이 크게 흔들렸다. 손이 떨렸다. 자신이 찾아낸 것이 어떤 것을 의미하는지 생각해 내야 했다. 아무리 깊은 어둠 속에 침잠해 있는 진실이라도 찾아내야 했다. 그것이 형사의 사명이었다.

그러나 박상하는 진실에 도달하기 전 생각을 멈추어야 했다. 갑자기 사무실의 문이 벌컥 열려 박상하의 집중력을 흐트러놓았기 때문이었다. 고개를 돌리자 파랗게 질린 이남석이 거친 호흡을 몰아쉬며 서 있었다.

무슨 일이냐고 묻기도 전에 이남석이 외쳤다.

"김석일이 자살했습니다!"

쥐고 있던 서류들이 박상하의 손에서 빠져나가 바닥으로 떨어졌다.

피가, 온몸에서 빠져나가는 기분이었다.

* * *

잠을 자려고 했지만 잠이 오지 않았다. 몇 번이고 뒤척이다 잠들기를 포기하고 박상하는 몸을 일으키고 앉았다. 침대 머리 판에 등을 기대면서 보조테이블 위에 있던 스탠드를 켰다. 방 안이 주홍빛으로 물들었다. 깊은 한숨을 내쉬었다.

김석일의 시신은 화장실에서 발견되었다. 자신의 수감복을 찢어 목을 맸다. 화장실에 갔던 다른 수감자가 제일처음 그의 시신을 발견했다. 이어 교도관들이 들어와 시신을 재차 확인했다. 완전히 통제된 상태에서 김석일의 시신은 그제야 땅 아래로 내려왔다. 삭흔이 있고, 타살 흔적이 없어 자살로 확정되었다. 유서는 없었다.

보조테이블 위에 올려두었던 서류를 집어 들었다. 이남석이 뛰어 들어와 김석일의 사망 사실을 알리기 전 그가 재차 확인했던 녹취록 사본이었다. 이 녹취록에서 단서를 발견했다는 생각은 김석일의 사망에도 여전히 유효했다. 아니, 지금은 더 확신이 들었다.

정지원과 만난 그날이 김석일에게 자살의 이유가 된 것이 분명했다. 경악하던 김석일의 표정. 그 표정을 만들어낸 정지원의 단 한마디 말이 김석일을 스스로 목매달게 한 것이다.

그런데 경찰이 그러더라고요. 도현이가 맞다고. 당신의 유전자와 일치한다고.

그 말에 숨겨진 의미를 찾아내야 했다. 그 열쇠는 자신이 쥐고 있는 이 녹취록이 될 것이라고 박상하는 확신했다.

잠시 뭔가를 생각하던 박상하는 몸을 덮고 있던 이불을 걷어차고 일어났다. 그러고는 빠른 손놀림으로 잠옷을 벗고 외출 준비를 했다. 밤은 이미 늦었지만, 진실에 도달하기에는 아직 늦지 않았다. 도저히 잠을 잘 수 있는 기분도 아니었다.

차 키를 챙겨 들고 박상하는 집을 나섰다. 주차장에 세워 두었던 차에 올라탔다. 곧장 시동을 걸고 출발했다. 한

밤의 적막한 공기가 급출발하는 차량의 배기음에 뒤흔들렸다.

그의 차가 도착한 것은 장례식장의 주차장이었다. 박상하는 빠른 걸음으로 장례식장 건물 안으로 들어갔다. 입구에는 다른 장례의 상주들 몇 명이 나와 담배를 피우고 있었다. 황급히 걸어 들어가는 박상하의 모습을 곁눈질로 훑어보고는 관심 없다는 듯 다시 담배를 빨았다.

안으로 들어선 박상하는 주변을 둘러보았다. 홀을 지나자 양쪽으로 긴 복도가 나왔다. 복도를 사이에 두고 6개의 방이 위치해 있었다. 방은 사이즈 별로 이름을 달리하고 있었다. 그리고 그 방 입구마다 불을 밝힌 모니터에 고인의 성명과 함께 상주의 이름이 표시되어 있었다.

김석일을 찾기는 어렵지 않았다. 규모가 가장 작은 다솜실에 그의 이름이 걸려 있었다. 김석일의 이름 앞에 위치해 있는 '故(고)'라는 글자가 무척이나 생소하게 느껴졌다. 사인이 자살로 판명된 김석일의 시신은 곧장 그의 어머니에게로 인도되었다. 김석일의 모친 역시 부검을 의뢰하지는 않았다. 그녀의 뜻에 따라 김석일은 화장되었다.

애초에 올 사람들이 없었는지, 아니면 주변에 알리지도 않았는지 조문객은 전혀 보이지 않았다. 사람이라고는 벽에 기대어 있는 김석일의 모친뿐이었다. 부은 얼굴에는 핏기가 없었다. 이미 영혼이 빠져나간 사람처럼 장례식장의 벽에 기대어 앉아 있었다. 김석일에 대한 조사로 집에 찾아갔을 때, 김석일을 이미 내놓은 자식처럼 이야기했던 그녀였지만, 그럼에도 자식을 잃는다는 것은 엄청난 고통이었을 것이었다. 장성해 버린 데다 폭력성이 있던 아들. 노인인 그녀는 아들의 존재가 부담스럽고 버거웠고, 떨쳐내고 싶었으나 그럼에도 그녀는 어머니였다. 양가적인 감정을 갖고 있는 인간이자, 어쩔 수 없는 어머니였다.

충격 속에 있는 김석일의 모친 앞에 자신이 나타나는 것이 맞는 일인지 박상하는 고민했다. 올라가는 것을 주저하고 있는 사이 김석일의 모친이 인기척을 느끼고 이쪽을 바라보았다. 그녀는 말없이 그를 응시했다.

고민만 하고 있을 수는 없는 일이었다. 박상하는 신발을 벗고 안으로 들어갔다. 정면에 김석일의 사진이 있었다. 생각지도 못한 순간에 닥친 불행으로 경황이 없어 제대로 된 사진을 준비할 수 없었을 거였다. 꽃들에 둘러싸인 사진 속에서 김석일은 20대 초반 정도 되어 보이는 젊은 모습으로 존재하고 있었다. 20대 초반이라면 20년도 더 된 사진이었다. 사진을 찍을 만큼 삶이 그나마 평온했던 시간이 20년도 더 된 일이라고 생각하면, 어린 아들을 죽인 인면수심의 살인자 김석일에게도 동정이 갔다. 나중에 김석일의 모친을 통해 이야기를 들으니 결혼식 때 정지원과 사진들을 찍기는 했지만, 그 사진들은 정지원이 집을 나간 직후 전부 버렸다고 했다. 아마 정지원의 외도 사실을 눈치 챈 후 그녀를 떠올릴 만한 사진들을 다 버렸을 것이었다.

보고 있으면 괴로웠을 테니까. 버림받았다는 사실이.

안으로 들어간 박상하는 장례식장 입구에 비치된 봉투에 얼마쯤 넣은 것을 부의함에 넣었다. 그러고는 김석일의 영정사진 앞에 섰다. 허망한 눈으로 김석일의 모친이 그를 올려다보았지만, 걱정했던 것과는 다르게 그를 내치려 하거나 원망하는 거친 행동은 보이지 않았다.

'그곳에 가서 꼭 아이에게 죄를 빌기 바랍니다.'

박상하는 두 번 반의 절을 하고 일어섰다. 김석일의 모친이 비틀거리며 자리에서 일어섰다. 그녀와 한 번 맞절을 하였다. 절을 끝낸 김석일의 모친은 박상하를 올려다보았다. 무슨 일로 왔느냐고, 아픈 가슴에 소금이라도 뿌리려고 하느냐고 원망의 소리를 들을 줄 알았으나, 아니었다. 김석일의 모친이 말했다.

"저한테 확인할 것이 있으셔서 온 거지요?"

목이 쉬어 목소리가 갈라졌다.

"지금 컨디션이 좋지 않으시면 저와 대화 나누지 않으셔도 됩니다. 장례가 끝난 이후에 조금 시간을 두고 다시 찾아오겠습니다."

"아예 안 오신다고 하면 몰라도 다시 오신다고 하면 그냥 지금 듣는 게 낫겠네요. 물어보시고 싶은 것이 있으시면 물어보세요. 더 이상 감출 것도 잃을 것도 없는 어머니까요."

노인이 몸을 돌렸다. 박상하와 대화를 나누기 위해 장례식장 바깥으로 나가는 건가 싶었는데 아니었다. 내부에 작은 방이 하나 달려 있었다. 상주들이 쉴 수 있도록 마련된 곳이었다. 노인의 뒤를 따라 방 안으로 들어갔다. 옷을 걸수 있도록 한 칸짜리 장롱이 하나 서 있었고, 낡은 책상 하나가 덩그러니 놓여 있었다. 가방을 올려놓거나, 뭔가를 쓸수 있도록 마련된 것인 듯 보였다. 화장실이 딸려 있어서 상주에게는 편리할 듯싶었다.

노인이 먼저 앉았고, 머뭇거리다가 박상하도 따라 앉았다. 노인은 잠시 창밖의 어딘가를 보았다. 박상하의 시선이 그 눈을 따라 창밖으로 향했다. 파란 하늘이 보였다. 어쩌면 김석일이 가고 있을 하늘이었다.

"이야기하세요."

노인의 말에 박상하가 다시 고개를 돌렸다.

"한 가지 확인할 것이 있어서요."

"괜찮아요. 미안해하실 것 없습니다."

무섭도록 담담한 말투였다. 어머니라는 사람은 자식을 잃음과 동시에 무엇을 잃기에 저런 모습이 되는 걸까 하는 생각이 들었다. 문득 은우가 떠올랐다. 매일같이 옆구리에 끼고 사는 자식은 아니지만, 다른 사람 손에 맡겨 키우는 신세지만, 그래도 자신의 자식이었다. 아이를 잃는다는 생각만 해도 온몸이 오그라드는 고통이었다.

"김석일 씨가 수현이를 맡기고 간 것이 19일이라고 하셨지요?"

노인이 박상하를 빤히 보았다. 그 눈빛이 잠깐 흔들렸다고 생각했지만 이내 노인은 묵묵히 고개를 끄덕였다.

"하지만 아니었죠?"

이번에는 정지 상태. 입을 굳게 다문 채로 노인은 박상하의 눈에서 시선을 돌리지 않았다. 아니, 시선을 피하지 못하는 것 같았다. 시선을 피하는 동시에 뭔가가 들통날 것 같다고 느끼는 건지도 몰랐다.

"아니었죠? 김석일 씨가 수현이를 맡기고 간 건 20일이었던 거죠?"

20일은 관광버스를 탔던 김석일이 사라지고 아이가 트렁크에서 시신으로 발견된 날이었다. 김석일은 그 전날 노인을 만나 수현이를 맡기고 갔다고 진술했다. 하루 전날 수현이를 맡기고 20일에 도현이를 데리고 여행지에 올랐다가 살해한 뒤 유기했다. 그것이 경찰의 추정이었다.

무엇보다 아이를 데리고 버스에 올랐던 김석일 혼자 사라졌고, 아이는 시신으로 발견됐기 때문에 여행객은 물론이고 경찰까지 모두 김석일이 데리고 탄 아이가 시신으로 발견된 거라고 생각했다. 당연히 그럴 거라고 생각했다.

하지만 아니었다. 초동수사가 잘못됐다.

"그게 이제 와서 뭐가 중요하지요?"

"이제 와서요? 김석일 씨가 죽었으니 그런 진실은 아무래도 상관없다고 생각하시는 겁니까?"

박상하의 목소리가 조금 높아졌다. 김석일의 모친이 고개를 숙였다. 오른쪽 손가락으로 다른 손가락을 계속 만졌다. 저런 행동은 불안할 때 은연중에 나오는 신호였다. 노인은 불안한 것이었다. 자신의 잘못이 들킬까 봐 불안한 것이 아니었다. 자신의 거짓말이 어떤 결과를 불러 올지 모르기 때문에 불안한 것이었다. 스스로가 뱉는 한마디 한마디가 어떤 결과를 불러 올지 몰라서, 그런 거짓말을 했을 것이었다.

"김석일 씨가 아이를 데리고 와 맡긴 것은 20일이죠?"

한참 만에 노인이 고개를 끄덕였다. 곧 변명이라도 하듯 고개를 번쩍 치켜들었다.

"경찰에 거짓말한 건 일부러 그런 게 아니었어요!"

노인은 항변하듯 열심히 설명했다. 억울하다고도 몇 번씩이나 말했다.

"내가 죽인 걸로 하려고 했습니다."

노인이 수현이를 맡은 것이 20일이 아니라 19일이라고 거짓말한 것은 다른 이유가 아니었다. 처음 아이를 죽인 걸 알았을 때 자신이 한 것으로 하려고 했었기 때문이었다. 따지고 생각해 보면 노인은 버스에 접근할 수 없었다. 거리상 그랬다. 아무리 자신이 죽였다고 해도 경찰은 그 말을 듣지도 않았을 것이었다. 그런 이치도 생각지 않고 막무가내로 그렇게 생각했던 것이었다. 그냥 자신이 20일에 딱히 알리바이 같은 게 없으니까, 자신이 죽였다고 하면 그렇게 될 거라고 생각했다.

하지만 시도도 해 보지 못했다. 그러기로 마음을 먹은 직후 김석일이 잡혔기 때문이었다. 시신을 유기한 정황도 그렇지만 실제로 사람을 죽이려다 잡혔다. 어떻게 손 써 볼 도리가 없는 지경이라는 것을 노인은 깨닫고 포기했다. 포기할 수밖에 없었다.

그리고 자신의 거짓말은 잊었다. TV에서는 연신 사건은 이미 김석일의 범죄라는 것이 다 밝혀졌다고 했으니까. 아이를 며칠에 맡기고 갔건 별로 달라질 것은 없었다. 사실을 정정할 이유도 느끼지 못했다.

하지만 노인의 말도 틀린 것은 아니었다. 김석일은 아이를 죽였고, 체포되었다. 그것이 팩트였다. 누구를 죽였든 간에 아동 학대를 했고 살해한 것은 변하지 않았다. 마땅히 수감되었고, 죗값을 치르지도 못했지만 어쨌거나 죗값 대신 죽음을 선택했다. 그것도 나름 죗값이라면 죗값이었다. 그거면 됐다고 생각할 수도 있었다.

"제가 그렇게 큰 잘못을 저지른 건가요? 혹시 그것 때문에 뭔가가 잘못됐나요?"

떨리는 목소리로 물었다. 박상하는 노인을 응시했다. 어떻게 말해야 할지 알 수가 없어서, 박상하는 그저 자리에서 일어났다. 어리둥절한 눈으로 노인이 올려다보았다. 하지만 더이상 그 시선을 받지 않고 그 자리에서 나와 버렸다. 노인이 따라 나올지도 모른다고 생각했으나 그런 일은 벌어지지 않았다. 바깥으로 나오다가 문득 김석일의 사진을 돌아다보았다. 김석일은 이 진실을 알고 떠났다. 괴로웠겠지만 마땅한 괴로움이었다.

박상하는 장례식장을 빠져나와 즉시 차에 올라탔다. 시동을 켜는 손동작이 성말랐다. 갈 곳이 있었다. 박상하의 차가 빠르게 도로로 진입했다.

김석일의 모친은 아무것도 아니라는 듯 말했다. 하지만 그 거짓말 덕분에 아주 중요한 사실이 덮여 버렸다.

버스에 데리고 탄 아이는 죽은 도현이가 아닌 수현이었다. 죽은 도현이의 시신은 이미 김석일의 가방에 들어 있었을 터였다. 그러니까 시신이 발견되기 전날 수현이를 자신의 모친에게 맡긴 것이 아니라 시신이 담긴 가방을 들고 수현이를 모친에게 맡기러 가는 길이었을 것이었다. 그래서 어디에서도 도현이의 시신을 훼손한 흔적을 찾을 수 없었던 것이다.

그 사실을 알게 된 것은 녹취록을 다시 꼼꼼히 검토했을 때였다. 그가 주목한 것은 여행객인 신옥자 씨가 김석일과 했다는 대화 내용이었다.

아들과 여행을 오는 아버지의 모습이 좋아 보였던 신옥자가 김석일에게 말을 걸었다. 좋은 아버지 같다는 칭찬과 함께 아이가 몇 살이냐고 물었다. 아이가 초등학교 1학년이라고 대답한 김석일에게 신옥자는 이렇게 말했다.

어머, 더 어린 줄 알았는데. 아이가 귀엽네요.

그런데 그 말과는 달리 도현이를 맡았던 담임 선생님은 도현이에 대해 이렇게 말했다.

특별히 다른 점요? 다른 아이들보다 덩치가 좀 더 컸다는 거? 어휘력이 조금 좋다는 정도?

그것이 바로 김석일이 버스에 데리고 탄 아이와 시신으로 발견된 도현이가 다른 아이라고 생각한 계기였다. 처음 본 사람이 더 어린 줄 알았다던 아이와 다른 아이들보다 덩치가 크다는 아이. 두 아이는 다른 아이였다.

김석일은 아마도 폭행 끝에 아이가 죽자 시신을 가방에 넣고 수현이를 데리고 버스에 오른 것이었다. 다른 사람들이 수현이를 도현이로 알도록 초등학교 1학년이라고 말했다. 휴게소에서 내려 모습을 감춘 사이 수현이는 모친에게 맡긴 거였다. 그러고 나서 어디로 갔는지는 이미 나왔다. 내연남 권경식에게로 갔다.

그것이 김석일이 알고 있는 것이었다. 하지만 그것은 또한 진실의 모든 것은 아니었다. 만약 그것뿐이라면 노인이 그게 무슨 대수냐고 한 것처럼 아무 일도 아닐 수도 있었다. 사실 김석일이 수현이를 19일에 맡겼건, 20일에 맡겼건 그것은 중요한 것이 아니었다. 김석일이 모르고 있는 진실, 노인의 거짓말로 인해 박상하가 이제야 깨달은 진실이 있었다.

버스에 올랐던 수현이를 본 사람들과 도현이의 담임 선생님의 말을 정리하면 이랬다.

첫째 아이 수현이는 또래답지 않게, 심지어 동생 나이로 말해도 작아 보일 정도로 체격이 작다. 둘째 아이 도현이는 다른 아이들보다 덩치가 크다.

이 사실이 정지원이 했던 말과 합쳐지니 경악할 만한 진실에 도달했다.

난 그래서 경찰들이 다른 사람이랑 착각한 건 줄 알았어요. 그런데 경찰이 그러더라고요. 도현이가 맞다고. 당신의 유전자와 일치한다고.

수현이는 걱정하지 말아요. 정말 예쁘게 키울 테니까. 내 새끼로.

머릿속을 어지럽히는 생각들처럼 복잡한 도로를 지나 박상하는 어느덧 정지원이 묵고 있는 모텔 앞에 도착했다. 주변의 상가는 이미 다 폐점을 한 모양이었다. 도로가 어두웠다. 너무 늦은 시간이었다. 하지만 박상하는 머뭇거릴 생각이 없었다.

정지원은 수현이의 현재 보호자였다. 수현이를 직접 키우겠다며 김석일의 모친에게서 데리고 왔다. 김석일의 모친은 아들이 지은 죄가 있어 고집을 피우지 않고 아이를 내주었다. 사실 지긋한 연세에 한 아이를 양육하기에는 버거웠는지도 모른다. 어른들의 사정은 때론, 아이들의 슬픔 따위엔 관심이 없기도 했다.

하지만 아이를 데리고 온 정지원 역시 딱히 머물 집이 없었다. 할 수 없이 당분간 모텔에 머물기로 한 것 같았다. 자기 혼자의 몸도 책임지기 어려워 이집 저집을 전전한 정지원의 '당분간'이 언제 끝날지는 알 수 없었다.

박상하는 모텔 안으로 들어갔다. 정지원이 묵고 있는 방 앞에 서서 문을 조심스럽게 두드렸다. 하지만 인기척이 들려오지 않았다. 혼자 있으면 그러려니 하겠지만 아이와 함께이니 이렇게 조용하다는 것은 현재 방 안에 없는 것이라고 생각해도 무방할 터였다. 잠시 복도를 서성거리다가 할 수 없이 바깥으로 나왔다.

모텔 정문 앞으로 나와 휴대폰을 주머니에서 꺼냈다. 화면을 터치해 번호를 누르려 할 때였다. 골목길 안쪽에서 웃음소리가 들려왔다. 귀에 익은 목소리였다. 소리가 점점 가까워졌다. 박상하는 휴대폰을 주머니에 넣었다. 잠시 기다리고 있자니 골목길의 어둠 속에서 정지원이 걸어 나왔다. 정지원의 손을 꼭 잡은 수현이도 보였다. 두 사람은 무슨 이야기를 하는지 아주 신이 나 있었다. 저렇게 신이 날 것까지는 없는 밤이었다. 오늘 밤은 김석일의 장례였다.

이쪽을 향해 걸어오던 정지원이 이내 박상하의 모습을 발견했다. 순간적으로 그녀의 걸음이 멈칫했다. 조금 떨어진 곳에서 보기에도 얼굴이 돌처럼 굳었다. 재잘거리며 따라오던 수현이가 의아한 듯 정지원의 얼굴을 올려다보았다. 아이가 꼭 쥔 정지원의 손을 흔들어도 정지원의 시선은 박상하에게 박힌 채 움직이지 않았다.

박상하는 정지원을 향해 목례했다. 굳은 얼굴로 정지원도 고개를 숙였다. 어색한 공기가 흘렀다.

정지원이 수현이의 손을 잡은 채 박상하의 앞까지 걸어왔다.

"무슨 일로 오셨어요?"

그녀의 목소리는 침착했다. 문득 그날이 떠올랐다. 사건 이후 두 사람이 처음이자 마지막으로 면회를 한 날. 무덤덤하고 침착한 저 얼굴로 아마 김석일에게 비수를 꽂았을 터였다.

박상하는 대답하지 않은 채 수현이를 보았다. 말간 얼굴로 수현이가 박상하의 얼굴을 관찰하고 있었다. 이 아저씨는 누구인지 순수하게 궁금한 것 같았다. 얼굴이 작았다. 아이치고도 머리통이 작은 편이었다. 곱상하게 생겼다. 정지원을 많이 닮은 덕인지도 몰랐다. 이대로 큰다면 꽤 잘생긴 청년이 될 것이다. 키는 작은 편. 초등학교 2학년생치고는 평균보다는 좀 많이 작은 아이. 누구라도 수현이의 나이를 듣는다면 그 정도로 평가를 내릴 것 같았다.

대답 없이 수현이를 쳐다보는 시선이 무엇을 뜻하는지 정지원은 금세 알아챘었다.

"수현아. 먼저 좀 올라가 있을래?"

"이 아저씨는 누구예요?"

"아……."

정지원이 박상하를 의식한 듯 슬쩍 그의 얼굴을 보았다. 박상하가 정지원 대신 대답했다.

"아저씨는 엄마랑 같이 일하는 사람이야. 뭘 좀 물어볼게 있어서 왔어."

"아아. 엄마도 일하는 사람이었구나. 난 몰랐네."

수현이의 말투는 똑 부러졌다. 자기가 생각할 때도 엄마는 일하지 않는 사람이라는 인식이 있었던 모양이었다. 돌아온 이래로 아마 계속 수현이와 붙어 있었을 것이니 아이가 보기에 엄마가 일하지 않는 사람이라고 생각하는 것도 무리는 아니었다.

"응, 그래. 수현아, 그러니까 먼저 올라가 있어. 엄마는 아저씨랑 얘기 좀 하고 들어갈게."

"그래, 알았어."

그렇게 말한 수현은 고사리 같은 손으로 정지원의 코트 자락을 당겼다. 깨금발을 하고는 정지원의 코트 주머니에 손을 쑥 집어넣었다. 아이의 그 작은 손이 꺼낸 것은 정지원의 스마트폰이었다. 수현은 스마트폰을 정지원에게 불쑥 내밀었다.

"와이파이를 잡아 주었으면 좋겠어."

말투가 하도 영악해서 박상하는 웃음을 터뜨릴 뻔했다. 귀여웠다. 하지만 곧 웃음을 거두었다.

정지원은 박상하의 눈치를 보며 휴대폰을 조작해 설정해 주고는 아이에게 휴대폰을 되돌려 주었다.

"얼른 올라가 있어. 우리 방 찾아갈 수 있지?"

"네. 알아요. 엄마 올 때까지만 핸드폰하고 있을게요."

아이가 작은 발로 쪼르르 계단을 뛰어올랐다. 그 작은 모습이 시야에서 완전히 사라질 때까지 박상하는 시선을 거두지 않았다.

문이 닫히는 것을 확인하고 나서 정지원이 박상하를 향해 고개를 돌렸다.

"무슨 하실 말씀이 있어서 찾아오신 것 같은데."

"이제 보니 아이가 김석일 씨를 너무 안 닮긴 했네요."

정지원의 표정이 굳었다. 얼굴이 파랗게 질렸다. 화가 난 듯 눈에 불이 번쩍 했다. 불쾌한 티가 역력히 드러났다.

"무슨 말씀을 하시는 거죠?"

"오늘 김석일 씨 장례인데."

"그게 무슨 상관이죠?"

"수현이는 왜 장례식장에 가 있지 않은 거죠?"

박상하는 정지원의 얼굴 앞으로 제 얼굴을 바짝 갖다 대었다. 그러고는 마치 경고처럼, 어쩌면 못을 박듯 한마디 한마디에 힘을 주어 말했다.

"김석일 씨의 장남 아닙니까, 당신의 말에 의하면."

정지원의 표정이 굳었다. 매서운 눈으로 박상하를 노려보았다. 그게 무슨 말이냐, 그렇게 반문하고 싶어 하는 얼굴이었다. 박상하는 물끄러미 정지원을 응시했다. 두 사람의 눈이 한 치의 양보도 없이 조우했다. 당당히 박상하의 눈빛을 받아내던 정지원이 먼저 흔들렸다. 박상하의 시선에서 뭔가를 예감한 것 같기도 했다. 박상하가 뭔가를 알아냈다는 것을. 눈치를 챈 정지원이 먼저 뒷걸음질 치기 전에 그녀의 발목을 잡아매어 놓기라도 하듯 박상하가 입을 열었다.

"두 아이를 바꾼 거죠?"

정지원의 얼굴이 하얗게 질렸다. 희미한 나트륨등 아래에서도 그것이 보였다.

모텔의 어느 호실에선가 삐거덕하는 창문 소리가 들렸다. 혹시 방으로 돌아간 수현이가 창문을 열고 내다보는 것은 아닌가 싶어 위를 올려다보았다. 내다보는 작은 머리는 보이지 않았다. 열린 곳도 없는 걸 봐서 열려 있던 창문을 닫은 것 같았다. 아마 두런두런 들려오는 이야기 소리가 거슬렸던 투숙객인 모양이었다.

박상하는 대답을 하지 못하는 정지원 대신, 모든 상황을 천천히, 마치 정지원에게 설명하듯 복기하기 시작했다.

"첫째는 김석일 씨의 아들이 맞습니다. 그런데 둘째는 아니었죠?"

정지원의 눈이 커다래졌다. 그녀는 한참이나 그 큰 눈을 박상하에게서 떼지 못했다. 그리고 박상하가 흔들림 없이 자신을 직시하고 있자, 마침내 그녀는 깨달았다. 이 사람은 모든 것을 알고 있다는 것을. 정지원은 피식, 한숨을 쉬듯 웃었다. 그녀는 어둠 속 어딘가를 응시하다가 포기한 듯 주머니에서 담배를 꺼내 입에 물었다. 아주 자연스러운 태도로 라이터를 꺼내 담배에 불을 붙이고는 힘껏 빨았다. 하얀 연기가 검은 하늘을 향해 부유했다. 정지원이 담배를 피우는 모습이 조금 의외였지만 박상하는 당황하지 않고 그녀의 입이 열리기를 기다렸다.

제8장

소문은 사실이었다. 정지원은 권경식과 내연관계였다. 김석일과 관계를 가진 다음 날이면 그 흔적을 지우기라도 하는 것처럼 권경식과 만났다. 그래서 김석일은 자신의 자식이라고 해도 믿은 것이었다. 자신과 잠자리한 시기가 거의 같았기 때문에.

정지원은 임신 사실을 알았을 때, 검사도 필요 없이 권경식과의 사이에서 생긴 아이라고 확신했다. 여자의 직감이었다.

반추해 볼 것도 없이 김석일과의 결혼생활은 지긋지긋

했다. 권경식은 그런 생활에서 한 줄기 빛이나 다름없었다. 산소호흡기와 같은 역할이었다. 권경식을 만날 때마다 비로소 자유롭게 호흡할 수 있었다. 김석일이 마음껏 자신을 가진 뒤 권경식을 찾아가 그와 동침하는 것은 나름의 복수였다. 정지원은 그때마다 카타르시스를 느꼈다.

하지만 끔찍한 결혼생활이었다고 하더라도 모든 것을 끝내고 내연의 관계를 즐겼던 권경식에게로 갈 용기는 없었다. 권경식과의 사랑은 이미 예전에 끝났다. 그저 지옥 같은 현재 생활을 잊기 위해 과거를 잠시 이용한 것뿐이었다. 게다가 둘째 아이가 친자가 아니라는 것을 김석일이 알게 되면 닥칠 후폭풍도 두려웠다. 결국 그녀는 입을 다물 수밖에 없었다. 둘째 아이를 김석일과의 사이에서 생긴 아이로 키웠다.

그쯤에서 권경식과의 사이를 끝내야 했다. 그게 맞는 것이라고 머릿속으로는 너무나 잘 알고 있었다. 마음만 먹으면 헤어지는 것이 쉬울 거라고 생각했다. 그러나 어쩐 일인지 그러지 못했다. 권경식과의 밀회는 마약과도 같았다. 정지원은 끊지 못하고 계속해서 권경식을 만났다. 한 번 정도는 상관없어. 아직 김석일은 몰라. 어차피 아직 해외근무를 하고 있잖아. 절대 그 사람은 몰라. 이 정도는 괜찮아. 끝없는 자기합리화가 정지원을 중독되게 했다. 하지만 정지원이 생각했던 것만큼 모든 상황을 비밀 속에서 정리할 수는 없었다.

"그 인간의 어머니. 시어머니가 눈치를 챘죠. 어떻게 알았는지는 모르지만."

포기라도 한 듯 정지원이 후 하고 웃었다. 박상하는 이미 김석일의 어머니에게서 들어 알고 있었다. 두 사람의 밀회 장면을 보았다는 것을. 하지만 아무런 말도 하지 않았다. 김석일의 어머니가 어떻게 알았는가 보다, 김석일의 어머니가 알고 있다는 것을 정지원이 어떻게 알게 되어 도망을 갔는지가 궁금했다.

"들었어요. 시어머니가 그 인간하고 통화하는 걸. 시어머니가 말하더군요. 제가 이상한 것 같다고."

아마 노인이 정지원의 행동을 목격하고 김석일과 통화하던 날이었을 것이다. 들었던 거였다. 그래서 도망을 쳤던 거였다. 더 이상의 거짓말은 통하지 않을 거라고 생각했을 테니까. 그날이 생각나는지 정지원은 허공에 시선을 둔 채로 미간을 찌푸렸다.

"그러고 나서 생각을 해 보니, 저 같아도 제가 이상하다고 생각했을 것 같아요. 그런 생각이 안 드는 게 오히려 이상한 거죠. 자주 시어머니를 집에 오지 못하게 했거든요. 그리고 시어머니와 함께 있는 자리에서 몰래 전화를 들고 나간 적도 있었고요."

권경식과의 밀담을 즐긴 거였다.

"조심할 수도 있었죠. 근데 시어머니는 늙었다고, 그래서 귀가 어둡다고 생각했고, 시어머니의 눈을 피해 나누는 밀어가 더 자극적이었죠."

언젠가 한번은 권경식과 모텔로 숨어 들어갈 때, 지나치던 여자가 시어머니가 아니었을까 하는 생각을 한 적도 있다고 정지원이 말했다. 모든 것이 눈치 보이던 시기였다.

정지원은 이상하리만치 허심탄회하게 모든 일들에 대해 솔직하게 털어놓았다. 박상하는 정지원과의 사이에 심적 거리감을 두는 것을 잊지 않으려 애쓰면서 그녀의 말을 들었다.

"시어머니가 그 인간에게 전화를 걸더라고요. 아무래도 바람을 피우는 것 같다고. 그래서 그때 그 집을 나오기로 결심한 거예요."

김석일이 사정을 알게 된 이상 당장 한국으로 들어올 것이었다. 그렇게 되면 사실을 확인하든 하지 않든 간에, 자신이 인정을 하든 부정을 하든 간에 김석일은 손찌검을 할 것이라고 정지원은 생각했다. 폭력은 불 보듯 뻔히 이행될 것이었다. 그래서 그 집을 나가기로 결심했다.

"그런데 문제가 생겼어요. 아이요."

"권경식 씨가 아이를 받아 주지 않겠다고 한 겁니까?"

그렇다면 그자도 쓰레기였다. 그것이 불륜이든 아니든 간에 인간의 모든 관계는 책임을 바탕에 두어야 했다.

"경식 씨는 제가 집을 나오면 받아 줄 용의가 있다고 몇 번이고 말했어요. 하지만 아이는 제외였어요."

받아 주겠다던 권경식의 말은 정지원에게 국한된 이야기였다. 권경식은 둘째가 자신의 아이인 것을 몰랐으니 그랬을 수도 있었다. 만약 정지원이 둘째 아이가 권경식의 친자라고 말했다면 이야기는 달라졌을 수도 있었다. 하지만 정지원은 그렇게 하지 않았다. 그때의 권경식을 정지원은 신뢰하지 않았다. 그저 바람을 쏘이기 위해 좋은 상대였을 뿐, 자신의 인생을 책임져 줄 남자는 아니라고 생각했다. 만약 자신을 정말로 사랑한다면 아무리 김석일의 씨라도 아이까지 자신이 책임져 주겠다고 했을 것 같았다.

그것 말고도 이유는 또 있었다. 권경식을 따라 집을 나서면서도 권경식과 평생을 논할 수는 없을 거라는 예감이 들었다. 그때의 정지원에게 이 세상 남자들은 모두 완전히 믿을 수는 없는 존재였다. 만약 권경식과 다시 헤어지게 되면 정지원은 자신의 인생을 스스로 개척해야 했다. 아이를 데리고 있으면 힘든 일이 될 터였다.

"나중에 꼭 데리러 오자. 잘 살게 되면 꼭 데리러 올 것이다. 그렇게 다짐했어요."

정지원의 그 말에 박상하는 쓴웃음만 지었다. 변명치고는 너무나 신파였다. 정말로 그 순간 정지원이 그렇게 생각했는지는 모르나, 아마도 그것이 본심은 아니었을 거였다. 그저 자신의 죄책감을 그렇게라도 가볍게 하려는 얄팍한 의도에 불과했다.

김석일은 이미 둘째 아이가 자신의 아이가 아니라는 것을 눈치채고 있던 상황이었다. 그 상황에서 자신의 자식도 아닌 아이를 살뜰히 키우지 않을 것임은 너무나 자명한 일이었다. 김석일의 성정을 누구보다도 더 잘 아는 정지원이 아니었던가. 어쩌면 아이에 대한 폭행은 예견되어 있는 일이었다. 그걸 알면서도 아이를 그곳에 버리고 왔다. 나중에 데리러 오겠다던 정지원의 말은 핑계에 불과했다.

'아니. 문제는 거기부터였지.'

차라리 핑계에서 끝났으면 나았을까. 정지원은 김석일에 대해 너무나 잘 알고 있었지만, 아이를 데리고 나올 자신이 없었다. 그래서 뭔가에 홀리듯, 그 일을 저질러 버렸다.

"짐을 들고나오다가 무슨 생각이었는지, 무심결에 뒤돌아봤는데 애들이 보였어요."

그날을 떠올리는 듯 정지원이 다시 낮게 웃었다.

뒤돌아본 순간 눈에 들어온 두 아이의 모습을 정지원은 그냥 지나칠 수가 없었다. 하나는 자신이 낳았고 하나는 이름도 모를 여자가 낳은 두 아이. 한 살 차이, 실제론 몇 개월 차이밖에 나지 않는 두 아이. 몇 개월 차이에도 불구하고 아이 둘의 덩치는 큰 차이가 나지 않았다. 모르는 사람이 보면 누가 형이고 동생인지를 분간하기는 어려울 것 같았다. 커가면서 차이가 난다 해도 평균보다 아주 약간은 어려 보이는 형, 평균보다 아주 약간은 성숙해 보이는 동생. 그런 일이 그렇게 흔치 않은 일은 아니라고 생각했다.

정지원은 들고 있던 짐을 도로 내려놓았다. 입었던 외투를 옷장에 도로 걸었다. 그녀는 잠시 깊이 생각에 잠긴 후 이내 결정을 내렸다. 그 결정에 따라 차근차근 일을 진행시켰다.

첫째인 수현이를 인근 어린이집에 3일 뒤부터 보내기로 되어 있었다. 정지원은 도현이를 안아들었다.

"네가 이제부터 수현이야. 김수현."

그러고는 첫 등원을 시켰던 날, 정지원은 시어머니에게 전화를 걸었다. 갑자기 약속이 생겨 아이를 데리러 가지 못하니 좀 맡아 달라고. 평소 아이들을 잘 보지 않던 시어머니는 아마도 어린이집에 보내진 아이를 첫째라고 인식할 터였다.

그리고 그날 정지원은 집을 나가 버렸다.

"당신은 다 알고 있었어요. 죽은 아이가 김석일의 아이라는 것을요. 그럼 처음 사건 소식을 알고 달려왔을 때 보인 당신의 반응들은 다 연기였습니까?"

오열하고 혼절했다. 자신의 가슴을 쥐어뜯었다. 이기적인 어미라고 자신을 욕했다. 그 모든 것이 거짓이었다면, 박상하는 앞으로 인간에 대한 믿음을 완전히 잃을 것 같았다.

정지원이 고개를 저었다.

"아이 둘을 바꾸고 나오기는 했지만, 그때 생각은 그랬어요. 들킬 거다, 모르지 않을 거다. 그 사람들도 아이들 아버지이고 할머니니까. 이상하다고 생각하지 않을 리가 없다."

"들켜도 상관없다고 생각했습니까?"

박상하는 정지원을 완전히 비난하는 투로 말했다. 진심이었다.

속내를 들킨 것인지 정지원은 즉답을 피했다.

"이미 들켰을 거라고 생각했어요. 당장 친자 검사부터 했을 거라고 생각했으니까. 첫째로 그랬던 것처럼요."

아이들을 버리고 나온 뒤 아주 오랜 시간이 흘렀다. 정지원은 김석일이 아이를 죽인 사실을 뉴스를 통해 보고 헐레벌떡 달려왔다. 오열하고 혼절하던 것은, 진심이었다. 자신이 장난질을 친 것은 사실이지만, 지금쯤이면 마땅히 아이들이 제자리를 찾았을 거라고 아주 당연하게 생각했다.

"친자 검사는 했다고 하더군요."

정지원이 의아한 얼굴을 했다.

"그럼 누가 지 새끼인지 알았을 텐데요?"

"글쎄요. 그건 저도 이해가 안 갑니다. 칫솔로 검사했다고 하던데……."

"칫솔……."

잠시 생각에 잠긴 정지원이 피식 웃었다.

"그 인간이 어떤 칫솔이 도현이 건지 수현이 건지 알 리가 없으니, 두 개 다 해 본 모양이네요, 하나는 친자, 하나는 아닌 걸로 나왔을 테니 제가 낳은 아기가 지 자식이 아닐 거라 생각한 거고. 그 여자가 애를 데려왔을 때 검사지 보고 첫째는 친자인 거 확인했으니까요. 그래봤자 지 새끼가 바뀐 줄도 모르고."

정지원의 싸늘한 어조에 박상하는 소름이 돋았다.

정지원은 사체로 발견된 아이가 김석일과의 친자 검사에서 친자로 확인된 것을 알게 되었다. 자신이 아이를 뒤바꾼 것을 아무도 눈치채지 못했다. 부모 자격이 없기는 김석일이나 자신이나 매한가지라고 생각했다. 어쨌든 중요한 결과는 하나였다. 내 아이는 살았다. 죽은 아이에겐 미안하지만 내 아이는 살았다.

"그 후의 일은 형사님이 다 아시는 이야기겠네요."

"당신은 김석일과의 면회에서 아이 둘을 바꾼 사실을 은근슬쩍 김석일이 알게 되도록 말을 흘렸죠. 그리고 당신의 계획대로 그 사실을 깨달은 김석일 씨는 자살을 했어요. 자신의 아이를 제 손으로 죽인 거니까."

박상하는 비난하는 듯한 표정을 감추지 않고 정지원에게 드러냈다. 정지원은 그의 시선을 받으면서도 개의치 않고 살짝 미소를 지었다.

"그런데 형사님."

정지원이 흘러내린 머리를 걷어 뒤로 넘겼다. 그녀의 눈에 푸른 안광이 번뜩였다.

"제 죄가 뭐죠?"

박상하는 미간을 찌푸렸다. 너무나 당당한 태도였다. 이제 진실이 드러나 두려워하거나 부끄러워하는 기색은 보이지 않았다.

정지원은 손목에 걸린 시계로 눈을 가져갔다.

"수현이가 너무 혼자 오래 있었네요. 저는 이만 들어가 봐야겠어요."

박상하는 무척이나 당황했다.

"이봐요, 정지원 씨."

"왜요? 제가 아이를 납치했나요? 아이를 죽이기라도 했나요? 죽인 건 그 인간이에요. 그 사람은 죗값을 받아 마땅한 인간이고요. 그럼 된 것 아닌가요? 저는 그저 집을 나가기 전에 아이를 바꾼 것뿐이에요. 눈치채지 못한 건 그들이에요. 친부도, 친조모도 알지 못했어요. 왜냐면 아이들을 단 한 번도 제대로 돌본 적 없으니까. 애초에 부모 자격이 없는 건 저나 그쪽이나 마찬가지죠."

"정지원 씨."

"만약 제가 죄가 있다면 정식 절차를 밟으세요."

더이상 머뭇거리지 않고 정지원은 몸을 홱 돌려 모텔로 걸어갔다. 그러고는 무슨 생각이 들었는지 모텔 앞에서 걸음을 우뚝 멈춰 세웠다. 정지원이 다시 박상하를 향해 고개를 돌렸다. 허리를 꼿꼿이 세우고 빛나는 눈동자로 박상하를 직시했다.

"그 사람이 마지막으로 떠난 여행이 여행사의 미끼 상품으로 제공하는 싸구려 패키지 상품이었다고 하더군요. 그런 것 같네요, 딱."

"무슨……."

"우리 가족 말이에요. 남의 눈에는 가족처럼 보이지만 사실은 아니었던, 싸구려 패키지 같은 그런 가족이었다고요."

* * *

그로부터 며칠이 지났다. 박상하가 올린 사건 종결 보고서는 수리되었다. 아이를 죽인 범인인 김석일이 자살한 사건, 그렇게 마무리 지었다. 그것이 팩트였다. 그런 사건이고, 그러니 빠르게 종결되는 것은 당연한 것이었다. 하지만 박상하는 개운치 못했다.

정말 김석일이 죽었으니 그것으로 된 것인가.

김석일만이 정말 그 사건의 범인인 걸까.

도현이가 누구인지 수현이가 누구인지 김석일도, 그의 모친도 몰랐다. 아이를 제대로 한번 들여다보지 않았으니 당연한 일이었다.

도현이의 담임 선생님은 도현이에게 아동 학대의 흔적을 발견해 내지 못했다. 주변을 떠도는 루머만큼 아이에게도 신경 썼다면, 정말로 발견하지 못했을까.

그리고 수현이 대신 도현이가 죽은 내막을 이대로 묻어 버리는 자신은 과연 옳은 것일까.

알 수 없었다. 하지만 박상하는 그렇게 했다. 이미 사건의 잔악함 때문에 세간의 이목이 집중되어 있었다. 정지원의 손에 두 아이의 운명이 바뀐 것까지 알려지게 되면 아마 언론은 더욱 들끓을 것이고, 자극적인 제목을 뽑아내는데에 혈안이 될 것이었다. 그 소용돌이 속에서 수현이의 인권은 전혀 보호받지 못할 것이었다.

정말 진실을 밝히는 것만이 옳은 것일까.

박상하는 밝혀진 일련의 사실들을 김석일의 모친에게 알리는 것 역시 포기했다. 정지원은 수현이를 데리고 해외로 나갈 거라고 했다. 김석일의 모친 역시 자신의 편안한 여생을 위해 그것을 반대하지 않았다. 그런 그녀이니 진실을 원할 것 같지도 않았다.

박상하는 차의 속도를 점차 줄였다. 병원의 주차장에 진입했다. 차를 세우고 건물을 올려다보았다. 며칠 연이어 비가 오더니 햇살이 반짝 떠 있었다. 따뜻한 기분이 들었다.

은우가 입원해 있는 병원이었다. 바쁘다는 핑계로 제대로 한번 찾아오지 못했다. 찾아오지 못하는 마음도 편하지는 않아서 늘 죄책감으로 남아 있었다. 하지만 이제는 그러지 않기로 했다. 형사라는 직업은 여전히 바쁘고, 식사도 제대로 하지 못하는 날도 많았다. 오늘은 시간을 낼 수 있었지만, 이 다음이 또 언제가 될지는 몰랐다. 여전했지만, 그렇더라도 죄책감만으로 시간을 보내지 않기로 했다. 찾아올 시간이 되지 않으면 영상통화라도 하고, 아이에게 목소리라도 들려 주자고 생각했다.

4층으로 올라갔다. 병원의 데스크에 있는 직원에게 지금 이 시간에 은우는 놀이 치료실에 있다고 안내받았다. 놀이 치료실의 벽면은 통유리로 되어 있었다. 통유리에는 꽃이나 아이들이 좋아할 만한 캐릭터가 그려진 시트지로 선팅되어 있었다. 그림들 위쪽으로는 선팅이 되어 있지 않아 그곳을 통해 안을 들여다볼 수 있었다. 바닥에 있는 아이들은 유리 밖의 어른들을 신경 쓰지 않아도 되고, 어른들은 그 위를 통해 아이의 모습을 확인할 수 있었다.

잠시 보고 있자니, 은우를 지켜보던 요양사와 눈이 마주쳤다. 요양사가 반색하며 목례했다. 박상하도 고개를 숙였다. 요양사가 블록을 가지고 놀던 은우의 옆에 앉았다. 뭔가 말을 하며 창밖을 향해 손가락으로 가리키는 것을 보니 박상하가 왔다고 알리는 모양이었다. 그러나 은우는 무덤덤한 얼굴로, 고개 한 번 돌리지 않고 장난감을 만지는 것을 멈추지 않았다. 아버지가 왔다는 이야기를 분명 듣기는 했으나, 전혀 관심이 없었다.

미안하다는 시선으로 내다보는 요양사에게 박상하는 멋쩍은 미소를 지었다.

요양사가 황급히 복도로 나왔다.

"안으로 들어가세요."

"아직 치료 시간이……."

"치료 시간은 좀 전에 끝났어요."

그러고 보니 치료사가 보이지 않았다.

"근데 은우가 좀처럼 움직이려 하지 않아서요. 원래 저 블록 놀이를 한번 시작하면 웬만큼 시간을 보내서 질리기 전까지 저 상태거든요. 다음 치료도 없고 하니, 그냥 편히 들어가서 함께 시간 보내셔도 돼요. 잠시 자리를 피해 드릴게요."

"아니, 그러시지 않으셔도 돼요."

"하지만 자주 못 오시잖아요."

"자주 못 와도 최선을 다해 시간을 낼 겁니다. 앞으로는 최선을 다해 아이의 마음을 열어 보려고요. 우린 가족이니까요."

좀처럼 보이지 않던 박상하의 진심에 요양사는 얼떨떨한 표정을 지었다. 박상하는 문득 쑥스러워져 얼른 목소리를 높였다.

"그래도 들어가서 은우와 좀 놀아 볼까요."

하하 웃으며 박상하는 호기롭게 안으로 들어갔다. 그러나 은우와 제대로 놀아 본 적이 없으니 금세 무엇을 어떻게 해야 하는지 알 수 없었다. 멀뚱히 있다가 박상하는 은우의 옆에 털썩 앉았다. 그 작은 등에 자신의 등을 마주 대었다. 아이는 박상하에게 관심이 없는 듯, 그러거나 말거나 아랑곳하지 않았다.

은우의 작은 등에 기대어 창밖의 파란 하늘을 보았다. 남의 눈에는 가족처럼 보였지만 사실은 아니었던, 싸구려 패키지 같다던 정지원의 말이 내내 마음에 남았다. 그래서 오늘 박상하는 이곳에 온 것이었다. 꼭 은우에게 해 주고 싶은 말이 있었다.

"아빠랑 엄마는 정말로 사랑해서 결혼했어. 널 가졌을 때 행복했고, 네가 처음 웃었을 때 아빠는 그날 신이 나서 나쁜 놈들을 잡아넣었지. 엄마는 몸이 약했던 것처럼 마음도 약해져서 은우를 힘들게 했지만, 그래도 한 가지만 알아 줘. 너의 존재는 정말로 축복이었다는 걸. 너의 잘못은 아무것도 없었어. 우리는 억지로 합해 놓은 패키지가 아니었다는 것만 알아줘."

은우는 여전히 블록을 만지작거리고 있었다. 하지만 실망은 없었다. 이렇게 작은 아들의 등에 자신이 닿아 있는 것만으로도 행복했다. 그걸 이제야 알았다.

"은우야. 아빠 일 년 정도 휴직하고 이제부터 은우랑 집에서 지낼까?"

순간, 은우의 옅은 웃음소리를 들은 것도 같았다.

〈끝〉

패키지

1판 1쇄 찍음 2020년 11월 10일
1판 1쇄 펴냄 2020년 11월 25일

지은이 | 정해연
발행인 | 박근섭
편집인 | 김준혁
책임편집 | 최고운
펴낸곳 | 황금가지

출판등록 | 2009. 10. 8 (제2009-000273호)
주소 | 06027 서울 강남구 도산대로 1길 62 강남출판문화센터 5층
전화 | **영업부** 515-2000 **편집부** 3446-8774 **팩시밀리** 515-2007
홈페이지 | www.goldenbough.co.kr

도서 파본 등의 이유로 반송이 필요할 경우에는 구매처에서 교환하시고
출판사 교환이 필요할 경우에는 아래 주소로 반송 사유를 적어 도서와 함께 보내주세요.
06027 서울 강남구 도산대로 1길 62 강남출판문화센터 6층 민음인 마케팅부

ⓒ정해연, 2020. Printed in Seoul, Korea
ISBN 979-11-5888-825-1 03810

㈜민음인은 민음사 출판 그룹의 자회사입니다.
황금가지는 ㈜민음인의 픽션 전문 출간 브랜드입니다.